文春文庫

仰天・俳句噺

夢枕獏

文藝春秋

目次

初出　「オール讀物」二〇二一年六月号～二〇二二年二月号
単行本　二〇二二年六月　文藝春秋刊
DTP制作　言語社

仰天・俳句噺

――季語は縄文の神が棲《す》まいたもう御社《みやしろ》である――

第一回　真壁雲斎が歳下になっちゃった

1

七〇歳になった。

なってしまった。

真壁雲斎《まかべうんさい》の齢《とし》を、八歳も越してしまった。

六十二歳の真壁雲斎のことを、おれはあの時——あの時というのは三〇歳になったばかりの時だ——『キマイラ』で、老人と書いた。雲斎先生すみませんでした。六〇歳というのは、老人じゃなかった。なってみてよくわかった。六〇歳というのは、アホで愚かで、ようやくその自覚ができた齢だ。七〇歳となった今も、まだ、愚かだ。

六〇歳と七〇歳というのは、何が違うか。

いや、六十九歳と七〇歳というのはどこが違うのか。

違うのである。

文芸上の記号として、七〇歳は、老人なのである。社会的にも文芸上も、七〇歳は、老人として機能してしまうのである。

これはもう、本人が、

「まだまだ若い」

と思っていても、

「まだ体力は五〇代」

であっても、同じだ。

それは、

「まだ若く見え、五〇代の体力のある老人」

ということになってしまうのである。

なってみてわかった。

六〇代の時にはそんなこと思ってもみなかったが、七〇歳になった時、わかってしまったのである。

六〇代の時は、

「絨毯《じゅうたん》の段差にもつまずくようになっちゃって――」

「絨毯もない、平らな床につまずいてよろけちゃう」

などといっては、薄い小ギャグをかっとばしてきた。もちろん、嘘ではない、絨毯のけばにも、畳の目にもけつまずいてよろめいてしまうことがあるのは、六〇代の多くの人が知っていることだ。

しかし、これが、七〇歳という記号を背負ってしまったとたん、笑いの要素があっという間に擦《す》り減って、

「冗談ぽく言ってるけど、そうなんだろうなァ」

と、世間の人に思われてしまうのである。見やぶられてしまうのである。

まるで、古代中国の黄帝《こうてい》が残した『白沢図《はくたくず》』に記された真の名前をあてられてしまった妖怪のように、

「あ、おまえ、七〇歳だな」

真名《まな》を告げられてしまった妖怪は、見あらわしをして、

「老人でございます」

すごすごと、自分のいるべき場所にその身を移さねばならないのである。

つまり、まあ、おれも――いや、わたくしも、ここで正直に今年（二〇二一年一月）七〇歳になってしまいましたと、見あらわしをしておきたいのである。

そして、また、いくつかの告白もしておきたい。

そのひとつ目は、

「すみません。実は、わたくし、この十五年間、ひそかにちまちまと俳句を作っておりました」

というものである。

特に、この五年間は、SF同人誌「SFファンジン」に、年一回ほどのペースで、毎回十句くらい発表させていただいておりました。

どうしてか。

何故、わたしは俳句を作るようになったのか。

それを、本稿では書いておきたい。

しかも、あらかじめ宣言しておきたいのだが、本稿は、文章も文体もめためたである。理由は後で書く。従って、本稿では語句の統一もしない。「10」が「一〇」であったり「十」であったりする。語尾も〝である〟であったり、〝です〟、〝ます〟、〝ごぜえます〟にいきなりなったりする。人称だって、おれ、ワタシ、オレ、ぼく——などなど、変幻自在。全部その時の気分とノリの原稿のままゆくことにした。観測したとたん存在が行方知れずになってしまう量子のように、本稿の宇宙では文体、語尾などはどっちでもいいのだ。

で——

そもそものことで言えば、俳句を何故始めてしまったのかというと、それは、わたくしの血の中に、仰天歌人としての遺伝子が受け継がれていたからでしょう。

実は、わたくし、デビューしたてのまだ二〇代半ばの頃に、集英社のＹ田編集者と『神々の山嶺《いただき》』という山岳小説を書く約束をいたしました。

しかし、それが、なかなか書けずに、

「もうちょっと待って下さい」

「もうちょっと待って下さい」

と先のばしにしておりました。

ヒマラヤにも何度か取材に行かねばならず、資料も十分とは言えず、なかなか『神々の山嶺』を書き出すことができなかったのですね。

結局約束してから、『神々の山嶺』が本になったのは、一九九七年の八月になっちゃいました。なんだかんだで、約束から書き出すまでに十五年――連載を始めてから完結するまで足かけ四年。併せて本になるまで、十九年から二〇年近くかかってしまったことになります。

しかし、その十九年から二〇年、あちらをただお待たせしておくわけにはいきませんので、

「そのかわりに、こんな出しものはいかがですか――」

と、

『倒れて本望』集英社（一九八六）

とか、

『格闘漂流　猛き風に告げよ　私説UWF伝』集英社（一九八八）

とか、

『仕事師たちの哀歌《エレジー》』集英社（一九八九）

『仰天・平成元年の空手チョップ』集英社（一九九三）

などという原稿を書いて、色々な本を出させていただいていたのですね。

そういった本の中に、

『仰天・プロレス和歌集』集英社（一九八九）
『仰天・文壇和歌集』集英社（一九九二）
があったわけですね。
本稿で問題になってくるのは、この『仰天・プロレス和歌集』と、『仰天・文壇和歌集』の二冊であります。
いずれも連載した後、本にしていただいたものなのですが、どのような本か。はい、「仰天和歌」の本ですね。「和歌」ではありません。あくまでも「仰天和歌」です。『仰天・プロレス和歌集』はとあるプロレス団体の、機関誌の短歌コーナーのページという設定で、そこに投稿されたプロレスラーの短歌を、選者がその歌ごとに評を加えているわけですね。
いくつか紹介しておきます。

このやろうとマイク持つ　きみの小指が立っている

膝に疾《はし》るこの痛みを我問わん　膝十字固めときみは言いけり

わが腕はあらぬ彼方に曲がりおり　V1《ブイワン》アームロックという技をしみじみと見つ

土産品《みやげ》のぬいぐるみ　そっと娘の枕元に置く　そろそろ父の職業を知る年頃である

〝とうちゃんはプロレスラーです〟という作文　息子は引き出しにそっとしまいおり

女にふられてやけになっている我のおそろしさ　今夜は折るかもしれず　折らぬかもしれず

こんなものを百首ぐらい作りました。

次が『仰天・文壇和歌集』です。

これは、『仰天・プロレス和歌集』の三年後に出版されています。これがどういうことか、よくわかりますね。業界の人なら、すぐにわかります。それは、『仰天・プロレス和歌集』が、結果を残してしまったということですね。売れてしまったのです。もちろんそこそこですが、「仰天和歌」が、この業界にささやかながら爪跡を残してしまったというわけです。

すぐに、次の連載が決まって、三年後に本になったのが、『仰天・文壇和歌集』です。

文壇、および、文芸のことを「仰天和歌」にして、それを本にしたものです。

これも紹介しておきましょう。

あの賞が欲しと口にはせねど欲しいと作品が叫んでいる

平積みになりたるきみの本の横で　我の本のみうなだれておりぬ

純文をやりたしと思へど　純文はあまりに遠し　せめてバイオレンスなどもちて女のパンティなど脱がせ　きままなる伝奇小説を書いてみん

しらじらと夜は明けて原稿用紙もしらじら

欲しい賞の悪口けしして言わないあなたは世渡り上手

新しい濡れ場書くたびに〝この女は誰なのよ〟妻への言いわけ先にネタが切れ

木枯《こがらし》にコートの襟ちょっと立ててしまう我の心にも住んでいる北方謙三

「淡白宣言」

おまえをヨメに　もらう前に

言っておきたい　ことがある
おれより先に　イッてはいけない
おれより後に　イッてもいけない
腰はうまくつかえ
いつも一緒にイけ
男のサイズを　言うな聞くな
おれは月に三度はする
いやするかもしれない
ま一度くらいでかんべんしておけ
コスモスの花揺れて　昨秋倒したバルタン星人の一周忌であることしみじみ思い出している
三分で終り「まるでウルトラマンのようね」と言われて頭を掻いているハヤタ隊員である
笑っている時が怒っている時である宇宙人と酒を飲みたくない

化野《あだしの》の石の仏のその頬に一億五千万キロの旅終えたばかりの光あたっている

五十六億七千万年斑鳩《いかるが》の弥勒菩薩よ女の屍体を埋めてもいいか

殺した女のパンティ頭にかぶって踊っているところをよくも見たな

まことに節操がなく、おそれを知らぬ四十一歳のユメマクラなのであった。

文壇の「仰天和歌」は、数百は作ったのではないか。

しかし、不思議なことに、二年連載をやっているうちに後半の「仰天和歌」が、少し変化をしてきたのである。

五七五七七の和歌の定型や、あれこれを始めから無視して、テキトーなことを書きまくっているうちに、あららら、いったい何がおこったのか。

自分の中の、何かがちょっと有機的な変化を起こしている。

しかし、この勢いのみで書いた「仰天和歌」が、いったいどのような風を吹かせたのか、NHKの和歌の番組から声がかかったり、そのような業界の雑誌から原稿の依頼が舞い込んだりしはじめたのである。

すでに『陰陽師』は書きはじめていて、一九八八年には一巻が出版されていたが、この物語が売れはじめたのは出版からおよそ十年ほどたってからのことであり、この頃、ぼくはまだ、〝エロスとバイオレンス〟と〝格闘技〟のまっただ中にいたはずで、何が何やらよくわからない現象が、ぼくの周囲に起こっているとしか言いようがなかったのである。

で、ここから先は、お調子者の作家のゆく道は、当然ひとつしかない。

それは何か。

俳句である。

ようやく本題に戻ってきたわけだが、しかし、ぼくは俳句——つまり「仰天俳句」をやらなかった。

たぶん、できなかったのだろう。

その理由を、今、七〇歳の地点からつらつら考えてみるに、おそらく俳句が短すぎたからではないか。

和歌は、五七五七七。

俳句は、五七五。

和歌の方は、定型ではない「仰天和歌」ではあるが、なんとか五七五七七あれば、物語を盛り込むことができるのだが、俳句の五七五は、どうにもならんのじゃないのと思い込んでいたのかもしれない。

しかも、あの季語があるじゃん。

季語をどうすんのよ。

季語、邪魔じゃん。

これを、脳の中でどう処理すりゃいいのよ。無視するならするで、そのロジックか、奇想天外な理由か何かをでっちあげなきゃいかんのじゃないの。

そんな心の動きがあったのかどうか。

手としては、たいした例ではないが、たとえば、今思いついた句、

鈴女《すずめ》の子そこのけもののけ御夢魔《おむま》が通る

などとやってもよいのであれば、いくらでもできたと思うのだが、なぜかそこへ舵を切らなかった。

今さらわからないことではあるのだが、話をおもしろくするために、そうであったということに、ここではしておきたい。

2

回り道をしたが、仰天歌人としてのお調子者の遺伝子を、三〇代後半の時からこの三〇年余り、ぼくがずっと、脳内の文芸細胞の中に持ち続けてきたということは、御理解いただけたのではないか。

しかも、

「季語は邪魔」

と考えており、

「短すぎて、どうしていいかわからない」

とも考えていたのである。

スゲエなおれ。

現在はどうか。

早めに言っておくと、今は、季語があるからこそ俳句であり、季語こそが俳句の本体ではないかとすら考えている。いや、考えているというよりは確信している。さらに言えば、季語こそが、他の文芸にない、俳句のすんごい武器であるとも思っている。

さらに、さらに、さらに白状しておけば、当時（これはもちろん今ではないよ）は、その気になれば、つまり本気になれば、俳句を作ることくらいいつでもできるのではないか——そんな不遜なことまで考えていたのである。

これについては、故中上健次《なかがみけんじ》氏のエピソードをまず紹介したい。

中上健次さんは、一九四六年生まれ、一九九二年に腎臓ガンで亡くなった。ぼくより五歳齢が上で、俳句については造詣が深い作家であったことでも知られている。

しかし、この中上健次さんは、当初（いつの頃かは不明）、俳句について次のように発言していたというのである。

「俳句っていうのは、つまり、アレだろ。ほら、おれたちのやっているアレを上手に整えたものなんじゃないの」

ここできちんと書いておかねばならないことは、これをぼくは今記憶で書いているということだ。

どこで、ぼくがこの記憶を仕込んだのか、家にある本や資料を捜しまくったのだが、見つけられなかったのだ。あるいは「en-taxi」のバックナンバーかとも考えたのだが、三年前の引っこしで多くが紛失しており、どこで読んだものかわからない。本か雑誌で読んだというのはほぼ間違いがないのだが。

誰かの、

「中上健次が、こんなことを口にしていたよ」

という原稿であったか、対談であったか、もはやさだかでなく、記憶で書くことをお許しいただきたい。

しかし、これはまことにわかりやすい発言であり、俳句についてぼくが考えていたこととほぼ同じであり、それを中上健次が、

「なんて上手に言葉にしてくれたんだろう」

というのが、ぼくの正直なところだったのである。

そんなわけで、しれっとして、ぼくの言葉として書いてしまうよりは、たとえ記憶であり、記憶違いの可能性があるにしても、中上健次さんの言葉として書いておくことの方が、本稿にとってはよいのではないかと判断したのである。

では、件《くだん》のその発言、このままでは何のことかわからないと思うので、解説をしておきたい。

〝アレ〟

というのは、小説中にあるちょっとリズムのいい詩的な文章の一行か二行のことである。

〝おれたち〟

というのは、我々散文稼業の人間のこと。

「おれたちがさあ、小説書いている時に、時々、おっ、これいいじゃん、ていう文章書いてしまう時あるだろ。アレだよ、アレ。あの文章を、五七五に整えて、季語を添えてやれば、それ、俳句になるんじゃやないの」

告白します。

ワタクシも、そう思っておりました。

しかし、しかし、これが大きな間違いでした。

後に、いざ手をつけてみたら、手も足も出ませんでしたよ。

ごめんなさい。

本当に。

恥をしのんで書いておきますが、歯が立ちませんでした。

中上健次さんも、「思っていたようにはできなかった」という同様の発言をしておられて、そこにはぼくも深い共感を覚えたのでした。

しかし――

「en-taxi」おもしろい雑誌でしたね。

あの中の俳句のページが好きで、福田和也さんたちが、毎回ゲストを呼んで句会をやっておりました。親分が角川春樹さんで、ゲストの俳句をぶった切る。これが痛快だった。評に不満なゲストの北方謙三アニキが、何か言いかけて、

「北方！　お前は黙ってろ！」

なんて、角川さんにおこられている。

本になった時には、オビ文にそれが使われておりました。

それに、ぼくは、角川さんの、

火はわが胸中にあり寒椿

という句が、大好きだったんですね。

だからどうなんだと言われても、そうだったんですよという、それだけのことなんですけどね。

というところで、文体をもどすために、節を替えて――

3

今、七〇歳になったぼくは、かなり真面目に俳句を作っている。

俳句というのは、おそらく、ぼくら——いや、ぼくのように文章や言葉を職業にしていたり、文筆をしている人間にとって、最後のよりどころとなる文芸型式だと思っている。

年齢を重ねてくると、だんだん長いものが書けなくなってくる。

このまま、年齢を重ねて、八〇歳、九〇歳となった時、あるいは病気になった時、今の熱量で長編が書けるだろうか。

ぼくは、二〇年以上書き続けてまだ終っていない長編が何本もあるが、九〇歳になって、そういう二〇年かかる長編に手をつけられるかどうか。

ぼくは、書くことについてはかなり病的なところがあって、九〇歳になっても、もしかしたら、そういう長編を書いている可能性が十分にある。

しかし、百歳になった時はどうよ。

脳の活力が半分になった時、どうなっちゃうの。

書けるか、大長編。

わからない。

あるいは、病の床に伏せ、もう長編を書くあの海の深い場所——息をとめて、千メートル潜って、深海から手さぐりで宝ものや宝石を捜し出し、それを並べて整えてゆく作業——それがどれだけしんどいかわかっているあの行為を、百歳でやれるか⁉

わからんとしか言いようがない。

死の床でやるのか⁉

しかし、俳句ならば、できるのだ。

ぼくの友人の何人かがそうだった。

後で詳しく書くが、作家の友人であった氷室冴子《ひむろさえこ》さんがそうであった。

一年前（二〇二〇）に、友人のデザイナーだった杉本正光《すぎもとまさみつ》さんが亡くなった。八十歳を幾つか越えたところでの訃報だった。杉本さんも、死のほぼ直前まで俳句を作っていた。一緒にぼくの釣り小屋で陶芸をやっていた仲間で、囲炉裏の火を囲みながら、自ら作ったぐい呑みで一杯やりながら、

火吹き竹火種一点あれば足る

などという句を作ったりして、病気で動けなくなった時には、ＦＡＸでぼくのところによく俳句を送ってきた。ぼくも、杉本さんだけには自作の伝奇俳句を時おり読んでもらったりしていたのである。

今、ぼくは、自分の作っている俳句のことを伝奇俳句と書いた。

ぼくは現在、俳句を次のようなものであると考えて、やろうとしている。

つまり、わかりやすく言えば、

「俳句は、世界で一番短い定型の小説」

「五七五のショート・ショート」

「五七五のファンタジイであり、SFにして伝奇小説」

こういうものとして、俳句をやろうとしているのである。

ようするに、ぼくが今小説でやっている物語を、そのまま、五七五でやろうとしているのである。

このこと、いつか言わねばと、ずっと思ってきた。

いつか、書かねばとずっと思ってきた。

でも、それはいつなのか。

「今でしょ」

そう決めちゃったのである。

もう少し準備をしてから。

もう少し俳句のことを勉強し、俳句のことをわかってから。

なんとおくびょうな。

そんなことを考えて、結局勉強だけで作品を発表しないという人は、小説業界周辺でもいくらでもいる。そういう馬鹿な考えを捨てることにしたのである。

考えてみれば、上達したら、発表しようなんて、十代のぼくは考えていなかった。書くそばから発表し、ガリ切りをし、物語を発表してきた。

時代小説を書き出した時でも、ほぼ勉強なしの状態で、目をつむって跳びおりた。

「書きながら勉強する」

そう決めて、『大帝の剣』を書き出したのは、一九八五年、ぼくが三十四歳の時ではないか。

あれから四〇年、いや三十五年——

状況はいささかもかわってはいない。

やる。

何故なら、七〇歳になっちゃったから。

押しも押されもせぬ老人である。

充分に準備はした。

そのはずだ。

今こそ、やるべき時なのである。

ヘタクソでいい。

怖いものはない。

ロープ最上段からのスイシーダ、入水自殺というこの技でいい。トペ、跳ぶんだ。自爆でいい。どうってことねえよ（ここは猪木だ！）。

邪魔な、プライドのごときものはゴミのように捨てて、実は、これまでやってきた伝奇小説としての俳句、物語としての俳句を、ここに、皆さまにお披露目せねばならんと決心して、この稿を書き出したわけなのである。

若いぞおれ。

まだ充分に馬鹿で、やるときゃやるんだよという、狂う時には狂えるんだよという、そういう力が、今、こんこんと身の内から溢れでてくるのである。

狂え。

作戦、オレ。

あるのは、アホ力。

ないのは、体力だけだ。

というところで、話をもどさねばならない。

では、いかにして、俳句を世界で一番短い形式の小説としてやろうと発想したのかというところからだ。

4

きっかけというのは、間違いなく、俳人金子《かねこ》兜太《とうた》さんである。

一五年ほど前であったか。

小学館の俳句好きな、M川編集者と会った時、彼が言ったのである。

「獏さんは、俳句はおやりにならないのですか――」

「いや、季語を、精神的にうまく処理しきれなくてさあ。なんか邪魔なんだよねえ、あれ」

すでに仰天歌人であったぼくは、そんなことを口にしたのではないか。

「うーん。でも、その季語がいいんですけどねえ」

「今、自分がやっている、幻想だとか、ファンタジイを五七五の中に落とし込みたいんだけど、季語で何文字かもっていかれてしまうと、手も足も出なくなっちゃうからねえ」

この時には、もう、ぼくは山頭火《さんとうか》の「まっすぐな道でさみしい」は好きになっていたし、尾崎放哉《おざきほうさい》の「咳をしても一人」は知っていたので、ああ、こういうものなら作ってみたいとは頭のどこかにはあったのだが、実作するというところまでには至ってなかったのだ。

山頭火については、大昔、「遠くへ行きたい」という番組があって（現在もある。ぼくも何度か出させていただいた）、それに永六輔《えいろくすけ》さんが、雲水の姿をして——つまり山頭火になって、旅をするという回があった。ぼくの記憶では、その時に、永六輔さんが、

一生働いた手を合わせてやる

という山頭火の俳句を紹介していたのだが、この句が、ぼくはやけに気にいってしまって、

「すげえ」

と、感動したことはあったのである。

もうひとつ。

これはラジオであるが、永さんが、風天という俳号を持つ俳人の句を紹介していたことがあった。

その二句。

赤とんぼじっとしたまま明日どうする

ゆうべの台風どこにいたちょうちょ

「誰の句だと思います？　渥美清《あつみきよし》さんの句ですよ」

と、嬉しそうに永さんが言った時の声を、今も覚えている。

びっくらこいた。

渥美さんと言えば、もちろんフーテンの寅《とら》さんで（渥美さんの歌う「遠くへ行きたい」は絶品ですよとひと言書いておく）、一番知られているのは、一九九四年に作られた、

お遍路が一列に行く虹の中

なのだが、そして、これはこれで実によい句だとはぼくも思っているのだが、しかし

ぼくが好きなのは、前の二句なのである。

ああ、そうだ。この頃、すでにぼくは大西泰世《おおにしやすよ》さんの、

なにほどの快楽《けらく》か大樹揺れやまず

にも出合っていたのである。

なんだか凄いエロスがここにあるじゃありませんか。

大西さんご自身は、自分の句を川柳と呼んでいたような気もするけれど——俳句、スゲエぞ、という意識はあったのである。

なんというか、まあそのくらいの状態で、ぼくはM川編集者と俳句の話をしていたのである。

そこで、彼が、

「うーん」

と考えて、

「獏さんが考えているような句ではないかもしれませんが、こういう句があるんですけど……」

と、おそるおそる口にしたのが金子兜太さんの、次のような句だったのである。

おおかみに螢が一つ付いていた

ぶったまげたね。

凄い。

脳を丸太でぶん殴られたような感じ。

宇宙と脳が、これで、入れ替わっちゃった。

どエラい感動に襲われてしまったのである。

さらにもう一句教えてもらったのが、

梅咲いて庭中に青鮫が来ている

どうでえ。

脳が大勃起のぎんぎらぎんよ。みなさんこれにたまげておくんなせえ。

「あ、やれるんじゃないの」

そう思った。

泥水の中から、でかい、青い鱗の鯉が、いきなりぎゅううっと出現してきたような。

「オレ、俳句、やれるんじゃないの」

こういう俳句なら、作ってみたい、と、激しく強く、その時おれは思ったのである。

しかし、やれるのか、オレ。

いや、もちろんやれるかどうかではない。

やるっきゃない。

感動というのは、そういうものだ。

その時、ぼくが決心したのは、

「脳を俳句にしなければいけない」

であった。

自慢しておくが、ぼくは、いつでもどこでも瞬時に文章を書ける。

自分の見ている風景、やっていることを、アナウンサーのように、文章で実況中継をして、それを半永久的に続けることができる。

ついでに書いておけば、ぼくは、キース・ジャレットと対決したことがある。

「ケルン・コンサート」「ソロ・コンサート」というキース・ジャレットのピアノソロが大好きだったので、彼が日本に来た時、さっそくコンサートのチケットを買い込んで、会場に乗り込んだ。

キースのピアノと対決するためである。

世界で初めての文章とピアノの対決——コンサートの間中、キースが指先からはじき出してくる音や音色を、すべて言語化してやるためである。

客席で、勝手に勝負をする。

巌流島で闘う、武蔵か小次郎のような気負いに気負った精神状態で、座席にぼくは座り、原稿用紙を持ち、ペンを右手に握ったのである。

楽しみであり、ぼくは舞いあがっていて、凄い状態になっていた。

演奏が始まった。

ほろり、

と、ピアノの音が響いて、ぼくは瞬時に、

「天使が爪先立って舞い降りてきた」

と書いたのではなかったか。

しかし、ピアノの音にイメージも言葉も湧いてくるのに、ぼくの手の動きが、キースの指の疾さに追いつけない。

それはそれでいい。

先に行け、キース、上等だよ。

ぶつ切りの文章で追いかける。

逃さない。

時に、ピアノを無視して、手の方が勝手に動き出す。

おそろしい、至福の時間であった。

しかし、その時間は、三〇分と続かなかった。ぼくの手が腱鞘炎《けんしょうえん》になったわけではない。

隣りに座っていた女性が、ぼくの肩を指で突いて、と、囁いたからである。

ぼくは、声を出したり、大きな音をたてていたわけではない。しかし、彼女の言ったことの意味はすぐにわかった。

ぼくの万年筆のペン先が、原稿用紙を擦る音がうるさいということなのだ。

よくわかる。

これは、ぼくの出している音が大きい小さいという問題ではない。一度気になったら、どんなに小さい音でも気になるというのは、ぼくもよくわかっている。

それで、ぼくは何かから覚めたように手を止めてしまい、至福の時間が去ってしまったのである。史上初のピアノ対文章の対決はこうして終了してしまったのだが、あの時の陶酔は、今も脳に棲みついているのである。

ああ、おれってつくづくヘンなやつでヘンタイ野郎だなア。

さらに脱線しておくと、ぼくは、十年ほど、沖縄の県立芸術大で、年に一回、三日間非常勤講師として授業を受けもっていたことがある。

その時、書いている小説の話をしたり、「記憶デッサン」をやったり、ぼくが書いた小説にイラストを描いてもらって、それを雑誌に載せてもらったり、色々なことをやっていたのだが、毎回必ずやったのは書である。

〝自分の作った筆で漢字一文字を書く〟

という授業だ。

　輪ゴムで筆を作ってくる奴もいれば、まだ血で濡れた一メートルに余るアグーブタの背骨を一本持ってきて、これをバケツの墨につけて、書く奴もいた。できあがった、書のできよりも、このパフォーマンスの力強さはどうだ。

　これはぼくの書の師匠である岡本光平《おかもとこうへい》さんが、テレビでやっていたことを、真似させてもらったものだ（ついでに書いておくと、今も、ぼくは書をちまちまどんがらがっちゃんと書いている）。

　そして、どの授業でもやったことがひとつある。

　それは、課題が終った学生に、

「絵でも何でも、自分で描いたものを持ってくれれば、ぼくは、いつでもどこでも瞬間的に文章を書けるので、それにぼくが文章をつけるから――」

　というもので、これには、ほぼ全員の学生が作品を持ってきた。

　それに、ぼくは、ほぼ瞬時に文章をつけた。

　この瞬間が、ぼくは好きで好きで、たぶん学生もそうだったのではないか。

「なんでそんなことまでわかっちゃうんですか」

　と、泣き出した学生も、十年で三人いた。

　一例だけあげておく。

　記憶で書けば、踊っているダンサーの絵をスケッチブックに描いて持ってきた学生

（女性）がいた。

踊っているのは、女性である。

「おお、いいねえ」

と言いながら、ぼくの手はもう動いている。

踊って
踊って
踊り疲れて
みんな
踊り尽くしてしまったわたし
でもあなたはかえってこない
それでもわたしは踊り続けるの
いないあなたの前で

解説する。

最初の二行「踊って　踊って」は描写である。これは、いくらでも無限にできる。

ここは、文章をつける方では、この二行は次に何を書こうかと考える時間でもある。

「踊り疲れて」

で、ようやくこちらの感動というか、妄想というか、物語が混ざり込む。

「みんな　踊り尽くしてしまったわたし」

ここで、こちらの脳のスイッチが切りかわる音がする。

もう、ここで、この絵と文章は、ぼくの脳内に存在する実体になっている。後は妄想を発展させ、オチをつけるだけだ。

つまり、日々の連載で、ぼくが脳内でやっていることを、ここではもう後はやるだけの状態に、三十秒もかからずにたどりついているということである。これまで、何千回、何万回となくやってきたことで、後半、もう手は止まらない。

「でもあなたはかえってこない」

までは、自然な流れで、これを何文字か書いているうちには、最後の二行はもう浮かんでいるわけである。

で、その二行を書く。

「それでもわたしは踊り続けるの　いないあなたの前で」

この「いないあなたの前で」のところではもう「表現」にたどりついている。

描写から始まって→妄想→物語→表現（オチ）まで、一分かかっていないと思う。

で、前述のように、書きあげた瞬間、その学生がみんなの前で泣き出しちゃったというわけなんですね。

これは、おそらく、アナウンサーの古舘伊知郎《ふるたちいちろう》さんなどが、大得意のことで、古舘さんも目の前のことなら、たとえばプロレス中継などで、無限に描写できる方だと思う。

ただ、そこから先があるのである。それはこの描写（実況中継）から表現、それも新しい表現にたどりつけるかどうかである。古舘さんはかなり凄いレベルでそれができた。

あるプロレスの中継で、アントニオ猪木と、その弟子である藤波辰爾《ふじなみたつみ》の戦いを、古舘さんが実況（描写）している。猪木と藤波は、この頃ぎくしゃくとしていて、何やらプロレスの文脈から言うと、おかしいできごとがリングで起こっている。

いきがかり上、その雰囲気でいえば（ぼくが勝手に書いておけば）、

「ああ、ついにリングに暗黒の大魔神が舞い降りてきてしまったのか⁉」

こんな感じでアナウンスをつないで、場外乱闘になって、ついに古舘伊知郎は絶叫するのである。

「藤波よ、猪木を愛で殺せ‼」

どうよ。

凄いでしょう。

「愛で殺せ」だよ。

新しい表現にたどりついている。

こんなことできますか。

こんなこと言えますか。

古舘さんは、これができる方なんですね。

　ぼくの小説で言えば、ファイトシーンでは、これでもかこれでもか、と闘っているふたりを言葉で打ち続ける。早く結着をつけたいのに、何度もふたりが「まだまだ」と言って立ちあがってくるので、これはつきあうしかない。こっちだって疲れている。それでも書く。それが時には、百枚以上になってしまう。それでも、ふたりの心や肉体から、デーモンや美が這い出てくるまで、これをやり続ける。すると、ついに、観念したように、ふたりの身体から詩がこぼれ出てくる。それでようやく、ぼくの格闘シーンは終るわけですね。

　でも——

　でもですよ。

　俳句では、ぼくの使えるこの最大の武器が使えない。

　何故か。

　定型だから。

　短いから。

　描写を、表現（詩）が出てくるまで、使うわけにいかない。

　俳句に百枚使っていいの。いいわけないじゃん。いいけど、どんなによくたって、それ俳句じゃなくなっちゃうよ。

　もう、たまらん。

　何十年もやって、身につけた技が使えない。

つまり、これは、とてつもなくおもしろいものに出合っちゃったということですね。ほいでもって、嬉々として、ぼくはそこへ踏み込んでいったという、そういうわけなんですね。

話をもどす。

この瞬時に文章を書くコツは、迷わないことである。

とにかく、一行目を書いてしまい、書きながら考えることである。脳からは、アドレナリンやエンドルフィンが出まくりで、これは半永久的にできる。

これを、縁あって、東京藝大で、数年間、年一回授業をすることになった時もやった。

書をみんなで書く。

もちろん、ぼくもやった。これが楽しかった。学生よりぼくの方が楽しんだと思う。授業というよりは、若い学生に遊んでもらっているという感覚だ。

中には、自分を筆にして、裸になり、全身に墨をつけてそのままでかい紙の上に倒れ込んで書を書いたやつもいた。こんなことは、誰もが思いつきはしても、ほぼやらない。それをやるやつはいない。しかし、ここにいた。沖縄芸大ではアグーブタ、東京藝大では全身筆。いちばんよかったのは、件の学生が、作業が終ったあと、ふんどし姿で半裸となり、夜の外の水道で、全身を水で洗っている姿だった。いくら洗っても墨は落ちない。このなんともうら淋しい姿が、実にいい作品になっていたのである。

沖縄芸大でやった、文章をつけるという遊びを、東京藝大では、授業としてやった。

「おれと遊ぼう」

これも、おもしろかった。

ガラスコップに、ダイヤモンドで文章をつけたり、いろいろなことをやったが、一番面白かったのは、音楽をやっている学生がやってきて、

「自分は音楽の方をやっている。だから、絵はないが、自分が作曲したピアノ曲がある。それに文章をつけてもらいたい」

というのである。

ついに来たな。

もちろん、受けて立った。

いつでもどこでも誰の挑戦でも受ける（©アントニオ猪木）——いつでもどこでもどんな出版社の注文でも受ける。

逃げたら負けであり、ビビったら負けだ。

おれは、キース・ジャレットと対決した男だよ。

教室にあったピアノで、彼が弾きはじめた。

ぼくは左手の指に、白、赤、緑のチョークをはさんで（ここは思い切りパフォーマンスをかましたわけだ）、腰を落として、彼のピアノが始まった瞬間から、黒板に、凄い勢いで文章を書き始めた。

困った時は、チョークを放り投げ、チョークの色を変え、

「ドドドド」
と一行書いて、この間にもちろん次の言葉をそのあたりの空間からひきずり出して
――
殺せ殺せとヤギの声。
神のなげきのてんこもり。
アダムとイブの泣きわかれ。
オカマないてもシリふくな。
ここは今、もちろん当時を思い出してテキトーに書いているのだが。
などと、とにかく、手を止めずに書き続けて、我々の対決は終ったのである。
終った瞬間に、拍手だよ。
どうでぇ。
ああ、シアワセだったなあ。
ぼくが、遊んでもらっていたのである。
ああ、そうだ。
何を言いたかったのかというと、脳を俳句脳にせねばならないということであった。
いついかなる時でも、文章が五七五で出てくるようにする。森羅万象を五七五で見る

癖を、その回路を、脳の中に作らねばならない。

今ぼくの中にある小説脳のごとき機能を持つものを脳内に作りあげるのだ。

そのことを、ぼくはよくわかっていた。

で——

やったのが、年に一回、ひと晩、極めて真剣に俳句を作る——ということであった。

旅先でこれをやった。

年にひと晩というのは、おおよその回数だ。なんでこんなに少ないのかというと、日々の時間が、ふだんの小説の仕事でぎっちり埋まってしまっていたからである。この数十年、十本以上の小説連載を抱えていて、夜には、小説を書かねばならない。終らなければ、釣りの現場の河原で書いたり、歌舞伎座の座席で書いたりと、そんな状態をずっと続けていたからである。

結局、それ（年一回の真剣俳句）を十年くらいやったのだが、なかなか、脳が俳句にならなかった。

あたりまえだ。

うーん、どうしよう。

そう思っていた時に、見つけたのがバラエティ番組の「プレバト!!」（ＭＢＳ／ＴＢＳ系）だったのである。

5

ここで、ふたつ目の告白をしておきたい。

実は、この告白はこの原稿のもう少し先でと考えていたのだが、いつもと同じように原稿が勝手に増殖しはじめて、この告白が入りきらなくなってしまいそうになってしまったためだ。一回でやれるつもりだったのが、まだ全体の半分も書いてないので、連載となってしまったのである。

とりあえず、一回目で書いておかねばと考えて始めたものなので、唐突にここで書いておく。

実は、ガンになってしまったのである。

症名は、

「びまん性大細胞型B細胞リンパ腫」

で、俗に言う、悪性リンパ腫、つまり血液ガンの仲間で、非ホジキン性のリンパガンということになる。

ステージは「Ⅲ」である。

つまり、ぼくは自分の生存率を知っているのである。五年生存率約六割。このことを書いたり思ったりすると、加齢臭を発している耳の後ろがひやりと寒くなる。怖いからだ。

二〇二一年三月二十二日にこの診断が下されて、釣りも、遊びも、原稿も、講演も、その前から約束していた、ほぼ全ての予定をキャンセルさせていただいた。

きちんと理由をお話しさせていただいたところもあり、急病のため、ということにさせていただいたところもある。リモートならやれるかと思っていたのが、当日の体調が悪くて、その日の仕事をドタキャンしてしまったところもある。

ほんとうに、ごめんなさい。

もう少し原稿が進んだら、そこでこのことを書こうと思っていたのだが、いつもの通り原稿が長くなってしまって、今回にはとても入りそうになく、ここで書いておくことにしたのである。

やがて、そこにさしかかったら、もう少し詳しく書けると思うので、ここでは、簡単に現在の状況を説明しておきたい。

現在この原稿を書いているのは、二〇二一年の五月五日。

Ｒ《アール》－ＣＨＯＰ《チョップ》療法の第二クールに突入しております。

全体的に、私の肉体の周囲にある宇宙は、三割減くらい。

肉体の調子もそのくらい。

今は、抗ガン剤の影響で、髪の毛はほとんどない。原稿を書く指は震えて、それが微妙に文体にまで影響を与えておりますが、妙な効果も生んでいるようです。

書きながら疾走していると、気持ちよく文章のカーブでハンドルを切るときに、曲がり切れずに文体が震えて、ヘッドが妙なところに向いてしまい、語尾が「である」になったり「です」になったりする。激突。おもしろいので、とりあえず放っておくというくらいに、精神もイっちゃっておりますです。指の震えで、手書きの文字の字面がいつもより乱れていて、それがイヤな感じなのでさらにぐいぐいとアクセルを踏み込んでしまい、ますますどこへ向かっているのかわからなくなり、さらにさらにかっとばしてしまうという現象がおこっています。

しかし、文筆家たるもの、どのような現象であれ、それを楽しむ余裕というか、意地というか、遊ぼうという心意気が必要であるのは言をまちません。これまで以上に、楽しく、狂ったように踊りまくらねばなりません。

現在の治療ですが、セカンドオピニオンというものをやらせていただいて、他の先生にも相談をいたしました。

そこで、

「今、あなたの受けている治療は充分なものであり、私がやっても同じものになるでしょう。無理をして遠くの病院に変更する必要はないと思われます。いずれ、この治療が終った後、結果次第では、治療方法の選択肢がいくつかに増えるかもしれません。その時に不安があるようでしたらまたいらっしゃい」

という丁寧でわかり易いアドバイスをいただいて、もともとの病院にお世話になっております。

今現在、連載は全てやすませていただいています。

　ただ一本例外があって、それが「週刊少年チャンピオン」の連載「ゆうえんち」です。さすがに、何も書かないというのは、小説筋肉が落ちてしまいそうで、ストレッチと筋トレをかねたものなのですが、もっと大きな理由は、絵を描いていただいている漫画家の藤田勇利亜《ふじたゆりあ》さん(彼の絵がいいんですよ!!)を早く自由にしてあげたいからですね。きちんと、自分で漫画の連載をやれる力を持っている描き手を、ぼくはもう、三年も拘束してしまっているわけです。本来は、一年くらいで終らせるつもりが、もう三年。これはいくらなんでもまずいでしょうと、この一本だけは、点滴を受けながら、ベッドの上でも書いているわけです。

　それで、ようやく最終章に、この前突入しました。

　あとひと息です。

　おもしろいっス。

　もう三巻出ています。ついでに、出たばっかりの超絶の物語『白鯨　MOBY－DICK』も読んでくだせえよ。

　読んだら鼻血が出ますですよ。

　というわけで、なぜ、この原稿を抜けがけ的に、他社に先がけて書いているのかということも書いておかねばなりません。

　仕事を全部休んだと言っておきながら、どうして書いているのか。

　病気のことと、このあたりのことは、後ほど詳しく書きますが、五月、

「『オール讀物』で『陰陽師』を」

というのは休む前からの約束だったのですね。

七〇歳になって、各小説誌の連載のペースを全面的に変更するために、まず『陰陽師』から始めたのですが、ぼくのペースに変更させていただくかわりに、

「五月だけはお願いします」

「もちろんやりますぜ」

ということになっていたのですね。

で——

この前、

「五月、どうしましょう」

という連絡が、あたりまえだけれど、入ってきたのですね。

ぼくとしては、五月頃から、ボチボチという考えではあったのですが、抗ガン剤というのが、実はなかなか手強くて、一クール目より二クール目の方がたいへんで、復活はどうやらもっと先になりそうだなと考えていた時でした。

「いや、通常の連載を、他社を休んでいる時に、『陰陽師』だけ始めるのはちょっと——」

と、まずはお断わりをいたしました。

しかし、書きたい原稿はあったわけですね。

それが俳句です。

実は、病院のベッドで、俳句の新作を書いて――作っていたわけですね。

それが、かなりある。

もうひとつには、病気のことは、どこかで書いておきたかった。

思わぬ自分の心の動きや、おもしろいことに直面したし、色々お世話になってしまった皆さんに、まとめて御報告しておきたいことや、御礼などがあったのですね。

しかし『病中日記』のようなものは「仰天歌人」としても「お調子者のバイオレンスとエロス」でかっとばしたことのあるぼくがやるのもなあ――と考えていたのですね。

ネタとしておもしろいものにならなけりゃ、意味がない。

病気のことを書いて、しかもそれがガンとなると死の匂いがある。自分のガン、つまり死をネタにしていいのか。オレ死んじゃうかも、と書いて原稿にして銭もうけしていいのか。これって作家としてズルくないか。

けれど――

「では、入院中に作った俳句のことを書かせて下さい。ついでに俳句の季語は縄文であるということなども書きたいです」

これならば、なんとなく他社からのお許しもいただけるんじゃないかと思ったわけです。

しかも俳句のことを書いていたら、ついでにガンのことも書けるし、ちょっとぶっとんでいる時期で、ほどよいネタ感もあって、この状態の話なら書く方も読む方もネタとしておもしろいだろうと思ったんですね。

コワいもの見たさですよ。

というわけで、

「三〇枚」

自ら枚数をたからかに口にして書き始めたわけですね。

そうしたら、考えていた以上におもしろくなってきちゃって、あれもこれもと思い出してきて、それらをみんなぶち込んでいったら、

「終んなくなっちゃった」

というつもの現象がおこっちゃったわけですよ。

またかよ。

またなんです。

休んでいたのに、仕事増やしてどうするんじゃ。

ああ、おれって、本当にお調子者。

ばっかだなあ。

これまで、サボってた分、ぐいぐい狂ったように攻めちゃって。

まことにまことにすみません。

なわけで、激しく、強く、以下、次号です。

第二回　尻の毛まで見せる

6

困ったこまった。

前回の、あのアホなノリはどこへ行ってしまったんだろう。あの狂気のアホ神が降りてこないのである。あの原稿を書いてからの三日間は書くことが次々に湧いてきて、夜、寝ようとして眼をつむって十秒すると書きたいことが出てくるものだから、ひと晩中十秒ごとにメモをとっていて、ろくに寝られんかった。

ところが、今はどうだ。

メモは山のようにあるというのに、かんじんのノリがないのである。ああ、これが、抗ガン剤の副作用のなせる業《わざ》なのか、才能の枯渇であるのか、もはや見当がつかないのである。

昨日（二〇二一年六月一日）から、いよいよ、4クール目の抗ガン剤の点滴が始まって、二日目の今日も、打ってきた。病院へ行って帰ってくるまで、八時間だよ。

う～ん。

告白しておけば、三日前に三枚ほど書いたのだが、気にいらず、こうしてあらたに稿をおこしているのである。三日前、いそいそと書きはじめたのだが、これが普通の文章になってしまっていて、書いているオレがつまらなくなってしまったからである。

そこで思い出したのが、我が畏友である漫画家の板垣恵介《いたがきけいすけ》氏の言葉である。板垣さん（『グラップラー刃牙《バキ》』の作者ですよ、念のため）も、ぼくも、漫画と文章と、表現分野は違うが、どちらも格闘ものを描（書）いている。

ただ、板垣さんとぼくは、自作キャラのあつかいが、ちょっと違う。

板垣さんは、キャラを立てておいて、そのキャラを、ある時いきなりぶっこわしてしまう。それも、おいおい、これありなの、というくらいすんごいこわし方をする。初期のキャラで言えば花田純一《はなだじゅんいち》ですね。マウント斗羽《とば》に、一生トラウマとして残るようなやられ方をしてしまう。

直近（でもないか）で言えば、烈海王《れつかいおう》が、武蔵《むさし》と闘って、斬られて死んでしまうということがあった。その時、烈海王の内臓が身体の外までこぼれ出てしまっているコマがあって、

「ああ、これは、板垣さん、絶対に烈海王を生きかえらせるつもりがないんだな」

とはっきりわかるシーンであった。

それだけ、板垣さんの覚悟が伝わってきた絵であった。

ここが、板垣さんの凄いところで、ぼくはかねがね、そういうことができる板垣さんを、うらやましく思い、尊敬もしてきたのである。

ぼくは、それができない。

自分の作ったキャラに、淫してしまうこと甚だしいからである。愛してしまうからである。愛している者どうしが闘いを始めたら、おいおい、どっちがオマエは好きなのよ、と激しい激しい葛藤に巻き込まれ、もうこれは、負ける方が、

「もう、オレの負けでいいよ。ここまで書いてくれるんなら、オレの負けでいいから」

そういう言葉を発するまで、ひとつの闘いを書き続けてしまうのである。

これはたぶん、ぼくのささやかな徳目であるとは思うのだが、時に弱さであるとも思っているのである。

ある時、板垣さんに訊いたことがある。

「どうして、あのようなことができるんですか」

すると、板垣恵介は、次のように言ったのである。

「獏さん、ぼくは、やる時は尻の毛まで見せますから――」

ひええ。

驚いた。

〝尻の毛まで見せる〟

なんという太い覚悟であることか。

もう十年以上も前のことだと思うが、以来、この太い言葉が、おりに触れて、ぼくの心の中に鳴り響くのである。

今回も鳴り響いた。

で、すでに書いた三枚を破り捨てて、〝尻の毛まで見せる〟覚悟で、あらたに稿をおこしたのである。

アホ神が降りてこないので困ったという、そこから、正直に書き出すことにしたのである。

どうだい、諸君。

おわかりと思うが、これは本当のことを書いてしまうという、正直言えばちょっとズルいやり方である。

ズルくとも何でもいい。

とにかく、連載にしてくれと要求したのはこのオレだよ。三〇枚と言っておきながら、五〇枚書いて終らず、連載にしてもらったのだ。今回は六〇枚。

どんなズルい手でも、卑怯な手でも、原稿を書くしかない。

「卑怯な手ほど効き目がある技である」

これは、ぼくの格闘小説の登場人物たちが、おりに触れて口にする言葉だ。

だから、いいのだ（ホントか）。

というわけで、前回の原稿、二回目を書くにあたって、読み返しましたよ。

あちゃあ（これはターザン山本の声）、これ、おれが書いたの？

ついていけない。ブレーキの壊れたダンプカー、'88年秋田市立体育館で、気絶して甦ったあとのスタン・ハンセンみたいなもんじゃないの。

手がつけられません。

それで、気がついたことがひとつ。

これは、どうやらジャズだなあ。

楽器はおれ自身だよ。

自分で自分を打つ。

叩く。

掻く。

吹く。

すると鳴り響く。

鳴り響けば、その音に自ら驚いて、それが気持ちいいので、音が勝手に増殖してゆく。手が止まらない。オナニーが止まらない。

さらにさらに鳴り響く。

どろりと、脳内麻薬が出て、ますます、アッチの方へ行ってしまう。

おれが、全部の指にスティックをはさんでおれの脳をぶっ叩いているのか、おれが、おれの脳を演奏しているのか、脳がおれを演奏しているのか、境目がわからなくなる。

とにかく、脳と身体が鳴り響いて、鳴り響いて、こりゃあ、もう、脳と肉のセッションだな。

そんなもんだ。

で――

前回の終りから繋げるんならば、今回は「プレバト!!」からだ――そういうはずだった。

しかし、思い出したことが、ひとつあったのである。それは、ぼくが生まれてはじめて作った俳句のことだ。それをまず、書いておく必要があると考えたのである。だが、残念なことに、その生まれてはじめての俳句が、今手元にない。

この話をどこから始めるのがいいか。

とりあえず高校生の時に作った文芸同好会の話からがちょうどいい。

高校に入学した時、文芸部というものがないということを知って、実は驚いた。あるものとばっかり思っていたからである。そこで小説を書きたかったのである。ではないのなら作ってしまえばいいと考え、〝文芸同好会〟というのを作った。同好会なら顧問の先生がいなくても、承認さえ受ければ、学校のヤスリ板やら、輪転機やら、ロウ原紙、鉄筆などの備品を自由に使えたからだ。

友人と何人かで始めて、楽しく、民話っぽい話やSFなどを書いて一年ほどした時、新しい先生が転任してきて、

「わたしが顧問をやりましょう」

ということで、〝文芸同好会〟が〝部〟になって、その先生が顧問となって我々の前

に現われたのである。

先生は言った。

「みなさん、俳句をやりましょう」

え⁉

俳句。

小説やりたいのに。

「俳句はおもしろいですよ。誰でもできますから、さあ作りましょう」

というので作りましたよ、俳句。

何句か作って、その年の秋でしたか、ある朝いきなり、朝礼の時に、

「皆さん、夢枕くんの俳句が全国俳句なんとかというところで入選いたしました」

校長先生から壇上に呼ばれて、賞状をいただいてしまったのですね。

で、その時発表された「ぼくの俳句」が、

　野の蓮華摘みつつ病院までの道

という句だったのですよ。

「お、おれの作ったやつじゃない」

さすがに、壇上ではそんなことは言いませんでしたよ。

ぼくが作ったもとの句は、もう記憶にないので、文章で書くと、

「病院にゆく途中で摘んだ蓮華草を、もう春だなアと言って、ベッドの上できみは舐めた」

というのを、五七五よりかなり字余りで句にしたものだったのである。

入院したのは、足を折ってしまったぼくの友人のO塚くんで、けっこう仲がよかった。

そのO塚くんのお見舞いに行った時の句である。

さっそく、朝礼の後、顧問の先生のところへ行きましたよ。

「先生、あれはぼくの作った句ではありません」

「いいえ、立派に、あれはあなたの作った句ですよ」

「でも、先生がなおしたんですよね」

「はい。けれど、それはわたしがあなたの言いたかったことを、ちょっと言いかえただけなので、あなたの句なんです」

そういうものか。

でも——

違うぞ、それ。

賞をもらったけれど、少しも嬉しくなく、なんだか騙されたような気分。

そりゃあ、字余りじゃないし、口でころがした時に、よいぐあいになっているという、それはわかる。

でも――

〝おれの句じゃない〟

断固としてそう思ったワタシなのでしたよ。

現在、このことを思うに、自分に何がおこったのかはよくわかっております。俳句の世界では、よくあるんですね、この手なおしというの。

しかし、ああ、しかし――

ひと言前もって言ってほしかった。

おれは、当時十代の高校生とはいえ、将来キース・ジャレットと対決する男だよ。

わあ、嬉しいなア。

気楽に、パンティ被って踊って喜べるわけないじゃん。

思えば、この時のトラウマが、かなり長い間、ぼくの中には残っていたのですね。

次の俳句体験が、いきなり文藝春秋の「オール讀物」ですよ。

この落差が凄いねエ。

かつて、小説誌がほどよく売れていた頃、出版社は、上手に作家を遊ばせてくれたものでした。うまいものをいただきながら、お酒を飲みつつ指した作家の縁台将棋を記事にしたり、取材という小旅行（それも海外）にも連れていっていただいたりいたしました。

これは、ある編集者から、遠い昔に耳にしたお話ですが、ある高名なる先生（さすがに名前までは言いませんでしたが）と、取材旅行で九州まで、三泊四日の旅にゆくことになっていたそうです。

それで、待ち合わせ場所の新幹線のプラットフォームまでゆくと、先生、すでに先に来て待っておられました。しかし、ふたりでゆくはずが、なんと、先生によりそうようにして、妙齢の美しい御婦人が立っているではありませんか。

「先生、誰スか。このシト」

そう訊きたいのをじっとこらえて、

「おくれてスミマセン」

と下げたその頭の上からふってきた言葉が、

「あー、キミね、きみの持ってるチケットとか、宿の予約メモだとか、みんなここでわたしにもらえるかね」

え⁉

「キミは、こなくてよろしい。三泊四日、好きなところで時間を潰して、四日目に、またここへ来なさい」

何がおこったかはわかりますね。

ああ、まったくいい時代だったなア。

くれぐれも言っときますが、これはワタクシのことではありません。自分のことを他人のことのようにして書いてしまうテクニックを、ワタシも時々使いますが、今回は違います。

脱線しました。

話をもどします。

このごろは失《な》くなったのですが、かつて、「オール讀物」では、作家や文化人に、年に何度か集まってもらって句会を開くという、まことに文芸誌的なおもしろ企画がございました。

ワタクシも、一度、そういう企画に呼んでいただきました。

名づけて〝納涼大句会〟。

「オール讀物」の平成六年八月号ですから、一九九四年です。今から二十七年前のことですね。

主宰が野坂昭如《のさかあきゆき》さん。

他のメンバーは、小沢昭一《おざわしょういち》さん、山藤章二《やまふじしょうじ》さん、清水義範《しみずよしのり》さん、高橋洋子《たかはしようこ》さん、俵万智《たわらまち》さん。それに、嵐山光三郎《あらしやまこうざぶろう》さんとぼくの八名ということですね。

なんだか凄いメンバーでしょう。

これはもう、プロレスで言えば、大物をそろえたバトルロイヤルです。

前日は、いったいどうしたらええんじゃと、震えていたのですが、夜に電話がありましたよ。

嵐山光三郎さんからです。

このメンバーの中で、わたしが一番親しくさせていただいていたのが嵐山さんです。戦前《いくさまえ》に震えているユメマクラに陣中見舞の電話ですね。

ぼくにとってはたよりになるその世界のオジキのような方であります。

「獏ちゃん、明日のことだけど、おれたちは色ものだからさ」

と嵐山さんは言うのであります。

「集まってくるのは、みんなクセモノばかりだから、わかってると思うけど、くれぐれも考え違いをしないように――」

え⁉

バトルロイヤル、プロレスだから、前座レスラーは、ヘタにベルトとりにいかないようにしなくちゃあ、なりませんぜ――

という、アドバイスというか、レスラーのシャワールームの打ち合わせですね。

「わかっておりますとも」

そんなわけで、ワタクシ、色ものとしての分をわきまえて、一句、二句、脳内に用意してまいりました。

席題は――

打ち水

仙人掌《さぼてん》

冷房

日焼
アイスクリーム
です。
ワタクシが出した色ものとしての句は、

仙人掌で素手のキャッチボールやらせたき編集者あり

である。

もちろん、これは、誰もとってはくれなかった。

「なんじゃ、こりゃ」

と野坂さんが、座談でこれをひろってくれて、TVバラエティーなら、ちゃんと笑いにしてもらえました、これが唯一の救いというか、いや、救いもなにも、もちろんこちらはそういうねらいだったのですが。

しかし、嵐山さんは、色ものとしても、夢枕よりは格が二枚も三枚も上で、

冷房に鼻毛鼻くそひっぱられ

いいねえ。

これは、ワタクシがとりました。

念のため書いておきますが、みんなの前に並べられた句は、誰が作ったかわからないようになっている。そういう状態で選ぶので、公平と言えば、まことに公平なるイベントなのである。

ぼくも、さすがに、仙人掌でキャッチボールばかりをやらせているわけにもゆかず、思わず、分を忘れてまっとうに作ってしまった、

打ち水や来ぬ人のあり青垣根

冷房を止めて夕立の音を聴く

この二句を、野坂さんが、それぞれ、天と人でとってくれました。

〝打ち水〟の句は誰が作ったのかというところで、

「ワタクシです」

と手をあげると、

「なんだ、アンタだったのか」

と、がっかりしたような顔をしたのは、野坂さんでした。

野坂さん、おそらくは、

「この句は俵万智さんの作ったものに違いない」

そう推理してとってきたものと、ワタクシは見ましたが、いかが――と問うても今は野坂さんすでに故人であります。

野坂さん、原稿の遅いことで有名で、

「夜半の三時に郵便受けに入れておく」

というので、編集者がゆくと、ない。

呼び鈴を押しても出てこない。

また――

玄関で見はっていても、窓から逃げ出して、銀座で飲んでいた。

こういう伝説が、業界にはまことしやかに囁かれていて、

と、ある編集者に訊ねたら、

「本当ですか」

「もっと凄いんですよ」

と嬉しそうに言ってたなあ。

何でこんな脱線をしたのかというと、ワタクシがぎりぎりのところで『陰陽師』を書いていたと思って下さい。

何しろ、山のような連載があった頃で、もうダメかと吐きそうになりながら書いていると、編集者から電話ですよ。

もう泣きそうな声で言うんですね。

「野坂さんの原稿も入りました。後はバクさんだけです（オマエだけだ）」

ぎょっ、となりましたよ。

ざざざっと音をたてて血の気がひきました。

野坂さんよりも後に原稿を出すわけにはいきません（やっちゃってるけど）。

もう、その後、飛ぶように手が動いて動いて、朝までかかるかと思ってた原稿が、夜半過ぎにはできあがっておりました。

後で気がついたのは、

「これは、原稿を急がせる新手か」

ということでした。

思い出した、仰天和歌をひとつ。


　悲しかなし書けぬ夜は妻を叩きておれを天才と呼べ

7

というわけで、次は相撲ですよ、相撲。

何で、相撲か。俳句と関係があるのか。

あるんです。

この十数年——毎年、正月の初場所に、嵐山さんにさそわれて、大相撲を観に行ってるんですね。

メンバーは、嵐山さん、坂崎重盛《さかざきしげもり》さん、南伸坊《みなみしんぼう》さん、編集者とぼく——他にも何人か、来たり来なかったりという、楽しい観戦で、終った後に、おいしいフグで一杯というのが、またいいんだねえ。

何年前か——

十年くらいにはなりますかねえ。

我々は、ワインや日本酒を紙コップで、ぐいぐいやりながら、観戦しているわけなんですが、取組と取組の間は、けっこう馬鹿な話でもりあがっている。

そういうノリの時に、なんと、大関稀勢の里《きせさと》がリングじゃなかった、土俵にあがってきたわけですね。

この日、勝っておけば、綱取りの希《のぞ》みがまだあるというそういう一番ですね。

この試合じゃなかった、取組になんと稀勢の里、負けてしまったんですね。

ここで、嵐山さんが、叫びましたよ。

「稀勢の里横綱の夢消えの里」

凄いでしょう。

ちゃんと書いておきますが、

「おれたちは色ものだから」

なんて言っておりますが、嵐山さんこそ、俳句については手練《てだ》れ中の手練れで、一番のクセモノですよ。

こういう時に、叫ぶ時も五七五なんですね。

で、次の取組が碧山《あおいやま》ですよ。

仰天歌人としては、もう、負けてはいられません。

メラメラとお調子者のガソリンに火がついて、ワタクシメも声を限りに叫びましたね。

「よりきってもよりきってもあおいやま」

これはもちろん、山頭火の、

分け入つても分け入つても青い山

のパロディです。

するとまた、おもしろがって、嵐山さんが五七五で叫ぶ。

これにまた、手練れの南伸坊さんまでが加わって、五七五で叫ぶんですよ。

なんと可愛らしい、酔っぱらいの親父たちでしょうか。

「まっすぐなよりきりで淋しい」

ぼくも、さっそく、同じ山頭火で次のやつをかっとばします。

さらに、

「うっちゃっても独り」

これは尾崎放哉ですね。

ワインと、この叫びで、声が嗄《か》れちゃいました。

その後の酒のうまかったこと、うまかったこと。

ぼくはと言えば、この頃は、前回書いたように、年に一回の真剣俳句をやっていた頃で、この相撲エピソードは、俳句、みんなでやると楽しいじゃん、ということに思いあたった時でしたね。

このころ、夜の高野山で作った句をひとつ。

煩悩は一輪の梅小夜嵐

まだまだ「幻句」の扉は開いてない。

8

やっと「プレバト!!」ですね。
前回の続きから書けば、
脳を俳句脳にする——
という試みは、十年やってもぜんぜんだめでした。
あたりまえですけど。

ただ、おもしろかったのは、その真剣俳句の最中に、五年前、八年前に作るのに失敗して、ずっとそのままにしておいた句、おりにふれては思い出し、いじっていた句に、ある時、ふいに解があたえられる——そんな体験を何度かしたことです。

十年やってみるもんですね。

一例を、あげておきます。

ゴジラの句ですね。

ぼくは、何度か、チベットやヒマラヤ、玄奘三蔵《げんじようさんぞう》の道をたどって天山山脈などを馬で旅したりしていたのですが、ある年（調べたら一九九四年でした。つまり、二十七年前で、ぼくが四十三歳の時ですね）、カイラス山に向かって、チベットのチャンタン高原を、ジープとトラックで西に移動しておりました。

カイラス山で、サカダワという、日本で言えば御柱《おんばしら》のようなチベット民族のお祭りがある。それを見にゆくためですね。

チベットの西、ヒマラヤ山脈の西の果てです。

そこに、おにぎりのようなかたちをした、白い独立峰がある。

標高六六五六メートル。

かつて、明治の頃河口慧海《かわぐちえかい》が支那人に化けて潜入し、一周したことのある山ですね。

ぼくは、河口慧海とシャーロック・ホームズがチベットで出会い、ダライ・ラマの密命を受けて、ヒトラー（この頃はまだ少年）の野望を邪魔するため、シャンバラという理想郷を捜して、このカイラス山に登るという物語を書こうとしていたので、その取材のためです。

本来は、ホームズだけの話でした。

ある時、インドの平原で、アネハヅルが捕えられ、その脚に手紙が結びつけられているのが発見される。

その手紙に
「ヘルプミー」

と書かれている。

これは、やんごとなき、イギリスの大金持ちの貴族の、冒険好きの息子が、親にあてた手紙ですね。この息子がチベットへ行ったきり、消息を絶ってしまう。当時のチベットは、外国人は入れません。イギリス人などは見つかったら殺されてしまいます。グレートゲームのまっさい中で、ロシア、中国、イギリス（インド）などが、まさにこの中央アジアの覇権をねらって、チベットをとりあっているただ中です。

ちょうどこの頃、オーレル・スタインやら、スウェン・ヘディンなどが、タクラマカン砂漠の楼蘭《ろうらん》あたりをうろつきながら、隙あらばチベットへと、野望をもやしていたのですね。

この息子――青年も、そういう人間のひとりで、親が反対しているのに、チベットに潜入して行方がわからなくなっていたんです。

その息子からのヘルプミーですよ。

さっそく、ロンドンの親のところへこの手紙がとどけられるわけですよ。

そうしたら、なんてったって、ベーカー街ですよ。ベーカー街221番地B――ここの二階に、かの名探偵シャーロック・ホームズ氏と、ジョン・ワトスン氏が住んでいるんですね。

ホームズは、モリアーティ教授との対決の最中です。

このベーカー街221番地Bの前へ、高級な馬車が停まって、美しい婦人が訪ねてくるわけですね。

「ホームズさま、どうぞ、わたくしの可愛いチャールズを、チベットへお出かけになって、見つけ出して下さいまし」

なんて言うわけですよ。

「お金はいくらかかってもかまいません」

なんて言われたら、もう、行っちゃうでしょう、ホームズ。

行っちゃうんです。

ここは、ちょっと説明が必要ですね。

わたし、実は、この取材でヒマラヤへゆきました。一九八五年の十月です。わたしにとっては、二度目か三度目のヒマラヤです。

ヒマラヤに、マナスルという、八千メートル峰があるのですが、そこまで出かけていったのです。

と言っても、頂上に立つためではありません。ワタクシ、自慢ではありませんが、ヒマラヤ、ヒマラヤと言うわりには、体力に自信がなく、八千メートル峰の頂上に立つための技術も知識も体力もありません。高山に弱く、おまけに、びびりです。この時の目的は、鶴を見るためです。

この時より七年ほど前であったでしょうか。NHKで、ヒマラヤを越えてゆく鶴の映像が流れました。

なんとヒマラヤの八千メートル峰の肩のあたりを越えて、チベット側からインドまで、渡ってゆく鶴がいるというのですね。当時は、ソデグロヅルと呼んでいたのですが、現在ではアネハヅルということになっているようです。ともかく、夏のあいだ、モンゴルやチベットのあたりですごしていた鶴が、毎年十月頃に、ヒマラヤを越えて、インドまで渡ってゆくわけです。

その映像が流れました。

ため息が出るほど美しい映像でした。まっさおな、宇宙の色が透けて見えてくるような空に、白い鶴が、編隊を組んで、ヒマラヤの雪の峰を越えてゆくんですよ。成層圏の風の中を、白い絹が、何枚も何枚も流されてゆく、夢のような光景でしたよ。

日本のマナスル登山隊（オリンパス隊と呼ばれていましたか）が、登山中に撮影した映像です。これに、ぶったまげました。心をやられちゃった。

これは、どうしても、この光景を見にゆかずばなるまいと、そう決心してしまったんですね。

その機会がやってきたのが、一九八五年だったというわけです。

何故か。

この時、私は、『闇狩り師』シリーズで、めったやたらと本を売りまくっておりまして、この本を出していた徳間書店の名物社長、徳間康快《とくまやすよし》さんから、

「高級料亭で、うまいもん食いながら一杯やるのと、某有名女優と、海外旅行と、どっちがいい？」

と、問われ、ユメマクラは、迷わず、

「マナスルへ鶴を見にゆきたい」

と、ヒマラヤを選ばさせていただきました。

九十九乱蔵《つくもらんぞう》で、ベストセラーを、かっとばしたご褒美というわけですね。まったく、夢のような時代です。

この時期、ワタクシ、『魔獣狩り』やら、『キマイラ』シリーズやら何やらで、毎月毎月、七〇〇枚に余る量の原稿を書きまくっていた頃で、激しく煮つまっていて、どこかへ行きたい、どこかへ行きたいと、呪文のように心の中で唸っていた時期ですね。アラスカでキングサーモン釣りたい、南米のジャングルでピラルク釣りたい願望というか――風天の寅さんになりたい願望というか、そういうもので、はらわたが煮えたようになっておりましたんです。

そういう時に、海外のお話をいただいて、急に、その白い鶴の映像が、心の中に蘇ってきたんですね。

小説のネタとしても、決めてたわけです。

イギリス人の、冒険好きの青年チャールズが、チベットへ出かけて、行方知れずになってしまう。そういう時に、インドで、アネハヅルの足に巻きつけられた布、

「ヘルプミー」

の手紙が見つかるわけです。

チベットか、あるいはモンゴルから、チャールズが渡り鳥の足に手紙を縛りつけて、イギリス領インドまで、助けを呼んでるんですね。

この小説の取材という、どこに出しても恥ずかしくない立派な名目が、このヒマラヤ行きにはあるわけです。

これは、出版社としても、

「そんなら行ってこい」

と言うしかないわけですよ。

で、行ってきましたです。

マナスルへ。

たまたま、一九八五年の秋に、イエティ同人隊が結成したマナスルスキー登山隊というチームが、この地域に入るという情報を聞きつけまして、白馬の降旗義道《ふるはたよしみち》さんを隊長

とするこの登山隊にまぜていただいたんですね。マナスルの頂上まで登り、八千メートル峰の頂上から、スキーで降りてくるという、すごいことをやろうとしている登山隊です。ぼくひとりではとても、そこまでは行けないもんですから。

で、その年の十月にマナスルのベースキャンプまで入りました。

標高で言うと、五千メートル前後でしょうか。ベースキャンプは、氷河のすぐ横のモレーンです。モレーンというのは、氷河が運んできた岩や石が堆積している場所ですね。

登山隊の本隊は、一カ月くらい前からすでに現地入りしていて、ぼくは、徳間の編集者K川さんと、一カ月遅れでベース入りをしました。

ところが、着いたその日から雪が降りはじめ、ずっとやみません。ずっと雪は降り続いて、鶴を見るどころではありません。鶴を見るには、標高六千二百メートルあたりの、第三キャンプまでゆかねばならないのですが、この雪のため、第三キャンプまであがっていた隊員や撮影隊の全員が、ベースキャンプまでもどってきてしまいました。これはにぎやかで、楽しい反面、困ったことがおきました。ベースキャンプに、シェルパや隊員全員が集まってしまったため、食料がどんどんなくなっていくんですね。

十日もすると、だんだん心細くなってきます。何しろ、夜、眠っていると、山の上や、横や、下の方から、

ごおーっ、

という雪崩《なだ》れの音が、聞こえてくる。

これを背中で聞いている。その音が、上から近づいてくると、眼が闇の中でとんがって、震えがくるわけです。その音が途中で止まるとほっとする。ところが、ある時、その音が止まらない。近づいてきて、近づいてきて、ついに、テント直撃です。とたんにテントが、爆風で、顔にくっつくほど潰れて、どんどんどんと、雪の塊《かたま》りやら、何やらが激しくぶつかってくる。寝袋の中で、伏せて頭をかばって、何十秒――

「おい、大丈夫か！」

降籏隊長の声に外へ出てみれば、なんとかみんな無事でした。

夜があけてわかったのですが、氷河の上で発生した雪崩れが、ベースキャンプ上部にあるモレーンの丘にぶつかって、雪崩れの本体は、キャンプの横を駆け抜け、雪崩れによって生じた爆風のごときものが、丘を越えて（なにしろ圧縮された空気ですから）テントにぶつかってきたということですよね。その爆風の中に、大小の雪の塊りが混ざっていたということですね。

その後は、雪崩れがおそろしくて、毎晩、ナイフを握り、靴を履いて眠りましたよ。もしも雪崩れに巻き込まれて、万が一生きていたとしても、雪の下の潰れたテントの中にいたのでは、素手ではテントを切ることができないからですよね。靴を履いたのは、もし、脱出できたとしても、素足では、凍傷になり歩けなくなって、たちまち死んでしまうからです。毎夜、ラジオで、やっと入る電波で、ネパールの天気予報を聞く。

それは、

「オールネパール・レイン」

という、きわめて短いもので、それくらいは、わかりますよ。山は大雪なんだから。でも、その雨や雪が、何で続いているのか、我々にはわかりません。あとになって、この時、特大のサイクロンがベンガル湾にずっと居座っていて、そのため大雪が降り続いたということがわかったのですが、現場ではそこまでわからない。

で、食料がなくなってきて、みんなが、ひそかにもってきていた非常食を、少しずつ放出してくるわけですね。

「すまん、実はみんなにナイショで、おれはアメを持ってきていたんだ」

「日本から持ってきたチョコレートがあるんだが」

それをみんなで、わけて食べる。

ぼくも、持っていってました。とらやの羊羹《ようかん》一本です。これを、毎晩、寝袋の中に潜って、少しずつかじり、

「おれだけは生きぬいてやる」

とずるいことを考えていたのですが、隊員が個人の食料を出してくるようになって、ついにはぼくもあきらめて、とらのこの羊羹を放出しましたよ。

なにしろ、食料テントの米袋に、あやまって、シェルパが灯油をぶちまけてしまったので、炊いた飯が凄い臭いを放ち、とても食えたもんじゃない。本当に食料がなくなっ

てたんですよね。しかし、下の村まで買い出しに行こうにも、大雪で動けません。

こういう時に、男ばかりがキッチンテントに集まってると、最初にするのは、エロ話です。みんなが知ってるエロ話をする。それが一通り出尽くすと、次は、山で死んだ仲間の話ですね。これが、けっこうあかるい。

「死んだあいつ、本当にオカシなやつだったよな」

その、オカシなエピソードを語ってみんなで笑う。

それも出尽くすと、次に何を話すと思います。

カミサマの話ですよ、皆さん。

「神はいるか」

などという話を、みんなで、大マジメで語る。

すると、日本語のわかるシェルパが仏の話をする。

シェルパは仏教徒で、その多くは、子供の頃、寺《ゴンパ》にあずけられ、そこで暮らした経験があるんですね。

「修行中に、黄金に光るブッダをおれは見た」

なんて言い出すわけですね。

それをお師匠さまに話したら、

「修行の足りないオマエのところに、ブッダがやってくるわけはない。それは、悪魔がオマエをたぶらかそうとしているんだ」

という答がかえってくる。

不思議な、不思議な時間でしたよ。

結局、雪がやんだ時には、ぼくはもう時間を使いはたし、ヒマラヤを越える鶴を見ることはできずに、日本へ帰る日になっていました。

なんとか、ぼくだけ日本へは帰ってきたのですが、隊はその後、登山を再開したのだけれど、残念ながら、途中で敗退。雪崩れで、シェルパのひとりが生命を失いました。

まあ、こんな取材をやってたわけですね。

ホームズを、チベットに行かせるために、あの手この手を考えていたということですね。

しかし、ホームズとチベット、縁があるのか⁉

これが、あるんです。

みなさん、知ってますか。

「最後の事件」ですよ。

この話のラストで、ホームズはモリアーティ教授とスイスのライヘンバッハの滝に落ちて、死んでしまうんですね。

そうしたら凄いことがおこった。

ホームズ物語を連載していた「ストランド・マガジン」誌に抗議の手紙が山ほど届いちゃった。

「このひとでなし」

「死んでしまえ」

「何故ホームズを殺した」

作者のコナン・ドイル、実は、歴史小説家になりたかったんですね。ところが、どうしたはずみか、たまたま書いたホームズものがあたってしまった。おおいに迷惑。ドイルはそう思ってたんでしょうね。

自由になるために、物語上、ドイルはホームズを殺してしまったというわけです。

時あたかも、フランスでは、アルセーヌ・ルパンなどという大どろぼうが大活躍。少し前には、エドガー・アラン・ポーが、オーギュスト・デュパンという探偵が活躍する『モルグ街の殺人』や、『黄金虫』などという推理小説を書いておりました。ルパンは、ガニマール警部に、日本の柔術で関節技を極《き》め、ホームズはホームズで日本の柔術（ドイルは、バリツと記述）で、悪人を投げ飛ばしたりしている、夢のような時代であります。

それにしても、この頃、ロンドンを騒がせた切り裂きジャック事件を、どうしてホームズは解決できなかったんだろうというツッコミは、シャーロッキアンとして、やめておきます。

話がそれちゃった。

それで、ドイルは、ホームズを三年後に生きかえらせるんですね。

それが、「空家の冒険」です。

その「空家の冒険」でホームズと再会したワトスン、なんとびっくりして気絶ですよ、気絶。

息をふきかえしたワトスンに、ホームズは、こんなことを言うわけです。

「――そこでぼくは二年間チベットを旅してまわり、ラサへ行って、ラマ教の高僧といっしょに数日すごしたりして楽しくやっていた。シーゲルソンというノルウェー人の驚くべき探検記は、きみも読んでいるかもしれないが、あれが友人ホームズの消息だったとは夢にも思わなかっただろうな」

なんと、

〝ホームズのやつチベットに行ってたんだってよ〟

であります。

ホームズがこの台詞を口にしたのが、一八九四年ですよ。

「最後の事件」が、一八九一年、河口慧海がチベットのラサへ入ったのが一九〇一年、これはどうしたって、おもしろい冒険小説が書けなければ、物語作家失格であります。

その取材で、ぼくは何度目かのチベットだったわけです。

ちなみにこの取材中に、ヒトラーを出すのは、ちょっとむずかしそうなことに気づいてそれをやめ、ラスプーチンは出てくるわ、ヘディンは出てくるわ、スタインは出てくるわの大冒険小説にしようと決めて、『神々の山嶺《いただき》』とほぼ同時に書き出して二十六、七年、まだ、この物語、終っておりません。

現在、ようやく、一行が、シャンバラに入ったところで、ガンになっちゃって、休筆中ですよ。

こんな連載を、今、十本余り、かかえているわけであります。

というところで、チベットですよ、チャンタン高原ですよ、カイラスですよ。

カイラスと言えば、これはサンスクリット語ですね。チベット語では、カイラス山は、カンリンポチェです。

ヒンドゥー教、ボン教、チベット仏教の聖地、聖山ですよ。

ヒンドゥー教で言えば、破壊と再生の神、シヴァの山ですね。この山のてっぺんで、毎夜、シヴァ神が、月光を浴びながら、破壊と再生のダンスを踊る。そしてまた、シヴァ神のリンガ——つまり、おちんちんでもあります。

チベットでは、仏教より古い、ボン教の聖地ですね。ボン教の開祖であるシェンラプ・ミボが、天からこの地に降り立ったのが、カンリンポチェの雪の頂だったわけです。

仏教では、このカイラス山は、仏陀そのものですよ。仏陀であるカイラス山——ゴータマが、ヒンドゥーの神々であるヒマラヤの山々に、この宇宙の真理を説いているという、そういう場所ですよ。

こりゃあ、どうしたって、行かにゃあなりませんよね。

それで、大量の原稿を抱えて行ったわけですよ。

しかし、凄いね。

何にもない、標高五千メートルのチャンタン高原ですよ。

左に、ヒマラヤの八千メートル峰。

右には、海底からもりあがって、地層がねじまがり、ひんまがり、巨大な神の手が天から降りてきて、こねくりまわしたような丘や谷や山。

大陸移動で、流れてきたインド大陸が、ユーラシア大陸にこれでもかこれでもかとぶつかり続けて数千万年、ついにこんなになっちゃったのが、チベットとヒマラヤです。

標高五千メートル、息が苦しい。

酸素が、地上の半分くらい。

実に過酷な不毛の地です。

でもヒマラヤですよ、八千メートルですよ。

この地上から、宇宙に向かって、地球の背骨が激しく露出しているところです。

もう、心は高なりますね。

なんというすばらしい風景の中を旅してるんだ。

宿はテント。

夜は、もう、宇宙の中に頭を突っ込んだような星空ですよ。

行く手は、まず、宮沢賢治《みやざわけんじ》が、

「聖玻璃《せいはり》の風が行き交ひ」

と『春と修羅』に書いた西域ですよ。その果ての果てのマナサロワール湖――阿耨達《アノクダッ》池《チ》ですよ。

白くひかってゐるものは
阿耨達《アノクダ》、四海に注ぐ四つの河の源の水
……水ではないぞ　曹達《ソーダ》か何かの結晶だぞ
悦《よろこ》んでゐて欺《だま》されたとき悔むなよ……
まっ白な石英の砂
音なく湛《たた》へるほんたうの水
もうわたくしは阿耨達池の白い渚《なぎさ》に立ってゐる
宮沢賢治「阿耨達池幻想曲」

空海が、神泉苑で、竜王を召喚し、雨をふらせたその竜王が棲んでいたのが、このマナサロワール湖です。わが安倍晴明《あべのせいめい》の京都の神泉苑の池と、このマナサロワール湖はつながっていて、しかも、ぼくの好きな宮沢賢治もあこがれた土地ですよ。そのマナサロワール湖の向こうに、カイラス山がやがて見えてくるはずなんですね。
しかし、しかし、人の心の不可思議と言いましょうか、何と言いましょうか。
こんなすんごい風景の中を旅しているのに、十日も同じ風景の中をゆくと、感動する心がすり減ってしまうんですね。

今はわかります。

薄い空気のために疲れてくる。日々、息が苦しい。毎日毎日同じ風景の中で心が病んでくる。慣れてくる。

ああ、不可思議、不可思議、風景だけでなく、ガンにも、人の心は慣れてしまうんですよ、みなさん。

ほんとですよ。

実に不思議でなりませんですよ。

で、ぼくが考えていたのは、ゴジラのことと、日本の、東北の渓流のことだったんですよ。美しい新緑の橅《ぶな》の森の中を流れる澄んだ渓流で、岩魚を釣りてえなアと、そんなことばかり、チャンタン高原で考えてたんですよ。せっかく、チベットまで行っておきながら、そんなことでどうする、オマエ。

でね、感動したことがありました。

真夜中ですよ。ジープとトラックは走り続けて、ぼくはうとうとしているわけです。そうしたら、いきなり、ジープとトラックが停まったんですよ。すると、車に乗っていたチベット人が、みんな、降りて外へ出てゆく。

何だ、何があったんだ。

で、ぼくも外へ出てゆくわけですね。

峠でした。

満月です。

凄い青い光が、宇宙から地球まで、満ちているわけです。

すると、チベット人たちが、みんな、地に倒れ伏して、同じ方向に頭を向けて、全員で五体投地《ごたいとうち》を始めたわけなんですね。

「いったい、何があったの」

ぼくが訊くと、通訳の人が教えてくれました。

「この峠は、この旅で、一番最初に、カイラス山が見えてくるところなんですよ」

というわけで、よくよく目をこらしてみると、遥か地平線の向こうに、マッチ棒の先のように小さな山が、白い宝石のように、月光を浴びて光ってるんですね。

カイラス山だ——

なんという荘厳。

大感動ですよ。

こんなに敬虔《けいけん》な、仏教徒、日本に何人おりますか。

後で、カイラスを五体投地で巡礼している人たちに、訊ねました。

「何を祈ってるのですか？」

答はみんな同じです。

——みんなが幸せになりますように。

――来世も人間に生まれますように。

このふたつです。

涙が出ますよ。

みんな、仏教の人は、仏になりたい。

仏になるためには、来世も人間に生まれなければなりません。悪いカルマを積んで、動物に生まれてしまったら、仏になるための修行ができないからです。

ああ、なんということでしょう。

仰天歌人で調子こいてる自分が恥ずかしくなってくる。

チベットではどろぼうが多く、ぼくはエベレストの時に、万年筆を盗まれたり、いろんなことがあったんですが、みんな、許す。チベット人はいいぞ。

そんなわけで、ゴジラなんですよ。

その頃、ぼくは、仰天歌人でした。

それで、仰天和歌を作ったんですね。


チベット高原にあらわれいでてゴジラさびしかろ踏みつぶすものなにもなし

でね、俳句脳にするためにがんばっていた時に、おりにふれて思い出していたのが、このゴジラの仰天和歌だったんですよ。

ね。

みごとに、話がもどってきたでしょう。

俳句を始めてから、なんとか、このゴジラの仰天和歌を俳句に落とし込めないかと、ずっといじってたんですね。

でもなかなかうまくいかなかった。

それが——

ほろっとできちゃったんです。

何年も、何年もかかってしまったんですが、ほんとにできちゃった。

その句——

　ゴジラも踏みどころなし花の山

春の吉野にあらわれたゴジラが、あんまりきれいな桜ばかりで、歩けなくなっちゃったという句ですね。

これには、さらに後日譚があるのですが、それは、もう少し、稿が進んでから——

あ、「プレバト!!」のことでしたよ。

9

十年やっても、俳句脳にならないという話ですね。

もっと短いサイクルで、定期的に俳句に触れておかねばならないのですが、いい方法が見つからない。毎日作ればいいのだが、これでは本業がたちゆかない。何しろ、長編大好きのヘンタイ野郎なので、そちらの仕事がぎっしりなのに、俳句やるとおもしろいもんだから、あっという間にそちらに時間がとられちゃうわけですよ。

なんてったって、ワタクシ、字を覚えるのより先に、物語を作ってた人間ですから。まだ、ろくに文字も覚えていない幼い頃、親父が、寝物語りに色々なでっちあげの話を毎晩してくれるわけですね。それも、「ももたろう」とか、「うらしまたろう」とか、そういう話じゃない。親父が即興で、ま、テキトーな話をしゃべるんですね。「どこどこちゃん」という男の子の冒険ものが、親父の話では大好きで、毎晩おねだりですよ。だけど、物語りには、終りがあるわけですね。それがぼくは悲しかった。それで、話が終るたびに、

「その続きは」

「その続きは」

って、終った話の続きをせがんでしまう。

なかなか寝ないガキでしたよ。

二度くらいまでは、親父もその続きの続きをでっちあげて話してくれるんですが、もう三度目はでっちあげられない。

「続きはもうない」

なんてことを言い出すわけですよ。

しかし――

「どこどこちゃんは、死んでない」

だから、まだ続きがあるだろうっていう理屈を、親父に言うわけですね。

親父が困っているところへ、

「じゃ、その続きはオレが」

と言って、ぼくが、その続きを親父に話してたんですよ。

こんなことが毎晩ですよ。

こんなガキが大人になると、こういう、三〇年も終らない話を、何本も抱えてしまう、ヘンタイ物語作家になっちゃうんだなあ。

ぼくと同じように、字を覚えるより先に、〝お話〟をしゃべっていた方を、おひとりだけ知っています。

誰だと思いますか。

新井《あらい》素子《もとこ》さんです。

凄いでしょう。

たぶん、想像ですが、故中島梓《なかじまあずさ》さんもそういう方だったんではないかなあ。小説家としては、栗本薫《くりもとかおる》さんのお名前で活躍しておられました。

もう、ずっと昔ですが、ある月の20日頃、梓さんにお会いした時に、

「獏ちゃん、今月何枚書いた」

なんて訊かれたことがあります。

「五百枚くらいかな」

と答えたら、

「わたしより書いてるじゃん」

て言うわけですね。

その後、梓さん、十秒ほど頭の中で計算して、

「あ、わたしの方が書いてるわ」

だって。

その月、ぼくは最終的に、七百五十枚を超えたんですが、たぶん梓さんは、千枚くらいは書いてたんじゃないか。

半村良《はんむらりょう》さんも、ひと晩五〇枚書くと言われていて、ほんまかいなと思っていたのですが、ある時、気がついたら、ひと晩五〇枚、ぼくも書いてました。最高記録は、夕方から朝まで八〇枚。

書き過ぎると筆が荒れるとは、よく言われることですが、ぼくの場合で言えば、一番書いている時期に、一番遊んでいて、一番筆がのっている。脳内麻薬が出まくりで、気持ちがいい。

だって、くらべるのはいかがなものかと自分でも思っているのですが、ぼくなんかよりは百倍いそがしかったはずの手塚治虫《てづかおさむ》さん、あれだけ量産しながら、あのアベレージの高さを見てごらんなせえよ。

テレビだって、出まくっている芸人さん、かなりおもしろい。

ああ物語作家脳を、俳句脳にする話でした。

これをどうしたものかと、考えていた時に見つけたのが「プレバト!!」の俳句ですよ。初めて見るおもしろいおばちゃん、夏井《なつい》いつきさんが、くせものぞろいの芸能人を相手に、彼らの作った俳句を、ばっさり、ばっさりぶった切っている。

これがおもしろくて、ハマっちゃったんですね。

始まったのが、二〇一三年の十一月。

ぼくが見はじめたのは、まだ、一年たっていない頃だったと思います。

何がおもしろいかって、皆さん、真剣に作っている。しかもバラエティーにちゃんとなっている。

何しろ司会のハマちゃん（ダウンタウンの浜田雅功《はまだまさとし》）が、天才的な猛獣使いだからねえ。

ちょっと芸人さんたちがズルいのはねえ、いつもは、おばかさんなキャラでやっているのに、その実体は、たいへんな才能集団であるということですよ。テレビで、何年も生き残っている人なんかは、もう妖怪です。

ぼくらのような、文芸世界の住人は、TV的には真逆の立ち位置でしょう。作家と言えば先生で、高田センセーのセンセーとは、ちょっと違う響きがある。ぼくらの先生は響きがエラソーじゃないですか。エラそう、でもちょっとなあっていうのが、テレビなんかでばれちゃうことがある。おろかなもんですよ。少なくとも、ぼくはそう。

テレビで生き残っているこのお笑いの人たちの才能が俳句に向かうわけでしょう。しかも、真剣ですよ。いくら笑いをとりに行っても、俳句は真剣勝負、ここがキモですよ。だからおもしろい。ぼくは毎週録画して、必ず観ております。

梅沢富美男《うめざわとみお》さんが凄いです。

はっきり言って、俳句脳の持ち主として、ぼくなんかより、数段上のところにおられます。マジほんと。

しかし、この梅沢さんが時々、何人もいるクセモノの中のフジモンさんや（いやここは「さん」ではなく、フジモンでもいいのか。どうなんだよ、日本のカタカナ語）、ジュニアさん（うーん）、東国原《ひがしこくばる》さんなんかにやられちゃう。

ぼくも、松山の「俳句甲子園」、観戦に行きました。

藤本さん（フジモンですよ）の、

マッチ箱の汽車眩し夕虹の街

もよかったし、フルーツポンチの村上さんの、

西日へと坊ちゃん列車転回す

もよかった。

こっちの勝ちでいいんじゃないのと思ったんだけどなあ。

とどめがねえ、東国原さんの、

鰯雲仰臥の子規の無重力

ですよ、ああた。

ぞっとしましたね。

これは凄かったですよ。

無重力でゲスよ、ああた。

なかなかできるものではありませんよ。嘘だと思ったら、やってみるといい。ぼくはできない。打ちのめされちゃいますね、こういう句には。

ああ、おれは、まだ脳が俳句になっていない。

「プレバト!!」を観て、俳句に週一回、触れることで、なんとか、脳の低下を阻止しよ

うとしてたのに、これはかないません。

そう言えばねえ、途中から「プレバト!!」に参戦してきた立川志《たてかわし》らくさん、本気ですね。志らくさん、もう、ずっと前から俳句をやっておられて、十年以上前でしたか、NHKのラジオ番組に一緒に出させていただいたおり、

「皆さん、俳句を一句作ってきて下さいね」

と、ディレクターから連絡がありました。

ちょうど正月でしたので、お題はお正月。

志らくさんからのリクエストで、志らくさんが、マジで出演者の作中から一句を選ぶということでした。

ちょうど、ぼくは、年一回の俳句脳を作るための作業をしてた頃——

友人の林家彦《はやしやひこ》いち師匠も一緒でした。

打ち合わせでは、NHKの方から、ちょうど何かの問題があった頃だったからでしょうか、

「北朝鮮という言葉は使わないように」

というおたっしがありまして、もちろんお調子者の作家としては、

「はい」

と、手をあげましたよ。

「帰ってきた挑戦者ならいいんですか」

お笑いのプロの眼の前で、今はもうあちらは覚えていないような、薄い小ギャグをかっとばしてしまうような、おろかなワタクシでした。

で、俳句です。

ここは、とりに行きました。

ひと晩考えて、

正月や千の煩悩ほしいまま

暮に百八つ除夜の鐘を叩いたけど、そんなんじゃぜんぜんたらんぜという句ですね。

「これがよかった」

と、志らくさん、ぼくのこの句をとってくれたのでした。

この志らくさんが、「プレバト!!」では、時々がんばりすぎて、たまに、いきづまっちゃう。

ついこの前の志らくさんの句、

春眠や「カイロの紫のバラ」よ

これがわかりませんでした。

これはぼくの責任で「カイロの紫のバラ」がよくわからなかったんですね。「カイロの紫のバラ」は、一九八六年公開のウディ・アレンの映画のタイトルだったんですね。ある映画を五度見に行った女性が、映画の中に出演している男性から、「また見に来たんだね」

と、声をかけられる。

この男性が画面の中から出てきて、その女性と男性は、一緒に映画館を出てゆくという、夢のようなファンタジー、ラブストーリーですよ。

これを志らくさんが説明して、はじめてぶったまげるわけですね。

これは、なんかものすごいことをやろうとしているわけですよ。それはわかる。だけど、これじゃあ、わからない。どうしたらいいのというところで、夏井さんの添削が入る。

　　春眠とは「カイロの紫のバラ」か

つまり、読み手への問いにしたわけですね。

そうすると、読み手は、この「カイロの紫のバラ」とは何かと、何人かは調べるであろうと。調べてはじめてストーリーがわかり、そこで、読み手は、この句に入ってゆくことができるのだというわけです。

「こういう挑戦はおおいに評価したい。ぜひ続けて下さい」

とは、夏井いつきさんの言葉だ。

この添削後の志らくさんの言葉がよかったんですよオ（ターザン山本）。

「これは思いつかないですね。ちょっと感動してしまいました」

ぼくもそうでしたよ。

どうしたらいいの、この句。

わかんない。

そう思っていたら、みごとに解があったんですね。

でも、ぼくも（あたりまえだけど）どうしていいか見当がつかなかった。

それで、この解を読んで、感動ですよ。

そして、志らくさんの言葉でまた感動。

皆さん、いつも、サービスで斜めに語るクセモノ志らくさんが、思わずまっすぐな本音を口にしてしまって、ここで見る者を感動させちゃうんですよ、この番組は。

ちょっと、これはね、夏井いつきさんの力量が、ハンパないってことですね。

こんな風になおせるものなの？

なおせちゃうんです。

ぼくなんかは、あらためて、

でよかったんじゃないの。

あの時カンドーできなかったのは、オマエが幼かったからじゃないのと、考えさせられたひと幕だったんですよ。

そうそう、小説――同人誌で言えば、合評会というおそろしいイベントがありましたよ。

ぼくは、高校を卒業して、大学生になり、地元小田原の同人誌に入りました。大学の同人誌、SFの同人誌、そして街の同人誌に入って、ついでに大学では、井上《いのうえ》光晴《みつはる》さんが選をやっている、東海大学の文学賞に応募しておっこちたりしていた時期ですね。

この、小田原の同人誌の合評会がねえ、なんか、心臓に悪い。

気の弱い人は、一カ月たちなおれないようなことを言われる。

ぼくは十代ですよ。

他のおっさんたちは、四〇、五〇。

合評会って、同人誌ができあがった時、みんなで、まあ、だいたいお酒を飲みながら、掲載された作品の感想を言いあうわけですね。

そこでぼくが言われた言葉は、

「おまえはまだ地獄を見ていない」

「一度地獄を見たほうがいい」

「おまえのは、ぼっちゃん文学だ」

「おまえに原風景はあるのか」

ぼくは、おそるおそる訊ねましたね。

「Hさんの原風景は何ですか」

「戦後の焼け跡よ」

うへー。

すみません。

もう、これはひれふすしかありません。

何がなんだかわかんない。

だって、オレら、「戦争を知らない子供たち」ですから。

ぼくは、ただただおもしろい、みんなに喜んでもらえるようなSFやファンタジーを書きたかっただけでしたから。

これがねえ、ちょっとトラウマになりましたよ。

「地獄を見たこともない、原風景もないオレは、小説を書いてはいけないのか」

ぼくの原風景は親父と行った小ブナ釣りやら蓮華畑、ゴジラや『西遊記』、手塚治虫でしたから。

だから、ぼくは今でも、「文学」という言葉をうまく使えない。使うのがちょっと恥ずかしい。

今は〝文芸〟というところになんとか落ちついている。

これは、説明しておきたい。

たとえば昔は、今で言う剣道などは、〝芸〟と呼んでたんですね。だから、武芸者などという言葉も残っている。

芸ですよ、芸。

そういうわけで、日本からこの〝芸〟という言葉は、海を渡るんです。つまり、外国では、格闘技のことを、マーシャルアーツなんて呼んだりしている。

武がマーシャルで、芸がアートのアーツですよ。

今の表記では「ＭＭＡ」――ミックスドマーシャルアーツの略ですね。

知ってました？

で、武芸に対して文芸――このほうがぼく的にはしっくりくるんですね。

話をもどしますですよ。

ところが、このおそろしいはずの合評会が俳句の世界――とりあえず、「プレバト!!」の世界では、実にうまく機能している。

それは、おそらく、信頼関係があるからですね。

夏井さんの添削が、実に上手に元句《もとく》によりそっているからです。添削した現物がそこにある。それがなおされてよくなっている。

そのことが、みんな、口を尖らせて不満そうな顔をしていてもよくわかっている。

うーん、凄い番組だなア。

そうそう、この「地獄を見た方がいい」という言葉、何年か前に久しぶりに耳にしました。

俳句もやっているピースの又吉直樹《またよしなおき》さんが、テレビのドキュメンタリーに出たんですね。

『火花』の次作を書こうとしている又吉さんをおっかける番組です。

しかし、なかなかうまく書けない。

困っている。

途中まで書いた原稿を読んだ編集者が、

「一度地獄を見た方がいいんじゃない」

なんてことを言っている。

あらら、出ちゃいましたよ、出ちゃいましたよ。

今どき言うか、その台詞。

久しぶりに聞いてしまいましたよ。

「地獄を見ろ」

ああ——

その時、ワタクシは、声に出してテレビに叫びましたよ。

「又吉、だまされるんじゃないぞ。それは、五〇年前の言葉だ。オレなんか、さんざん言われて、結局、オレはオレになるしかなかったんだ。オマエはオマエになればいいんだぞ!!」

だってね、芸人の多くは、とっくに地獄なんか見てるんだもん。

結局、オレなんか、書くことで地獄なんか見ませんでしたよ。

後楽園ホールでラッシャー木村が、ドロップキックをやるのを見て涙した帰り、電車の中でぶったおれ(ホテルでカンヅメ、徹夜の日々で原稿書いてたもんですから)、戸塚駅のホームに放り出されて倒れていたら、救急車で病院に運ばれ、点滴されながら、その晩も『闇狩り師』書きました。これはもちろん地獄じゃありません。極楽ですね。人が仕事で、どうなると倒れるかということを、身をもって体験した最高のできごとでしたよ!!

ああ、地獄のことを書かずに、あからさまに自慢しちゃいました。

このあたり、オレのずるいところだねえ。こういうところなにげにウマくやるヤローだね、オレ。

結局ね、フォローしておけば、ネタとしておもしろおかしく書いてしまいましたが、その編集の方も真面目に、真剣に又吉さんの作品に向き合ってるのは間違いないんです。時に、編集者は作家の唯一の味方ですから。

ぼくのことで言えば、二十年も連載をしていると、不安になる。この連載を二十年、いったい何人の読者が読んでいるのか。ひとりもいないんじゃないか。カミさんだって読んでない。読んでいるヤツどこにいる。いるんです。それが担当編集者なんですね。この地球上で、ただひとり、この連載を読んでいる人間がいるとしたら、それが担当編集者なんですね。

その昔、いそがし過ぎて、不安になっていた頃――

「獏さん、この頃お疲れですか」

って、言ってくれた編集者がいたんですよ。

「オマエ、この頃文章荒れてるぞ」

でなく、

「お疲れですか」

ですよ。

ここが凄いでしょう。

背筋が伸びました。

今はもう、ワタクシも老人ですので、ほとんどの編集者が歳下ですので、うまく叱ってもらえません。自分で自分につっこんでやってゆくしかないんですね。

おそらく、又吉さんの担当の方も信頼関係があったからこその言葉だったのでしょう。

またまた、話をもどさねばなりません。

でね、そうすると、気になってくるじゃありませんか。夏井さんが、いったいどのような俳句をお作りになっているのか。これは知りたくなります。

それを知る機会があったんですね。

本じゃあ、ありません。

テレビでした。

「サワコの朝」です。

というところで、さらにさらに激しく、以下次号でしょ、これは。

第三回　オレ、ガンだからって、ズルくね

10

近況、ということになる。

前回、たからかに宣言した「サワコの朝」については、もう少し後に書くことになってしまった。

なにしろ、こんなに、長い連載になるとは思わなかったもんだから、ちょっとまた近況を書かねばならなくなってしまったのである。というのも、この連載が掲載されている本誌「オール讀物」を友人の多くに送付してもらっているからであり、ぼくの担当編集者のほとんどが、この連載を読んでいるからである。

これまでたくさんの方々から、

「どうよ、だいじょうぶか、オマエ」

声をかけていただいたり、お手紙をいただいたり、あちこちのおいしいものや、お守りなどをいただき、ご縁のあるお寺や神社からは祈禱《きとう》をいたしましたという連絡をいただいたりで、その都度御礼はしているものの、細かい話はできていないので、ここで誌面を通じて近況を報告しておきたいと考えたのである。

とくに、連載を休ませていただいている雑誌の編集者のみなさんには、中間報告をしておく必要があるであろうと。

本来であれば、おひとりずつにお話をすべきなのだが、それは、今はちょいとしんどいので、ここに書くことで、そのかわりとすることにしたのである。

目下、R《アール》-CHOP《チョップ》療法の五クール目に突入している。二〇二一年三月後半から四月にかけて八日間入院した後、三週間を一クールとして、八クールの治療を通院しながらやっている最中なのである。

三週間に二日、点滴で抗ガン剤を入れて、さらにもう一日白血球を増やすための注射で通院、これに加えてもう一日は中間検査で通院——つまり、三週間に四日は、必ず通院することになっていて、行けばほぼ一日がかり(待ち時間が長く、七時間はざらで九時間かかることもある)なので、ひと月のうち、七日間は、このために時間をとられてしまうのである。

ソファーに崩れ落ちた、動物のはらわたのようにうずくまって、時間をやりすごすだけだ。心の地力がやつれてくる。

うまいぐあいに、抗ガン剤の副作用の〝抜け〟の期間が通院の日となっていて、自分で車を運転して通っているのだが、抜けの時期でない時は、かなり、しんどかったりするのである。声は出なくなるわ、便秘になるわ、飯の味はしなくなるわ、吐きけがして気持ち悪いわ、耳は遠いわ(これは歳か)、人間というか、生命体としての根源的な存在様式の核のような部分を、常に何ものかに侵されているようなのである。

髪は九割以上ほぼ喪失し、足腰は弱りはて、家の階段を登るのにも息がきれ、これがはたしてガンのせいなのか、抗ガン剤のせいなのか、わからなくなっているのである。現在は、まだ薬の抜け期ではない状態なのだが、しめきりだけは近づいてくるので、書いてどのようなことになるのか、楽しみ半分、コワさ半分で、書き出すことにしたのである。

これまでのぼくの経験知で言えば、書き出せばやる気が出るということがよくわかっているからだ。

皆さん、やる気スイッチ、どこにあるかわかりますか。

教えましょう。

身体です。

肉体です。

行動です。

肉体を動かすことで、脳を騙すんです。やる気がない時（原稿を書く気がない時）、いくら待っていても、それは天から落っこちてくるわけではありません。神サマが、ある時それをあなたに、

「どうぞ」

と差し出してくれるわけではありません。

原稿ならば、とにかく、やる気がなくても書き出すことです。書き出せば、自然にや

る気が出てきます。アイデアなんて、待ってたって、どっかに落っこちているわけではありません。腹をくくって、そのことだけを考えることです。考える。考える。考え続ける。ぼくの感覚で言えば、脳がとろけて鼻から原稿用紙の上に滴り落ちてくるまで考えれば、ほぼ全ての場合、アイデアなんて出てくるんです。間違いない。これまで何千回、何万回、ぼくはそうやってしのいできました。とことん考える、これを続けていると、アイデアなんていやでも脳内に湧き出て湧き出て止まらなくなります。

ホントです。

今の心の状態は、ガンと闘っているというよりは、味方であるはずの抗ガン剤と闘っているようで、試合の最中に、タッグ・パートナーに後ろからセンヌキで後頭部を叩かれているようなものでもあるのですが、文章のことを考えていると、なんともいやな毒《どく》悪《あく》成分を身にまとった黒いムカデが、頭蓋骨を割って、脳からごそごそと這い出てくるような感じというのでしょうか。そんなふうに出てくるんですね、アイデアが。現在の話ですよ。

で、困ったことに、妙に、元気でもあるわけです。しんどくて動けないのに、抜け期になると、時々、元気になっちゃうんですねえ。

まったく、不思議な現象を、このガンちゃんが、ワタシにもたらしてくれたわけですね。

うーん。

たとえばさあ、夜半にねえ、ほそほそと原稿を書いていてさ、喉がかわく。ほとほとと階段を下りて、仕事場から台所へ歩いてゆく。冷蔵庫を開けて、冷たい麦茶を飲む。

カミさんは寝ているよ。

独りだよ。

いつものことっちゃあ、いつものことでさ。この何十年、毎夜やってきたことでさ、何回も何回もやってきたことなんだけどさあ、ほの暗い冷蔵庫の灯りの中で、ふいにほろほろと涙がこぼれてくるんだよ。

なんだろうねえ。

おれにもわからないよ。

いつものことなのに、もう、昨年の自分ではないんだよ。これは、いったい、何なんだろうねえ。

ああ、これが、オイラの運命だったのかなアってさ。いや、運命じゃねえな。うまく言語化できないんだが、ああ、こういうことだったんだなって。四、五百冊本を出して、毎日仕事をして、魚を釣って、ヒマラヤに行ったり、アマゾンのジャングルへ行ったり、南極以外の五大陸で魚も釣ったねえ。ほいでもって色々よ。あれこれあったりしてさ、ガキもこさえて、小金も溜めちゃってさ、ようやく、自分の書きたいものがわかったのが、この、一、二年だよ。なら、あと十年、なんとか、あの仕事とこの仕事を、あんなことや、こんなことをやって——色々考えてたんだ。

楽しいねえ。

それがねえ、結局ねえ、ああ、こういうことなんだなあってさ。ああこういうことだったんだなあって、麦茶といっしょに、あれもこれも、よくわかんないまま、冷蔵庫の灯りの中で飲み込んでゆくんだよ。なんにもできなかったなあ。なんにもできなかったよ。深夜にこのことを思うと、涙がこぼれてくるんだよ。物語ということでは、少しはできた。でも百分の一、千分の一だなア。オレがなりたかったのは、言霊の錬金術師だよ。宇宙の秘密をさあ、知りたかったんだよ。人類のためになる何ごとかについて、極めたかった。でも無理だった。何ものも救えない。今はオレが救われたい。

どうするよ。

どうする諸君。

今のオレは、どこがどうだかわかんないのだが、凄いことになってるようなんだよ。たとえばさあ、今、『陰陽師』を書いたら、凄ェことになりそうだなって、ふつふつと湧きあがってくるものがあるんだよ。

なんだか凄いよ。

晴明にも、博雅《ひろまさ》にも会いたいしね。

どうするよ。

どうにかなっちゃうよ。

とんでもない傑作になりそうな気がしてるんだよねえ。

そのかわり、いざ、書いたら書いたで、いつも通りの晴明と博雅がそこにいるような気もしてるんだよ。

でも、コワいんだよね。

ちょっとコワい。もしかしたら、書きはじめて、いつも仕事をしているあの深さまで、オレ、潜れないんじゃないかって、そんなコワさも、正直言えばあるんだよねえ、これが。

で——

冷蔵庫の前で、麦茶でほろほろってわけよ。

だけど、オレはやるときゃやる男だよ。

キース・ジャレットと闘った男だよ、オレは。

ただ、言えるのは、この不思議な状態、境地、不可思議な静かな興奮は、たぶん、ガンがもたらしたものだろう。いや、たぶんじゃねえな。絶対にそうだなあ。

オレから、色々な風景は消えてしまったけれども、この新しい感覚は、たぶんガンがもたらしたもので、この場所までオレをつれてきて、ここへオイラを立たせてくれたのは、ガンだよ。

そんなら、ちょっとくやしいけれども、認めておくよ。ガンがオレをここまで連れてきてくれたんだ。

もしも、この原稿を、

「おもしろい」

と読んでいる方がおられるとしたら、それはガンがもたらしたものだろう。『キマイラ』や『明治大帝の密使』や『餓狼伝』や『ダライ・ラマの密使』や『陰陽師』や『小角《おづぬ》の城』や『闇狩り師・摩多羅神』や『蠱毒の城』などの連載をだいぶおくらせてしまったが、こういうより道もまたよかったんじゃないの。

うーん。

そうだ、一時は最強だったね、オレ。

その話をしておこう。

何のことかって?

説明しておこう。

「オレ、ガンだから——」

このひと言で、世間さまが、オイラにひれふすんだよ。この世間さまというのは、もちろんわが家のことで、わが家というのはつまり、あのコワいコワいカミさんのことだよ。

諸君、よく聴いてちょうだい。

あのカミさんが、オレにひれふすんですよォ（ターザン山本）。

ああ——

オレは、何という最強の兵器を手に入れてしまったんだ。

あれが喰いたい。

これが喰いたい。

ワガママ言い放題。

「何、高い？　そんなこと知るか。とにかくおれはそれが喰いたいんじゃあ（ここはオオニタ）！」

宮崎マンゴーなら太陽のタマゴ。

お茶なら、玉露にしとけい。

牛なら神戸牛じゃあ。

メロンなら夕張メロンの一番高いやつでよろしい。

「もう、来年の桜見れないから」

ミサイルをぶっ放す。

ああ、なんという凄い武器をこのワタクシは手にしてしまったのでしょうか。

しかし――

これもよく聞いてくださいよ、どんな武器でも、使いすぎると、敵に見切られてしまうんですよ。同じパンチ、出しすぎると相手にバレちゃう。そこんとこよくわかってるよねえ、那須川天心《なすかわてんしん》くんも、井上尚弥《いのうえなおや》くんも。

ワタシの場合、一カ月もちませんでした。今は、ほぼもとにもどり、ばかでおろかな夫婦です。

もう、会話もばかですね。

最近、ワタシの耳が遠い。

「あー、ヘンタイ」

「あー、ヘンタイ」

と、カミさんがキッチンで叫んでいる。

「どうした、誰がヘンタイなんだ」

「わたし」

「え⁉」

よくよく聞いたら、

「あー、眠たい」

でした。


仕事をすませ、寝室に入ってゆく。

「元気をけしてね」

「元気をけしたら、今のオレ、死んじゃうよオ」

よくよく聞いたら、

「電気を消してね」

でした。

　カミさんが作った料理。

「抗ガン剤で味がわからん」

「それって、悲しい」

「誰が？」

「私」

　そりゃあねえだろ。

　悲しいのはオレだよオ。


「オイ、かあさんや」

「あ、今、バアさんて言ったでしょ」

「言ってない」

「言った」

　ケンカになる。

「絶対言ったもん」

　中学生である。

　で、ある時、わざと言った。

「おいバアさんや」

「ほら言った」

ちゃんと聞こえてるじゃん。

またケンカになる。

カミさんが、マスクメロンを買ってきた。

「これで便秘が出るよ」

元気だろ、それ。

昔からオレは、「意志を放棄した老人」の真似がうまかった。

それが、七〇歳となり、本物の老人となってますます技に磨きがかかり、おまけにガンとなって八キロ痩せてしまったものだから技も鬼気迫るものになった。

親父ギャグがスベッた時や、意思が通じあわなかった時、その時持っていたものをハタと取り落とし、その場で固まるのである。腰を曲げ、背を歪ませ、矢吹丈《やぶきじょう》の両手ぶら り状態になる。

顎を重力にまかせ、口を半開きにし、眼をうつろにし、ヨダレは流れ出るままにして立ち尽くす。

カミさんが無視をすれば、よろばいながら近づいてゆく。

いやがって、カミさんが逃げる。

これをゾンビのように追い回す。

ほれ、どうじゃ。

ほれ、どうじゃ。

カミさんが、声をあげて逃げる。

「ヤダーッ」

けっこうバカな夫婦である。

カミさんが、ボケを滑る。あるいはカミさんが冗談《ボケ》をひろってくれない。

「あー、そこ、彦いちならひろってくれるんだけどなア」

林家彦いち師匠の名前を出す。

「なら、彦いちさんとやればいいじゃない」

だいたい、作家というか、文化人というか、エライ俳優さんのボケは、何人かの例外をのぞいて、スベリがちである。

テレビのバラエティなどで、そういう人たちがおもしろく見えるのは、上手な人たちがうまく拾って笑いにかえてくれるからだ。しかし、時に、いや多々あるのが、拾ってもらえず、イジってもらえない時だ。あちらも、この「先生」のことをどう、どこまでイジっていいものかわからないものだから、スルーしてしまい、ちょっと気まずい空気が現場に流れてしまうことがよくあるのである。

ぼくも、冷や汗をかいたことがあるが、家では気が楽なので、やりたい放題なのである。

三日前までは調子は最悪で、三日間のほとんどカミさんとふたりで寝ていた。ぼくは抗ガン剤の副作用のためで、カミさんはコロナワクチン接種の副反応のためだ。ほとんど動けず、老老介護状態である。

トイレ、メシの時は、各自が勝手に動く。這うようにベッドを抜け出てやっと、ぼくがキュウリを齧《かじ》って冷蔵庫の前で、飢えをしのいでいると、カミさんがバナナを齧りに来る。

互いにナメクジのような速度で廊下を移動してゆく。

「おはようございます……」

「おはようございます……」

かすれた風のような声で、すれ違う。

どちらかが、廊下のキリムに引っかかって転んでも、起こしてあげられない。

キリムにまとわりつかれてイモムシのようにもがいているのを、一方が、ただ黙って見下ろしているだけである。

ヨーロッパ映画のようなシュールな映像で、どきどきするのだが、表情がないというのが凄いのである。

朝メシの時、

「謝まりなさいよ」

と、カミさんが突然に言い出したのである。

「どうしたんだ」

「あなた、わたしを見捨てていなくなったでしょう」

「え」

「謝まりなさいよ」

「それって、何のことだ、いつのことだ？」

「昨夜《ゆうべ》のこと」

「え」

こういうことであった。

夢を見たというのである。

ふたりでレストランに行って、食事をすませ、ぼくは駐車場へ車をとりにゆき、カミさんはそこに残って会計である。なんとカミさんは、値段を半分にねぎって、やっと帰ろうとしたら、ふたりの子供がナイフを握って、

「コロしてやる」

「シネ、シネ」

追いかけてきたというのである。

ふたりが持っているナイフは、銀紙であったが、たいへんにコワかったというのである。

駐車場まで逃げたのだが、もう、ぼくの車はなく、

「わたしをおいて、あなた、先に帰っちゃったでしょう」

だから、謝まりなさいよ、と怒っているのである。

「ホントにこわかったんだから」

さすが、作家の妻というべきか、なんというか、よくわからんカミさんなのであった。


思えば、カミさんと初めてケンカをしたのは、結婚してから一年後のことであった。

原因は、実に些細《ささい》であるのに、結果は重大——これは、我らの場合、多くのケンカにあてはまる。そうだよねえ、諸君。

その時は、体重のことであった。

「何キロになった」

カミさんに、体重がどのくらいかと問うたのである。

「言わない」

「言わないったって、おれ、体重知ってるんだから、言ってくれてもいいじゃない」

「なら訊かないでよ」

「本人の口から聞きたいんだよオ（ターザン山本）」

「やだ」

などと言いあっているうちに、モードがヤバイ方向へ変化してゆくのは、おトモダチ

のみなさんよくわかるよねえ。

あ、わかんないか。

その時――

「ええい、それならこうしてくれるワ」

とばかりに、ぼくはカミさんを抱えあげ、体重計の上に乗った。

「これでどうじゃ。この体重からオレの体重を引けば、オマエの体重はまるわかりなのじゃ」

ここでカミさんが急に静かになった。泣いていたのである。

これで、ぼくは全面降伏である。

「オレ、ガンだから」

よりもさらにさらに強い、カミさんの最終兵器、

「泣く」

の前には、もはやダンナはたちうちできないのであるというのが、このオチでした。

けっこうバカな時間をすごしておりますというのが、近況でした。

11

ということで、三っつ目の告白である。

「実は、これまで、ワタクシ、この二〇年近く、『書』を書いておりました」

というのが、それである。

スミマセン、「サワコの朝」がまた遠のいてしまいました。

「オイ、ユメマクラよ、オマエ、書と俳句とどういう関係があるんじゃ」

という声が聴こえてきそうであります。

あるのか。

あるんです。

これは、最終的には、物語という橋で縄文ともつながってくるテーマでもあるのである。

俳句、という文芸について考えてみた時、世界に、これと似たものがあるであろうか。

答は、

「ない」

です。

これまで、ずっとそう思ってきた。

世界には、短詩の文芸が色々あります。

ヨーロッパには、ソネットという十四行詩があり、中国には、五言絶句という、これまた短い形式の詩があります。

しかし、いずれも、共通するのは、定型で短いということくらいで、俳句とはどうも違うようです。もっともこれは、違ってあたりまえの話でしょう。

李白《りはく》の友人、杜甫《とほ》の、無題の絶句があります。

江碧鳥逾白　江碧《みどり》にして鳥いよいよ白く
山青花欲然　山青くして花然《も》えんと欲す
今春看又過　今春みすみすまた過ぐ
何日是帰年　いずれの日か是れ帰年ならん

うーん。

これは、どれだけ近いとしても、俳句というよりは、和歌だなあ。

文字数だけなら、この五言絶句という形式は二〇文字で俳句の十七文字に近いが、そういうものじゃない。短詩というものに、それほど深い知識があるわけではないので、簡単に結論づけるものではないのかもしれないが、私的《わたくし》には、俳句のような文芸形式は世界にない、としか言いようがないのである。

が、文芸形式でないものであれば、世界にただひとつだけ、「俳句に似たもの」があるのである。

それが何かと言えば、皆さんもよく知っている、

「漢字」

なのである。

このことに、三カ月ほど前に気づいてしまったのである。

漢字とは何か。

それは、世界で一番短い神話である。

それは、世界で一番短い物語である。

このことに気づいたのは、さらに昔の二〇年近く前だ。

12

ぼくの書の師は、岡本光平さんである。

二〇〇二年であったか、二〇〇三年であったか、NHKの『趣味悠々』という番組があって、その中で書をテーマにした「文字を楽しむ書」という九回放送されたシリーズがあったのである。

この時の講師が岡本さんで、生徒はぼくと、女優の戸田菜穂《とだなほ》さんである。

時期的に言えば、ぼくはまだ金子兜太の狼の句に出合っていない頃だ。

しかし、菜穂さんはすでに俳句をやっておられて、お作りになった句を、この時に何句か見せていただいたりしたのである。

その中で、ぼくが一番好きになったのは、

　蜩よ俺も矢吹丈になりたい

だった。

自分で俳句を作るようになった時、おりにふれて頭の中に響いていたのがこの句だった。

矢吹丈——

おれだって、なりたかったよ。

でもなれなかったなあ。

そういう意味では、おれらの世代の多くの男は、みんな、矢吹丈になりたかったのだ。でも、誰もなれなかった。おれもなれなかった。みんな心になれなかった『あしたのジョー』を抱えている。

そういう、まだ、夢をあきらめきれない親父の心にしみじみと染み込んできたんだね、この句が。

で——

この時、ぼくが岡本さんから教えてもらった一番大事なことが、

「書は自由」

ということであった。

どんな筆を使ってもいい。

どのように描いても、書いてもいい。

なーんだ。

小説とおんなじじゃないか。

絵とおんなじじゃないか。

これは、相当に大事な秘伝中の秘伝のようなもので、これを教えていただいたことに、ぼくはいまだに感謝しているのである。

でねえ、書というのは、旅だということにも気づいてしまった。

筆に、たっぷりと墨を含ませる。

呼吸を整える。

筆を紙の上までもってゆき、精神をきりきりと音をたてるまで高めてゆく。

いざ——

ここで、筆先から、墨がぽたりと紙の上に落ちる。

あ。

大ハプニング。

心臓が、ごきりと音をたてる。

しかし、手は止まらない。この、ハプニングでいきなり旅が始まってしまったのである。じわじわと広がってゆく丸い染みを書く文字の中にどう組み込むか。脳が活性化して煮える。筆先が、紙に触れる。筆がどれほどわずかでも、いったん紙に触れてしまったら、もう、その場所に心をとどまらせるわけにはいかない。手を動かすしかない。アドリブ、アドリブ、アドリブの旅を、無呼吸でゆき続けるしかない。脳のイメージを、そのまま筆を使って紙にこすりつけてゆく。

この状態、何に似ているかと言ったら、釣りである。予定していなかったポイントで、いきなり、目印が水中に引き込まれ、ぐいんぐいんと竿先が曲がる。赤い目印が水中で激しく躍っている。魚はギラギラ。心臓だって激しく音をたてている。どうしてこんなところで喰ってくるのよ。どう考えたって、尺上《しゃくがみ》はある岩魚である。この仕掛け、耐えられるの。わかりません。心は散りぢりのパニック。竿先は水中に刺さって引き込まれそう。がんばれ、オレ。耐えろ、オレ。

歯を食い縛る。

まさに、この状態である。

筆をそこにとどまらせていると、墨が広がりそこの線が、どんどん太く変化してゆく。いけない。もっと先へ旅を続けねばならない。でもどこへ。あの岩の後ろの、水流の遅いところ。そうだ、あそこまで岩魚をもっていって、そこで抜きあげちゃれ。さあどうだ。いかん。この線少し長くなりすぎた。しかし、この筆を右にはらって、ぎゅうっと持ちあげてやると、なんと、信じられないバランスがそこにあるじゃないか。こなくそ。竿を立ててこらえる。筆をねじって、ぐるんと回して、おおっ、凄エぞ、オレ。やるじゃんオレ。

よっしゃ！

これでどうじゃあ‼

というわけで、筆と竿の旅が終って文字が完成、大岩魚を一尾というわけなのだよ、御同輩。

まことに楽しい濃い時間がそこにあるのである。

それを知ってしまったのである。

釣りの楽しみも、書の楽しさも、この心の大爆発、心のパニック、心の旅にあるのである。

それでね、通常の筆を使わない書まで転がっちゃったんだね、このワシ。

これも岡本光平さんに教わった。

ある時は、庭の草を毟《むし》りとって、それを筆がわりにする。枯れたアジサイのドライフラワーを右手に握って、バケツの墨汁にどぼり。それを、一メートル四方の紙にたたきつけてから、紙の繊維をこそぐような勢いで横へ振る。なんだかよくわかんない宇宙がそこに出現して、オレに挑戦してくる。

やる気か、オマエ。

宇宙戦争、オレとやる気か⁉

上等じゃあ。

そんなら、こうしてくれるワ。

ならば、こうじゃ。

くわわわ。

きええええ。

脳を紙にこぼしてゆく。

すると、そこに、いつの間にか「遊」という字ができあがっているというぐあいなのである。

ある時は、拾った板に墨を塗って、それを紙にベタンベタンと打ちつけるように押してゆく。体力で書く。

こんなひとり遊びを年に一度はやって、二〇年。

それでねえ、気がついた。

漢字は、一文字の神話だよ。

一文字の、物語だ。

それには、二年で気がついた。

で、今年（二〇二二）になって気がついたのが、漢字は一文字の俳句であるということだったのである。

漢字一文字、「花」でもいいし「海」でもいいし「心」でもいいよ。それを凝《じ》っと一時間、睨んでごらんなせえ。

すると、あーら不思議、そこから詩がたちのぼってくるじゃあありませんか。

多少の知識と、心の技術は必要だが、ホントだよ、諸君。

漢字には、物語があって、詩があって、そこに俳句が見えてくる。

一例をあげよう。

「道」

という字でいい。

ここから先は、白川静《しらかわしずか》先生の受け売りだよ。ぼくの大好きな白川先生によれば、文字はいずれも「呪」であるというんだな。

どうでえ、たまげたろう。

そいでもって「道」だよ、お立ちあい。

先生は、こう書いておられる。

道とは恐るべき字で、異族の首を携えてゆくことを意味する。金文の道の字は導の形にかかれ、首を手にもつ象である。それは戦争などのために敵地に赴く軍を、先導するときに用いられる。

白川静『漢字百話』

どうでえ、どうでえ、凄エことになってきたろう。

『陰陽師』の作者であるオレ的には、これは「目」だね。

目だよ。

昔から、「目」は、呪法では、守りの呪具だね。トルコもそう。ネイティブアメリカンもそう。モンゴロイドもそう。わが日本国でも、縄の結び目は、強力なる護符だよ。

だから、首の目なんだね。

古代中国で、別の国と戦《いくさ》がある。

敵を殺して、敵の国へ、道を進軍してゆく時、殺した敵の首を手にぶら下げてゆく。

なぜなら、敵の国に入ってゆくには、敵の国の神と対決することになるからね。その神は、進軍してゆく者にとっては魔だ。この魔から身を守るために、魔よけとして敵の首をぶら下げるんだよ。

でも、ユメマクラ的には、これは、ここのポイントは、目なんだなあ。

たぶん、首をぶら下げてゆく時、目のない首は、使われなかったと思う。

ああ、一度もお会いしなかったが、こんな話を、白川さんとしてみたかったなあ。

どうだい、諸君。

こういうことを知って、こういう物語を知って、道という字を睨んでいると、「首」という字も「辶」も、別のものに見えてくるだろう。

遥ばるとした距離、時間、家族、戦い、実に色々なものが見えてくるだろう。

それは詩だよ。

まぎれもない、詩と呼んでもいいものだ。そして、それはつまり、俳句なんだなあ。

少なくともオレがこれからやろうとしている俳句だ。

俳句を鑑賞するやり方で、漢字一文字を見つめれば、わかる。

季語だって、ほのかに見えてくるだろうよ。

わかりやすく書いておけば、これは、もう少し先で書く「季語は縄文である」ということの伏線だ。

ああ、丁寧なヤツだねえ、オレは。

長編をぶっ書くのと同じやり方で、いつの間にかこの稿を書いているじゃありませんか。つくづくオレは、ヘンタイ長編人間——戦隊じゃなかった、ヘンタイものの作家なんだね。

でねえ、そんなオレがさあ、二〇年近く、年一回にしろ、ヘンタイ的書を書いていたらさあ、いつの間にかたどりついちゃった場所が、今のこの場所だよ。

どこだよ。

物語。

「遊」

という字の中に、古代エジプトからこの日本国までの、とんでもない旅の物語を発見してしまったんだよ。

「遊」の「辶」は、道であり、船なんだね。もう、ここは、物語作家の妄想だと承知のことだ。今、オレは、「遊」という書で、大長編を書いているってえわけなんだよ。いずれ、俳句でやりたいことを、今、書でやっているんだねえ。

この妄想言語で語るとねえ、「遊」の「辶」は、天《あま》の鳥船《とりふね》なんだな。そいでもって、「辶」の「、」つまり、「シンニュウ」の上にある「点」、これをヤタガラスとして、オレは書いているんだよねえ。

ホントか。

ホントじゃないが、オレの意識はそうなんだよ。遭難。

オレの頭の中には、次のようなイメージがある。

古代エジプトか、アフリカのどこかで、船で移動しようとした旧石器時代から新石器時代初期の人々、民族があったと思っておくんなせえ。

この人々の何割かが、ポリネシアから、マルケサス諸島を経て、南米へ。

別の何割かは、ポリネシアからサフルランドだとかスンダランド（わからん方はすんませんが調べておくんなせえ）を経て、つまり、ニューギニアだとか、あのあたりを経て、ようするに黒潮の道を通り、台湾やら沖縄を経て、日本列島にたどりつき、おそらくは、最後には、後の北前船の航路を通って、青森あたりまでたどりついたんじゃないかと思ってる。

これ、縄文の仮面ロードであり、この仮面は、ニューギニアから、沖縄の仮面の来訪神、折口信夫《おりくちしのぶ》的にはマレビト——能登半島の真脇遺跡の仮面、秋田のナマハゲ、東北のカマド面からウソブキ、ヒョットコを通過して、神楽の鼻曲がり面、徳川家の能面、鼻曲がり翁面と発展してゆき、宿神、摩多羅神となり、途中でちょっと「哭《な》きいさちる神スサノオ」が混ざり込んで……

ということまで考えているのだが、ここでは、とりあえず、船だ。

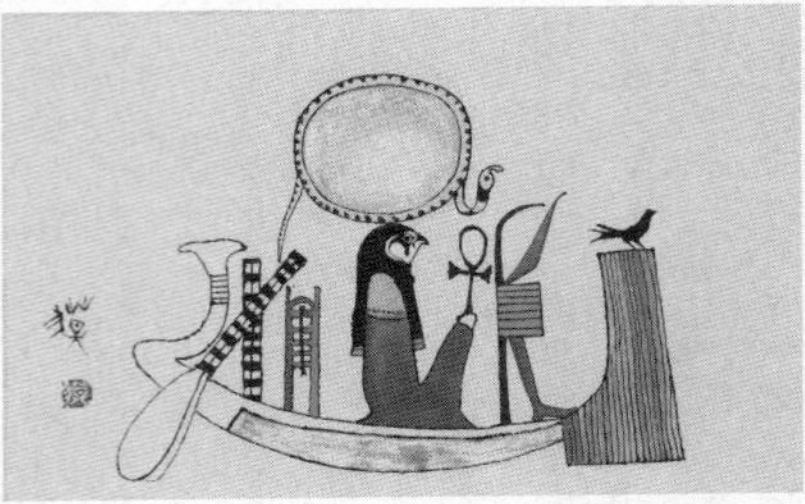

図①

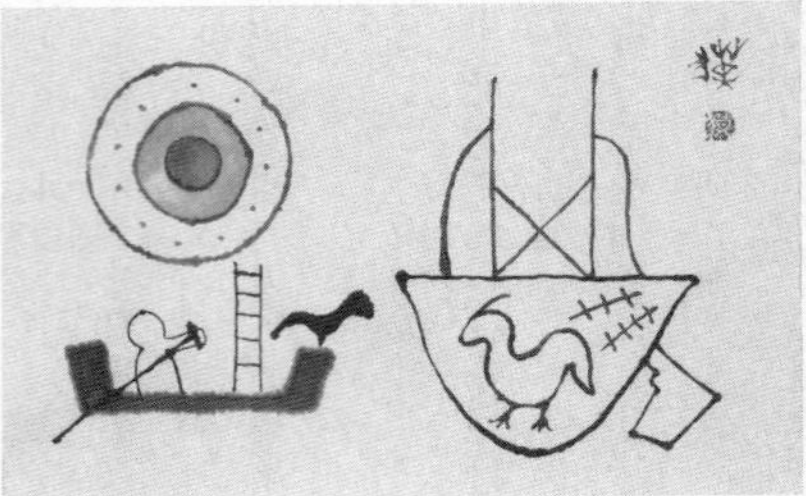

図②

図③

まずは、図の①を見ておくんなせえ（いずれも、図版はぼくが模写したもの）。

これは、エジプトのセンネフェルの墓の壁に描かれた壁画で、およそ三千四百年前のもの。アメンホテップ二世の時代だ。

図の②の右は、沖縄のロゼッタストーンと呼ばれる石に刻まれた絵で、左は、九州の装飾古墳珍敷塚《めずらしづか》古墳の壁に描かれた絵。

図の③は、福岡県の鳥船塚古墳の壁に描かれた絵だ。

共通しているのは、いずれも、船と鳥だ。そして、太陽。

沖縄のロゼッタストーン以外は、どの鳥も船の舳先《へさき》にいるのがよくわかる。

どうして、船の舳先に鳥がいるのか。

凄エだろう、オイ。こりゃあ、もちろん偶然じゃあない。

この意味を知ったのは、二〇年くらい前か。

ハワイ在住の篠遠喜彦《しのとおよしひこ》先生という人類学者がおられたと思って下さい。

〝おられた〟というのは、二〇一七年に九十三歳で亡くなられたからである。

釣り好きで、たいへんな先生ですよ。

なにしろ、あのヘイエルダールの説をひっくりかえしちゃったんだから。

ヘイエルダールの説というのはつまり、次のようなものだ。ヘイエルダール先生によれば、ペルーの西の海のただ中に浮かぶイースター島や、マルケサス諸島などの文化と、ペルーの文化が似ている。これはペルーの人間が、船で、イースター島やマルケサス諸島まで出かけて行ったからであろうとヘイエルダール先生は仮説をたてた。そこで、当時の技術でコン・ティキ号という筏の船を作り、人力と風で、イースター島までたどりついて、さらに西のポリネシアのツアモツ諸島まで行っちゃったんですね。それで、自説を証明しようとしたんです。

しかし、篠遠先生は、これが逆で、タヒチやマルケサスの文化が、イースター島を経てペルーまで伝播《でんぱ》したのであると、件《くだん》の島々の釣り鉤《ばり》を発掘しながら証明しちゃったんですね。

この篠遠先生が、年に一回、おもしろいツアーの講師をやっている。タヒチから、アラヌイ号という船に乗って、マルケサス諸島を通ってイースター島までのツアーです。

アラヌイ号というのは、貨物船で、太平洋の島々に物資を運んでいる。しかし、客船として、人間のお客さんも乗っている。お客さんは、船が荷の積み下ろしをしている間、島を散策しながら、篠遠先生の考古学の講義をうける。何しろ、自分が発掘しまくった島々で、先生はどの島でも大人気で詳しい。しかも、夜にはスライドを使って、フランス語で講義ですよ。

ぼくは、いつものように、

「バクさん、でかい魚が入れ喰いですぜ」

という、S藤カメラマンの甘い囁きに負けてこのツアーに参加したのである。これまでの通り、でかい魚は釣れなかったが、なんと毎晩、講義の後、篠遠先生とワインで一杯やりながら、日本語で釣りと考古学の話をするというのが、おもしろくて、おもしろくて。

たとえばねえ。

小さな島の横を、船が通過してゆく時――

「バクさん、あの島を囲んでいるサンゴのリーフが、あそこだけ割れているでしょう。

この意味がわかりますか」

「わかりません」

「あれはつまり、あの島に、真水があるということです。小さな川がある。その真水のおかげで、あそこだけサンゴが育たない。こういう島には、つまり、水がある島には、かつて人が住んでいた可能性が高い」

そういう島に上陸して、発掘すると、釣り鉤やら、遺跡やらが出てくる。

だいたい、イースター島のモアイですが、実は、その原型のような石像が、タヒチ、マルケサスの島々にある。それが、東へゆくにしたがって、だんだん大きくなって、あのモアイ像になってゆく。ハーマン・メルヴィルがいたヌクヒヴァという島にも、この石像がある。

ついでながら、我々、ゴーギャンが最後に移り住んだマルケサスの島にもたちよりましたよ。

この島で、ゴーギャン、描いた絵を食料ととりかえた。しかし、その絵を、島の人たちは焚きつけにして燃やしちゃったりしたらしい。さらに言えば、ゴーギャン、最後の作品って、パリの雪景色の小さな絵なんですね。

その絵を見るとしみじみと、涙が出てきますね。

こういう死に方で、いいんだね、オレら。

で、ゴーギャン、南の島で、すんごい絵を描いた。

「我々はどこから来たのか。我々は何者か。我々はどこへゆくのか」

すんげえヨオ、おったまげ。

タイトルで一発かましやがったねえ、ゴーギャン先生。でも、でも、オレはゴーギャン先生のそんなとこ、大、大好きなんですよオ（オオニタ）。

でね、篠遠先生に訊いたんですよ。

「いったい、これらの島々へ、人々はどうやって移動できたんですか」

だってねえ、島から島、凄い距離があるところが多い。

丸木船で移動しても、最初の旅人は、どこに次の島があるかわからない。丸木船の上に立ったって、せいぜい、見えるのは三キロ前後先ですよ。もっと遠くに島があったら、見えるわけない。

特に、イースター島なんて、絶海の孤島ですよ。イースター島から見える、一番近い陸地が月ですよ、月。

いったいどうやって移動したの。

「まず、星ですね」

篠遠先生は言った。

「タヒチやマルケサスの人たちは、空の星のほぼ全ての位置を記憶してるんです。星を見ながら移動する」

ああ、なんという遥ばるとした風景と時間が広がってくることでしょうか。

しかし、まだ、これでは移動の疑問は解けませんね。

「次は、鳥ですよ」

「鳥？」

「鳥を船に乗せて移動し、ここぞというところで、空に放つ」

「空に？」

「どこかに陸地があれば、その方向に、鳥は飛んでゆく。なければ、鳥は、船にもどってくる。だから、鳥が飛んでいった方向に島がある。そちらに向かって船を漕いでゆく」

ああそうか。

そういうことだったのか。

船の舳先の鳥って、そういうことだったのか。

それで、エジプトから日本の古墳壁画の、船の舳先の鳥の意味が、やっとわかったんですね。

これが『古事記』の「天の鳥船」ですね。天《あま》はもちろん海《あま》ですから、みんなぴったりです。

で、これが、中国大陸からやってきた、三本足のカラス——太陽の鳥と結びつき、鴨になって、ヤタガラスになっちゃった。

古代中国ではね、太陽の中に、三本足の鳥がいることになっている。安倍晴明的には「金烏《きんう》」です。

図⑦

図④

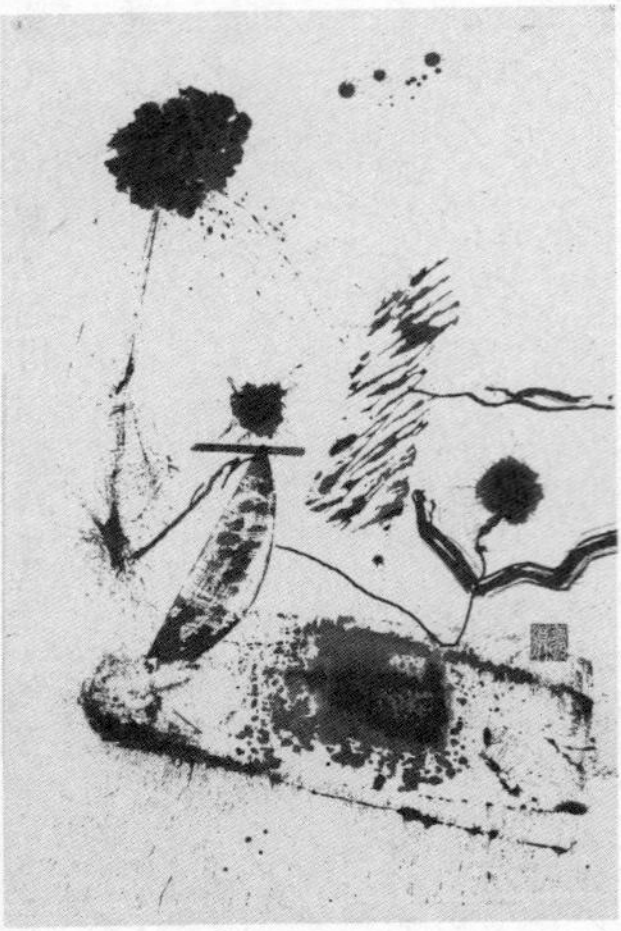

図⑧

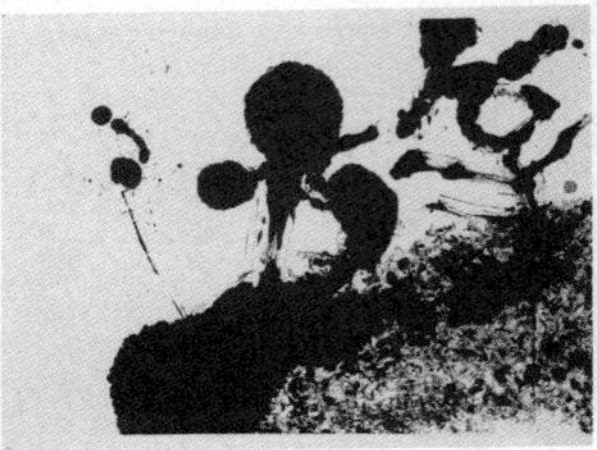

図⑤

図⑥

この金烏が、太陽を背負って、毎日、東から西へ運んでいることになっている。

この烏が昔は、十羽いて、十の太陽を運んでいた。このため、地上は焼けただれてたいへんなことになっている。

そこで、羿《げい》という弓の名人が、この烏を射落として、今のように太陽がひとつになったんですね。

ついでに、陰陽道的には、☆のマークは星ではありません。太陽です。雲南省まで岩絵と恐竜の取材に行った時、大理市博物館の館長さんに色々うかがったのですが、広西チワン族自治区の岩絵に、☆、★、✳、◎、✪、◉などのマークがたくさん描かれてるんですが、これ、みんな、

「太陽です」

とおっしゃってましたからね。

ついでに書いておくと、「太」は「◉」で、「太」は「犬」と同じで（この犬は、天狗《てんこう》といって、二郎真君《じろうしんくん》がつれている犬で、孫悟空の足に噛みついた犬で、日本の天狗の本《もと》になった犬ですね）、これも、何か深く、日本に入り込んでいる。

これは私見ですが、何故、太陽に烏が棲んでいるという伝説が生まれたのかというと、ぼくは黒点だと思っています。中天にある時、太陽は肉眼で直視できませんが、日の出や日の入りの頃の太陽ならば、直視できたりする。そして、なにしろ昔の人は、視力がよかったので、この時、どうかすると、大きな黒点なら見えるんですよ。

この黒点が、たぶん、カラス――金烏になったんだと思います。では、足の三本は何よという声も聴こえてまいりますが、それはまた別の機会がいいでしょう。で、この金烏が、朝鮮半島を経て日本に入ってきて、〝舳先の鳥〟と結びついた。なにしろ金烏は太陽の案内人ですから、つまり、神武天皇を案内したヤタガラス、サルタヒコと結びついて、さらには芸能の、アメノウズメとも結びついて、日本の芸能の深い深いところに根を下ろしてゆくんですよ。

ああ、疲れたよ、この説明。

しかし、ようやくたどりついた。

ここまで、ぼくがここで語ってきた神話的旅の物語が、図の④の「遊」に入っているというわけなんですよオ。

どうだ。

図④、図⑤、図⑥、図⑦はどうよ。

④から⑦はみんな「遊」という字だよ。

⑧もおまけで「遊」だ。

この「書」を集めて、「井上さんちに遊びにゆく」という個展をやることになってしまったのである。

場所は箱根湯本の「箱根菜の花展示室」。

期間は、今年（二〇二二）の八月十四日から二十二日まで。

で――

個展のタイトル「井上さんちに遊びにゆく」の井上さんは、現代書家の井上有一《いのうえゆういち》さんのことである。

六十九歳で亡くなった。

写真の顔が凄い。額の骨から大ムカデが大量に這い出てきているような顔だ。

この人の書が好きになってしまったのだ。

ある時、本で「塔」という書を見たと思っていただきたい。大きな画面の中央下方に、ねじくれてふんばっているたった一文字の「塔」だ。これが上の白い空間の天まで届いているんだな。ゴギャンとそびえているんだな。宇宙に対して意志を持ってふんばっているんだな。鬱屈した人間のようでもあり、バベルの塔のようでもあり、その中にちくしょう、ちくしょうというめき声が詰まっているようでもあり、神へのあこがれのようなものまで、そこにあるんだよ。

一撃だったね。

脳天かち割られた。

以来、好きになった。

真似なんてできなかった。それをやろうとしたら、この人と同じ人生を生きなきゃいけない。とんでもない書だったよ。

そうしたらね、小田原、箱根の「菜の花」のおやじの台ちゃんが、この井上さんの書のコレクターだったんだねえ。見せてもらったらさあ、どれもいいんだ、これが。「花」、「貧」、「上」、「母」、「愛」。書に意志があって、ぐろぐろとうねっている。ふんぞりかえっていたり、きらきらしていたり、「母」なんてどエロいよ。

それで、書の話になった時、

「うちのギャラリーで個展どうよ」

とすすめられて、

「そんなら、井上さんの書とコラボやりたいなあ」

と言ったら、これがまとまっちゃったのである。

井上さんの「愛」、「花」、「貧」をぼくも書いた。勝負するつもりはないよ。遊びにゆくような感覚だ。

だから――

「井上さんちに遊びにゆく」だよ。

はじめは売らないつもりでいたら、

「売らなきゃいかんよ、これは」

と台ちゃんに言われて、なるほどそうかと考えなおして売ることにした。でも、おれの書って、ナンボのものよ。自分でつけちゃっていいの、値段。

「それなら値段は台ちゃんが決めてよ」

というわけで、台ちゃんにつけてもらった。

これは新作をやらにゃいかんとカクゴして、書きましたよ、たくさん。

ガンの最中、いっぱい井上さんと遊んで、この春は、息がきれた。

遊びまくった記録のようなもんだねえ。

そんなわけで――

この春に、抗ガン剤で震える指で、狂ったように書いたものが約半分。

今やらなきゃいつやるんだ。もっと先でいいと考えていたのだが、今だよ。今やるんだよとばかりに、書いた。

物語をつめ込んだ。

それが、どんなものになっているのかは、もうオレには、しっちゃかめっちゃかで何がなんだかわからないんだよ。

このわかんないものを天にぶつけるんですよオオ（ターザン山本）!!

この書を見たら、この私が天才であることがよくわからなくなりますぜ。ただ、お調子者であることだけはわかります。間違いなく。

というところで、ようやく、次回は本当に「サワコの朝」に突入ですよ。

狂おしく、激しく、以下次号ですよ!!

第四回　「おおかみに螢が一つ――」考

13

菊地ひどゆき先生（©夢枕獏）からメールが来ました。

「『オール讀物8月号』読了。なんじゃい、元気でねえの。少しでも心配して損した。」

という、たいへん心あたたまるメールで、落涙寸前。

空気枕ぶく（©菊地秀行）先生も、もちろん変身――いや返信をいたしました。

「すんまっせえん。元気なんですよオ。損しないでくだせえよ。」

ひどゆき先生とぶく先生は、業界的にはほぼ同期で、歳もほぼ同じ。

一九八〇年代に、我々の書く作品は「バイオレンスとエロス」または「伝奇バイオレンス」と呼ばれ、出す本出す本がかっとびまくって、ふたりで小金を稼ぎまくるというまことに夢のような（悪夢のような）日々を共有した仲であります。

凄いことに、ひどゆき先生もぶく先生もまだバリバリの現役で、ぼくは当時から朝日ソノラマで書いている『キマイラ』シリーズをいまだに書き続けており、ひどゆき先生も同時期に書きはじめた『吸血鬼《バンパイア》ハンターD』シリーズをいまだ書いております。

ざっと四〇年、凄えなア、オレたち。

太古の恐龍がどこかの島でまだ生棲してるかのごとく生き残っちゃいましたねえ。

しかも、なんと、『キマイラ』と、『吸血鬼ハンターD』のふたつのシリーズ、ただ今、朝日新聞出版の「一冊の本」で連載中（ぼくの『キマイラ』は、ただいま治療のため中断しておりますが）であります。なんとひどゆき先生とぶく先生、ふたり「獅子王」（かつて朝日ソノラマで出していた小説誌）状態であります。

ひどゆき先生とぶく先生が、ライトノベルや伝奇バイオレンスで、この業界にかましてやったプロレス技は、たくさんあり、漫画に与えた影響も少なからずあるのですが、しかし、それははるか昔。

今では（ひどゆき先生もそうだと思いますが）、

「ぶくの野郎、これは漫画の○○先生のマネしてるんじゃねえの」

なんて言われたりします。

〝違うんだよオ、これは、オレが『△△』で三〇年前にやったことで、○○先生がオレのマネしてるんだよオ〟

と言いわけしたいのをこらえて、独り、涙をぬぐったりしております。

おそらく、山田風太郎《やまだふうたろう》先生も、手塚治虫先生も、

「こら、ユメマクラ、おまえ、それは、オレの――」

と、あちらで言いたいのをこらえて、にこにこ笑っておられるでしょう。

「もちまわりだからねえ、これは――」

そんな声も聞こえてくるようです。

というところで、いよいよ「サワコの朝」――ではありませんね。

まことにまことにすみませんが、どうしても、ここでお知らせしておかねばならないことが出来《しゅったい》してしまったのですね。タイミングとしては、先へ延ばすと、これを入れる場所が思い浮かばないため、今ここで書いておこうと覚悟した次第なのであります。

それは、本稿のテーマでもある俳句のことですからね。

しかも、あの金子兜太先生の俳句、

おおかみに螢が一つ付いていた

の秘密に関わることであります。

この句について、業界のたよれるオジキ筋の嵐山光三郎さんから、この連載を読んだということで、お手紙をいただいてしまったのです。

その内容は、ぼくの知らないことばかりで、もしかしたら俳句関係者の多くは御存じのことかもしれませんが、とにかく、ぼくのように知らない人のためにも、これをここで紹介しておかねばならんと決意してしまったというわけなのでした。

それは、〝螢が一つ付いていた〟〝おおかみ〟がいったい何であったのかということですね。

数年前に、買った本があります。『金子兜太自選自解99句』という本で、その中に、「おおかみ」の句が入っています。その自解の中に、「嵐山光三郎さんがこの句を読んで、『あんたの遺句だ』と言ったのを覚えている。」と書かれているんですね。いったいどういういきさつで、この嵐山さんの言葉が発せられたのか、前から気になってたんですね。しかし、嵐山さんと会った時は、いつもこれを訊ねることなどすっかり忘れて馬鹿な話ばかりしていたので、それがずっと謎のまま残ってしまったんですね。嵐山さんから許可をいただいて、手紙の一部をここで紹介しておきます。

金子兜太氏の句「狼に螢がひとつ付いていた」は、小生とNHKテレビ「辞世句」の収録席で詠んだ句で、「狼は秩父神社の石像（狛犬）」とのことでした。「和歌には辞世の歌があるが、俳句にはそれはない。あえて言えばあらゆる句が辞世だ」と金子翁は言っておられました。晩年の句集にこの吟を載せたとき『「自解」に「その句はあんたの辞世だ」と嵐山光三郎に言われた』と書いてありました。金子翁は「死」というコトバを使わず「他界」と言っていました。「死後を無だと言う人は、現実に不満や恥や怨みがある虚無主義者で、現世を否定するから他界を認めない」という論で、これは小生も同じです。

ああ、なるほどねえ。

そうだったのか、そうだったのですね。

俳句番組で、〝辞世〟をテーマにしたときに紹介された句だったんですね。

しかも、なんと、この〝おおかみ〟、たぶん、わたしが思うに武蔵御嶽《むさしみたけ》神社の〝狼の像〟のことでしょうか。ならばわたしも行きましたよ、御嶽神社。なにしろ、ここは、中里介山《なかざとかいざん》先生のお書きになった『大菩薩峠』の一巻目で、机龍之助《つくえりゅうのすけ》と宇津木文之丞《うつぎぶんのじょう》が、奉納試合を闘った場所ですよ。『ヤマンタカ』の取材でしたが、この時、確かに見ております、おおかみの像。この御嶽神社では、狛犬のかわりに狼が使われてるんですね。もう少し書いておくと境内の大口真神社《おおくちまがみしゃ》の祭神が大口真神で、これが実は日本狼なんですね。狼は、御嶽神社の眷属《けんぞく》で、大神——つまり狼であり、おそらく（お水取りの項で書くことになると思いますが）縄文の神ですね。

この御嶽神社、崇神《すじん》天皇七年（紀元前九一年?）の創建ですから、おそらくなんらかのかたちで縄文時代の信仰とも関係がありそうです。この時代、昔からの信仰と無関係に神社が創建されたとは考えられませんからね。

というわけで、皆さん、金子さんの螢がとまっていたのは、御嶽神社（あるいは、秩父の三峯《みつみね》神社、両神《りょうかみ》神社かも）の狛犬のおおかみだったわけですね。

さっそく、嵐山さんに電話をいたしました。

ふたりで話をしたのは、

「金子さんの〝おおかみ〟は、脳内幻視された狼ではなく、現実の狼の像であったことがわかってしまったことで、この句の持っていた神秘性というか、妖しい暗い、深い森の（ユメマクラ的には）縄文の光芒が、擦《す》り減ってしまったであろうか――」

ということでした。

我々の結論は、もちろん、

「そんなことはない」

というものであります。

私的には、かえって凄みが増した感じですね。

「脳内で、物語を紡ぐように俳句をつくる」

というのは、今まさに、このぼくがやろうとしていることですが、〝おおかみと螢〟の句の凄さはまさに、現実の写生でありながら、それがそのまま脳内にぶっとい刃物がぐっさりと突っ込まれてくるような、おそろしさがあることですね。

写生の手で、脳と心臓をぎゅうっとつかまれて、その搾り汁が縄文の風景ですよ。暗い森の大神ですよ。

写生って、ものすごい場所まで行けるんだなって、十数年前の金子さんに、またまた教えられちゃいましたねえ。

しかし、あの金子さんの青鮫の句、まさかあれも写生だったなんてことは……ないよねえ。

というお話でございました。

そんなわけで、いよいよ次は「サワコの朝」編に突入ですよ!!

出だしは、なんと宮沢賢治と高村光太郎《たかむらこうたろう》、時々空海《くうかい》、ちょっと猪木。

いざいざ。

14

まずは、日本の三大偉人の話から始めたい。

三〇年ほど前から、ぼくは、ことあるごとに、日本が世界に誇るべき三大偉人がいるということを、勝手に言い続けてきた。

それは——

まずは空海である。

次に宮沢賢治である。

次にアントニオ猪木である。

しかし、十数年前、残念ながら、アントニオ猪木は、ぼくの中でこの三大偉人から脱落してしまった。

原因はよくわかっている。

プライドだ。格闘技イベントのプライドの会場に、いつも猪木さんがやってきて、詩を発信する。一番有名なのは、

「この道を行けばどうなるものか——危ぶむなかれ、危ぶめば道はなし　踏み出せば　そのひと足が道となり）　そのひと足が道となる　迷わず行けよ　行けばわかるさ」

（そのひと足が道となり）

これは、一時は一休さんの詩であると言われていたが、実は、清沢哲夫《きよざわてつお》の「道」という詩が元であることが今はわかっている。

これとは別に、毎回、挨拶のためリングにあがると即興の詩を猪木さんは披露することが多くあった。

そういう詩を読んだ後、

「イチ、ニイ、サン、ダーッ」

で拳を突きあげる。

これに会場に集まった者たちは、立ちあがり、

「ダーッ」

と一緒に拳を突きあげるというのが定番だった。

恥ずかしながら、ぼくもやりました。

しかし、十数年前のその時、おそらくは東京ドームであったたか。

猪木さんは髙田延彦《たかだのぶひこ》の引退にあたって、リングで次のような詩を読んだのである。

「たかが髙田の引退だけど、リングを去れど髙田は髙田。もうすぐ寒い冬。秋はいって

しまうけど、髙田の奥さんは向井亜紀《むかいあき》」

イチ！

ニイ！

サン！

ダーッ！

ぼくはできませんでした。

立ちあがれませんでした。

かつて、アントニオ猪木について誰よりも強く熱く語り続けてきた今はもう休刊となってしまった「週刊ファイト」の名物編集長で井上義啓《いのうえよしひろ》さんという方がおられました。たいへんにプロレスを愛された方で、「プロレスに生き、プロレスに斃《たお》れ」（カトリーヌ・アルレーのパクリ）て今は故人であります。

もう、二〇年以上も前、同誌のコラム「編集長迷言」で、珍らしくプロレスでない話題を書いておられました。どこかでガスの爆発事故があって、何人もの人が亡くなったたいへんいたましい事件があって、このことから井上さんは書き起こしておりました。

以下、ワタシの記憶です。

「こういう時、どれだけニュースを見ようと、記事を読もうと、我々は犠牲者の家族の心の痛みを理解することはできないのである」

と井上さんは書いているのですね。

へえ、と思って読んでゆくと、いきなりここから急転直下、プロレスの話題に突入ですよ。

「つまり、我々は、どれだけインタビューしても、記事を書いても、負けたレスラーの心の痛みはわからないのである」

凄いでしょう。

こういう熱いコラムを毎回書いていた井上さんが、ある時、こう書いたのです。

「我々は、猪木に百の我慢を持っていた。しかし、その我慢を使い果たした」

これですよ、これ。

アントニオ猪木が、国会議員に立候補したことがありました。

この時なんと猪木は、国会前で、リング衣装を着て、「猪木党」と書かれた大きな看板と肩を組んでにっこり笑っているポスターを作りました。

しかし、候補者の名前を党名にしてはいけないということで、そのポスターはボツになり、皆さん御存じの「スポーツ平和党」となったわけですね。

時あたかも、消費税の問題で、日本中が大揺れの時ですよ。

この時、ある記者に、猪木さん、テレビでインタビューされました。

「今の国会をどうしたい？」

「卍固《まんじがた》めできめてやります」

「消費税問題は？」

「延髄斬りでカタをつけてやります」

凄いでしょう！

震えがくるでしょう。

さすが猪木さんでしょう。

猪木さんのやった仕事は、凄いですよ。

北朝鮮でプロレスをやり、イラクでプロレスをやり、なんと政府がやるべき人質救出を、猪木さんがプロレスをやり、プロレス外交でやってのけてしまったんですからね。なにしろアントニオ猪木は、イラクからペールワンという英雄の称号をもらってしまったくらいですから。

また、ある時、猪木さんはペレストロイカまっただ中の年末、まだソ連だったロシアでプロレスですよ。

国会議員なのに。

一九八九年、十一月──

この年末、ドイツのベルリンの壁はぶっこわれました。

もちろん、ワタシは行きましたよ。

フランスを経由して、十二月にソ連までかけつけました。

行く途中に、ルーマニアのチャウシェスクが殺されたというニュースが飛び込んできて、まさに地球が音を立てて動いていましたね。

フランスでは、今は亡き立松和平《たてまつわへい》さんが、パリダカに出るというので、クリスマスのさなかに、その陣中見舞をいたしました。

「原稿はどうしたんですか」

「もう、あんなのはいいんだ。三日前までやってたんだけど、仲間がレースのために必死になっている時に、原稿なんて書いてられないよ。そういうのを捨てるために、パリダカに出ることにしたんだからさ」

熱い熱い、ヤケドしそうな漢《おとこ》ぶりでしたよ。和《わ》っ平《ぺい》さん、カッコよかったねえ。

それで、電車でドイツまで。

ドイツでは、みんなハンマーやら石やらでベルリンの壁をぶっ叩いている。ぼくもぶっ叩きました。しかし壁はかたくて、凍っていて、ぼくは哀しいくらい小さなかけらをいくつか手に入れただけでした。それは、今もとってあります。

チェックポイント・チャーリーの前でしたね。

壁に、

「チャーリーは死んだ!!」

なんて、書いてあるわけですね。

これは興奮しますね。

男は、いても立ってもいられなくなりますね。

みんなが壁の前に集まって、瓦礫なんかを踏み台にして、壁の上に登っていきます。

ここはだんぜん、やるでしょう、お調子者の作家としては、ベルリンの壁にもエベレストにも挑戦しなけりゃ嘘でしょう。

それで、凍った壁の上に手をかけて、やっと壁の上に這い登ったら、向こうに、機関銃を手にした兵士がいて、

「おい、降りろ」

そんなこと（たぶん）を叫んでくるわけですね。

情けないけれども、あわてて飛び降りましたよ、オレは。

そんなしっちゃかめっちゃかな中で、モスクワに入りました。

しかし、ホテルに食い物がない。

モスクワ中にない。

いったい何がおこっているのか。

石鹸《せっけん》もない。

いや、ロシアの別のところには、食い物も石鹸もある。しかし、モスクワまでやってこない。

何故かというのが、二日後にわかるわけですね。

線路が壊されていて、物資がモスクワまで届かない。寒さで壊れたんじゃない。ロシアンマフィアが壊したんですね。何故か。物資の値段をつりあげて、後で大もうけをするためです。

で、学生のボランティアが、凍った線路をなおしていると、ロシアンマフィアがやってきて、

「あー、キミたち、こんな寒いところでそんなくだらないことをやってるんじゃない。金をやるからとっとと帰りなさい」

と、ルーブル札がぎっしり入ったダンボールをそこに置くわけです。

これには、学生、たまりませんね。

仕事続けたら殺されちゃいますから。それで、ダンボールのルーブル札をわしづかみにして帰ってゆく。

この時、ロシアルーブルはインフレ状態で、モスクワでは、まず使えません。我々は、日本円をみんな、キャメルのタバコにかえて、レストランの支払いも、タクシーも、みんなキャメルのタバコですませる。

たいへんな時代でしたねえ。

それで、いよいよ、ソ連で最初のプロレスですよ。

相手は、サンボや、柔道の選手、アマチュアレスラーたちですね。

隣りの席が、ターザン山本さんです。

凄かったねえ。

もちろん、猪木は、国会議員ですから、ただプロレスをやるためにやってきたわけではありません。もちろん。

我々の間では、嘘ともまことともつかない情報が囁かれておりました。

真実かどうかはわかりませんが、そういう噂があったというその噂については、書いておきます。

猪木さんのバックに、宅配便のSさんがおられたというのですね。

もともと、猪木さんとSさんは、仲がよかった。

それで、ソ連へゆく猪木さんに向かって、Sさん、こんなことを言ったというのですね。

「猪木、北方領土はナンボじゃい」

もちろん、この台詞は、文芸的に誇張してあります。実際、こういうことを口にしたとして、Sさんがどういう口調でおっしゃったかは、もちろんわかりません。

そこをあえて、次のように言ったということにしておきたいのですが、

「ワシが買うちゃるけん、そのかわり、猪木よ、ソ連には、宅配便というのはないんじゃろ。その権利、まとめてワシのところへ転がり込んでくるように話をつけてくるんじゃ」

というわけですね。

凄いなあ、Sさん。

たいへんな方だったんですね。

考えることが大きい。

ところが、仮にこれが本当の話だったとして、これはうまくいきませんでした。まことしやかに言われていたのは猪木さんが、モスクワから日本と連絡をとっていた電話が、全部盗聴されていて、たとえば誰に幾ら払えとか、そういう話がみんな筒抜けになっていたからということらしいのですが、実際にはおそらくは（かようなことがあったとしたら）、もっと色々、実務的にたいへんなことがあったというのが真相でしょう。

しかし、これをきっかけに、ソ連の格闘家たちが、何人も何人も日本にやってきて、新日本プロレスでプロレスをやってゆくわけですね。

これには、ソ連も一目を置いたと思います。

お金に困っている格闘家たちの仕事を作ったわけですから。

もの凄い外交力ですよ、これ。

ある時ですね、猪木さんと京都へ行きました。

雑誌のインタビューですね。

神戸で試合のあった翌日でしたか。

嵐山で、写真を撮りました。

嵐山を、ふたりで歩く——それを有名なカメラマンが撮る。この時に、ぼくは、初めて、人が、お坊さん以外の生きた人間に手を合わせるのを見てしまいました。

ぼくと猪木さんが、並んで歩いてゆく。向こうからカメラマンが望遠レンズで写真を撮っている。

と——

遠くから猪木コールが聞こえてきて、それがだんだん近づいてくる。中学生の修学旅行のバスだったんですね。

「イノキ！」

「イノキ！」

というプロレス会場でおなじみのコールがバスまるごと近づいてきて、次々に通り過ぎてゆく。ドップラー効果つきで、一台、二台、三台、四台、五台。壮観でしたねえ。一緒に歩いていたぼくまでが、手放しで嬉しい。

そこへですよ、前から和服姿のおばあちゃんが歩いてきて、猪木さんにぶつかりそうになっちゃった。猪木さんもおばあちゃんも、足を止めたので、ぶつかりはしなかったんですが、おばあちゃんは、いきなり目の前に現われた壁にびっくりして、猪木さんを見あげて大パニックですよ。

〝あ、この人、知ってる〟

〝あの有名な人〟

でも、おそらく、おばあちゃんには、この時、アントニオ猪木とジャイアント馬場の区別はついていなかったのではないか。

どうしたらいいの。

そこで、思わず、

「はい」

声をあげ、おばあちゃん、手を合わせて猪木さんを拝んじゃったんですね。

ぶったまげ。

その後が食事です。

「ぼくの知ってる所へ行きましょう」

というので、猪木さんに案内されて行ったら、木の塀が続いている通りに出て、そこにただ入口の戸だけがある。

「ここです」

と、猪木さん、そこへ入ってゆく。

店の看板も何も出ていない。

ここで、編集者の顔が、さあっと青くなって血の気が引いちゃった。

「バクさん、現金幾ら持ってますか」

意味はすぐにわかりましたよ。京都で、看板のない、料理のお店、高いにきまっています。しかも、おそらくカードは使えない。現金払いしかありません。

あり金全部を編集者に渡して、ようやくきり抜けましたが、東京まで帰るお金がありません。

名古屋まで切符を買って、

「昨日の取材で神戸に来ていた記者の何人かが必ず乗っているから」

と覚悟を決めて、京都で乗って、新幹線の車両の端から端まで歩いてようやく知り合いを見つけ、お金を借りて、ことなきを得たのですが、どきどきものですよ。知人に会わなかったら、名古屋からタクシーのつもりでしたから。

この編集者の方は、実は、ぼくの名前で銀座で飲んでいたことがあります。

ある時パーティーでこの編集者の上司の方に会いました。

「獏さん、先日は、こいつが銀座でお世話になりました」

「どうもどうも」

と、ぼくは調子を合わせていたのですが、わけがわかりません。

ぼくは、めったに銀座で飲みませんから。

「いったい何があったの？」

ぼくは訊きましたよ。

「すみません、この前、銀座で、獏さんの名前で五十万、使っちゃいました」

ひええ。

まあ、それはおいて、インタビューです。

この時猪木さん、丸坊主だったんですね。

何故か。

猪木さん、しばらく前に、若い女性とデートしているところを、写真誌に撮られてしまって、それで坊主にしちゃったんですね。ちょうど、倍賞美津子《ばいしょうみつこ》さんと結婚していた時です。

もちろん、ぼくは訊きましたよ。

「その時、猪木さん、どうだったんですか」

「自分がくやしくてねえ」

「くやしい？」

「自分は、アントニオ猪木をやっています。そのアントニオ猪木は、いきなりああいう写真を撮られた時、どうふるまえばいいか、ちゃんと考えてたんですけど、フラッシュが光った時、つい――」

考えていたことが全部ぶっとんで、

なんだてめえ、このやろう――

って、やっちゃった。

「アントニオ猪木らしくないことを、ついやってしまった」

それがくやしいというわけなんですよ。

いい話でしょう。

こういう猪木さんが好きでした。

ワタシは、デビューしたての頃、

「いつでもどこでも、どんな出版社の注文も受ける」

と豪語し、それを実践しておりました。

もちろんこれは、猪木さんの、

「私は、いつでもどこでも、どんな相手の挑戦でも受ける」

が元句《もとく》です。

ぼくのはパロディではなく、本当にこれを実践していたのです。

猪木のプロレスを見て、

「世界最強という美しいファンタジーを成立させるのは、リアルな肉体である」

というのを教えられました。

そこで、

「小説という美しいファンタジーを成立させるのは、リアルな文体である」

ということに気づいたのです。

これが、デビューしたての二〇代の時。

つまりですね、こういう猪木さんのことを日本の三大偉人の中に入れてしまうのはしかたのないことじゃありませんかというのが、この稿の論旨なのであります。

ところが、前述した、

「髙田の奥さんは向井亜紀」

事件です。

ぼくは〝イチ、ニイ、サン、ダー!!〟できませんでした。

さすがに、この詩には、文芸の徒として、猪木さんについてゆけず、なさけないことに立ちあがれなかったんですね。

ああ、おれは悲しいよ。

井上編集長の言う「百の我慢」を使い果たしてしまったわけです。

かくして、日本三大偉人から、猪木さんは脱落してしまったのですが、現在猪木さんは、大病を患って、闘病中です。驚くほど痩せてしまった姿をネットで見せて、まだがんばっておられます。

ここは、エールを込めて、日本三大偉人復活といきたいところですね。

というところで、残ったふたり、空海と宮沢賢治ですね。

空海については、皆さん御存じの通り、異論はないでしょう。ワタシは、空海こそは、日本民族が産んだ、最初の世界人であると思っています。

若い頃、二〇代の空海は、まさにロック野郎ですよ。

佐伯一族の金を集めて、日本国唯一の大学に入っておきながら、そこをやめて出奔してしまうんですよ、真魚《まお》(空海の若き日の名前)ちゃんは。

この時に、『三教指帰《さんごうしいき》』という長編を一本書いて、二〇代の空海はそれを世間に叩きつけるようにして、修行の旅に出ちゃう。

読む人のまぶたがむしりとられるような、熱い叫びの書ですよ。

世間では、「かぐや姫」の物語こそが、日本で一番古い小説と思っている方が多いと思いますが、違います。空海のこの『三教指帰』こそが、日本で一番古い小説です。

どのような本か。

儒教、道教、仏教という、三つの教えのうちどれが一番優れているかを小説形式で書いた啓蒙の書です。

出てくる人物が凄いよ。

まずは、金持ちのぼんぼんの蛭牙《しつが》公子。

そのおじの兎角《とかく》公。

儒教の先生、亀毛《きもう》先生。

そして道教の、虚亡《きょぶ》隠士《いんじ》。

仏教修行僧の、仮名乞児《かめいこつじ》（これは空海が自身を託した人物）。

ね、名前ですでに、おったまげでしょう。

蛭牙公子の蛭牙って、蛭《ヒル》の牙ですよ。蛭に牙なんてありません。おじの兎角公って、兎の角《つの》ですよ。兎に角なんてありません。儒教の亀毛先生にしたって、亀に毛なんて生えていません。道教の虚亡隠士だって、虚亡《きょもう》ですよ、実体がない。仮名乞児も、仮名ですからね。

つまりみんなこの世にいない人物——空海が自身の思想を表明するために創作した人物であると、はじめから宣言している。

現代ならいざしらず、七〇〇年代の日本の小説で、こんなレトリックを使うなんて、空海、天才ですよ。

しかも、『三教指帰』、雑学に満ち満ちている。

「四書五経《ししょごきょう》」から、何から何まで、空海は、当時日本に入っていた書のほとんどを読んでいたのではないか。当時、書を読んだということは、暗記したということと、ほぼ同義と考えていい。特に空海はそう。何百冊という漢書を手元には置いておけないから、これはおそらくことごとく暗記し、しかも理解していたのではないか。

遊び人の蛭牙公子の心をあらためさせるため、兎角公が、亀毛先生、虚亡隠士を家に呼んで、説教させる。

ふたりとも、よい話をするのだが、横でこの話を耳にしていた仮名乞児が、突然、

「それは違う」

と言い出すのである。

仮名乞児である空海の論旨はこうだ。

「儒教というのは、所詮、人が人の社会の中で、いかに出世するかという学問である。道教は、修行して、ひとりだけ仙人になって、天に遊ぶというシステムではないか。それは、自分さえよければいいという勝手な考え方であり、人としてどう生きるか、他者を幸せにするにはどうしたらいいかという教えがないではないか。仏教にはそれがあるのである」

と、空海はたからかに、天に向かって宣言するのである。

この言に驚いた皆々が訊ねる。

「あなたはいったい、どこに住むどういうお方なのですか」

ここで、みすぼらしい姿の仮名乞児である空海は、昂然として顔をあげ、

「わたしに、決まった名はない。家もない。強いて言うなら、ごうごうと音をたてて巡るこの天地こそがわたしの家だ。そして、ある時は、おまえの妻として、おまえに抱かれたことのあるものである」

このように言ったわけですよ。

これはびっくりしますね。

何が何やらわからない。

しかし、空海にとっては、これはあたりまえのことですね。

空海は、仏教の徒として、この地上の全ての生命体が、輪廻転生《りんねてんしょう》することを知っている。

つまり、生まれかわり、死にかわる自分にとって、特定の生まれた場所もなければ、特定の家もない。強いて言うならこの天地が自分の家であるというのは、あたりまえのことです。そして、輪廻転生する存在であれば、ある時は、過去において、自分は女であったかもしれない。すると、過去において、兎角公や亀毛先生と夫婦の関係にあって、おまえに抱かれていたかもしれないということも、当然のことのわけです。

これには、皆々がおそれいって、

「あなたは、これからどちらへゆかれるのです」

と訊ねる。

すると空海、

「兜率天《とそつてん》よ」

天を仰いで言う。

兜率天というのは、この仏教世界の宇宙の中心にある須弥山《しゆみせん》の頂の、さらにさらに上にある天のことで、そこで今、弥勒菩薩が、仏陀になるための修行をしている。そして、五十六億七千万年後に、修行なって、弥勒菩薩は、弥勒仏となってこの地上に降りてきて、衆生にありがたい教えを説いてくれるというのである。

しかし、それはあまりに先にすぎる。

あなた、五十六億七千万年待てますか、ということになる。

「それなら、このわたしが、兜率天まで行って、弥勒菩薩から直接そのありがたい教えを聞いて、もどってきて皆さんにその教えを語ってさしあげますよ」

そして、何と、空海は、自らのこの言葉を実践してしまうんですね。

唐《とう》の青龍寺《せいりゆうじ》まで出かけて、そこで恵果《けいか》和尚から、密教を学び、それをまるごと日本に持ち帰ってくるんです。

この「唐の青龍寺」が、空海にとっての「兜率天」であったということですね。

とにかく、空海、ロック野郎です。

「おまえたちの考え方は間違ってるからな。おまえたちが価値あるものと思って守っているものは、ゴミのようなものだからな」

ロックそのものです。

いいなあ、空海。

そして、いよいよ宮沢賢治ですよ。

前々から言っていたことですが、空海と宮沢賢治は、ひとつ、共通点があります。

それは、空海も宮沢賢治も、どこで生まれたとしても、生まれたその場所で、それぞれ空海となり、宮沢賢治になったにちがいないということです。空海が、東北の花巻で生まれたら、そこで空海となり、宮沢賢治が四国の讃岐で生まれていたら、そこで宮沢賢治になっていたでしょう。

何故ですか。

それは、ふたりとも生まれたその場所から、宇宙と人間を見ていたからです。花巻と讃岐と、どちらが宇宙に近いでしょう。どちらが人間に近いでしょう。

答はただひとつ、

「等距離」

ですね。

花巻の方が宇宙に近く、讃岐の方が宇宙から遠いということはありません。

花、山、生命、神、宇宙の場所にどの言葉を置いても答は、「等距離」です。

というところで、ようやく、宮沢賢治と高村光太郎になってきましたね。

15

宮沢賢治の詩の多くは、ぼくにとっては天鼓の響きを持っています。

言葉をひとつ書くと、その言葉が増殖する。増殖して増殖して止まりません。ある詩句の次にとんでもない詩句が生まれ、言葉が次々に言葉を生み出してゆく。これは天性のものとしか言いようがありません。

賢治もまた雑学の大家で、その科学的な教養が、詩をさらに増殖させて、どちらに向かってゆくのかわかりません。

それが心地よい。

『春と修羅』の詩集はそういうものです。

「青森挽歌」では、いきなり、

《ヘッケル博士！
　わたくしがそのありがたい証明の
　任にあたってもよろしうございます》

これですからね。

ヘッケル博士というのは、その昔、

「個体発生は系統発生をくり返す」

という説を唱えた学者ですね。

どういうことか。

人間の子供は、母の胎内で、魚の状態、爬虫類の状態、哺乳類の状態を経て、人の胎児となる――という説を、ヘッケル博士は唱えたんですね。

人の赤ちゃんは、胎内で進化の歴史をなぞってから、人間として生まれてくるということです。これ、後でやりますが、縄文そのものです。

つまり、人間の胎内進化を証明する任にあたってもいいと、突然ここで、賢治は言い出すんです。もうめっちゃくちゃでしょう。

死んだ妹のとし子のことで、めろめろの精神状態の時に、いきなり、こんな言葉がとび出してくる。

天才という以上の何かですね、賢治っていう人は。

ぼくは、賢治の「永訣の朝」という詩が好きでした。

賢治が大好きだった、妹のとし子が死ぬ時の詩です。

長いのですが、引用します。

永訣の朝

けふのうちに
とほくへいってしまふわたくしのいもうとよ
みぞれがふっておもてはへんにあかるいのだ
（あめゆじゅとてちてけんじゃ）
うすあかくいっそう陰惨《いんざん》な雲から
みぞれはびちょびちょふってくる
（あめゆじゅとてちてけんじゃ）
青い蓴菜《じゅんさい》のもやうのついた
これらふたつのかけた陶椀《たうわん》に
おまへがたべるあめゆきをとらうとして
わたくしはまがったてっぽうだまのやうに
このくらいみぞれのなかに飛びだした
（あめゆじゅとてちてけんじゃ）
蒼鉛《さうえん》いろの暗い雲から
みぞれはびちょびちょ沈んでくる

ああとし子
死ぬといふいまごろになって
わたくしをいっしゃうあかるくするために
こんなさっぱりした雪のひとわんを
おまへはわたくしにたのんだのだ
ありがたうわたくしのけなげないもうとよ
わたくしもまっすぐにすすんでいくから
（あめゆじゅとてちてけんじゃ）
はげしいはげしい熱やあへぎのあひだから
おまへはわたくしにたのんだのだ
銀河や太陽　気圏などとよばれたせかいの
そらからおちた雪のさいごのひとわんを……
……ふたきれのみかげせきざいに
みぞれはさびしくたまってゐる
わたくしはそのうへにあぶなくたち
雪と水とのまっしろな二相系《にさうけい》をたもち
すきとほるつめたい雫《しづく》にみちた
このつややかな松のえだから

わたくしのやさしいいもうとの
さいごのたべものをもらっていかう
わたしたちがいっしょにそだってきたあひだ
みなれたちゃわんのこの藍《あゐ》のもやうにも
もうけふおまへはわかれてしまふ
(Ora Ora de shitori egumo)
ほんたうにけふおまへはわかれてしまふ
あああのとざされた病室の
くらいびゃうぶやかやのなかに
やさしくあをじろく燃えてゐる
わたくしのけなげないもうとよ
この雪はどこをえらばうにも
あんまりどこもまっしろなのだ
あんなおそろしいみだれたそらから
このうつくしい雪がきたのだ
　(うまれでくるたて
　こんどはこたにわりゃのごとばがりで
　くるしまなぁよにうまれでくる)

おまへがたべるこのふたわんのゆきに
わたくしはいまこころからいのる
どうかこれが兜卒《とそつ》の天の食に変って
やがてはおまへとみんなとに
聖《きよ》い資糧をもたらすことを
わたくしのすべてのさいはひをかけてねがふ

どうよ、どうよ。

書きうつしていても落涙だよ。

空海ともつながってるじゃあないか。

ああ、たまらん。

どこがたまらんのか、少しだけ書いておくとすれば、色々あると思うが、おれは、ここだね。

ああとし子
死ぬといふいまごろになって
わたくしをいっしゃうあかるくするために
こんなさっぱりした雪のひとわんを

おまへはわたくしにたのんだのだ

泣けるよねえ。

ここでは、とし子は、菩薩だよ。

死んでゆくとし子が、賢治を救ったんだよ。

賢治はねえ、この日、大好きな大好きな妹のとし子が死んでしまうことを知ってるんだ。それで、どうしていいかわからない。とし子に、何かしてあげたい。でも、何をしてあげればいいのかわからない。賢治はおろおろしてる。困りはてている。

それが、とし子にはわかったんだねえ。

「あめゆじゅとてちてけんじゃ」

賢治お兄さん、あの松の枝につもったみぞれをとってきて、わたしに食べさせて下さい――

ああ、なんて優しいのか。

とし子は、なんにもすることがなくておろおろしている賢治に、やるべき仕事を与えてやるために、みぞれをたのんだんだよ。

それが、賢治にもわかったんだねえ。

だから賢治は、

「わたくしをいっしゃうあかるくするために」

と書いている。

ここを泣かずにいられるかね。

十代の時におれは泣いて、今だって泣きっぱなしだよ。

「うまれでくるたて　こんどはこたにわりゃのごとばがりで　くるしまなぁよにうまれでくる」

これは、とし子の言葉だよ。

意訳する。

「次に生まれてくるとしたら、こんどはこんなに、自分のことばかりで苦しまないように生まれてきたい」

どうだい諸君。

なんということだよ諸君。

とし子は、自分のことばかりで苦しんでもうしわけない、次の世ではみんなのために苦しみたい、て言ってるんだよ。

これを、賢治は聴いちゃった。

これはもう、賢治は、後の生き方をとし子に決められちゃったんだよ。

それは、

「菩薩行」

だ。

「どうかこれが兜卒の天の食に変って　やがてはおまへとみんなとに　聖い資糧をもたらすことを　わたくしのすべてのさいはひをかけてねがふ」

これは、まさに空海そのものじゃないか。
縄文じゃないか。
ある意味呪いと言やあ呪いだ。たまらんねえ、これは。
十代の時、おれは、これで賢治と空海にやられちゃったんだ。
しかし、しかし、菩薩行、そんな簡単なもんじゃない。
何故なら、賢治には「修羅」があったからだ。

四月の気層のひかりの底を
唾《つばき》し　はぎしりゆききする
おれはひとりの修羅なのだ

と、賢治は「春と修羅」で書いている。

16

賢治のこんな詩がある。
その一部を次に紹介しておく。

（もう二三べん）

もう二三べん
おれは甲助《かふすけ》をにらみつけなければならん
山の雪から風のぴーぴー吹くなかに
部落総出の布令《ふれ》を出し
杉だの栗だのごちゃまぜに伐《き》って
水路のへりの楊《やなぎ》に二本
林のかげの崖べり添ひに三本
立てなくてもいい電柱を立て
点《つ》けなくてもいいあかりをつけて
そしてこんどは電気工夫の慰労をかね
落成式をやるといふ
林のなかで呑むといふ
幹部ばかりで呑むといふ
おれも幹部のうちだといふ
なにを！　おれはきさまらのやうな

一日一ぱいかたまってのろのろ歩いて
この穴はまだ浅いのこの柱はまがってゐるの
さも大切な役目をしてゐるふりをして
骨を折るのをごまかすやうな
そんな仲間でないんだぞ
（略）
おれもとにかくそっちへ行かう
とは云へ酒も豆腐も受けず
ただもうたき火に手をかざして
目力をつくして甲助をにらみ
了《をは》ってただちに去るのである

凄まじいねえ、賢治先生。

村でね、電信柱を建てる工事があったわけですね。その仕事のおエラいさんである甲助というのが、働きもしないくせに、あれこれさも働いているように口を出し、仕事がすむと急に元気になって、いそいそと宴会の準備を始めるわけですね。この甲助という男を、

「おれは断じて許さないぞ」

と、賢治は怒っているわけであります。

いますね、こういう人。

必ずいます。現代にもいますよ。しかし、今ではわかっています。蟻の研究ですね。蟻の巣の中で、必ず何割か、働かない蟻がいる。しかし、働いている蟻ばかりを捕えてあらたなコロニーを作ってやると、あーら不思議、これまで働いていた蟻の何割かが、やはり働かない。これを何度くりかえしても、働かない蟻の割りあいは同じだと言うんですね。甲助も、たぶんそういう蟻だったんでしょう。

いますねえ、あなたの会社にも。

仕事はやらないけれども、宴会要員としては、けっこうマメな人。

けれど賢治は、こういう人を許さない。

睨みつけてしまう。

まわりからは、さぞや、賢治はけむたがられたことでしょう。

でも、ワタクシ、賢治の気持ち、よーくわかりますです。

賢治はねえ、農民は常に銀河系をその心に抱いて仕事をしなければならない——なんて書いている人ですからねえ。これはわかってはもらえませんよ。賢治はわかる。ぼくもわかります。

でも、賢治は、甲助のような人を許せないんだねえ。

普通の人にはメイワクでしょう。

ああ、哀しいです。

ああ——

まことにまことに、賢治というやつは、偉大な困ったちゃんなのでした。

17

賢治の心にはね、修羅があった。

それはいったい何だったのか。

このごろ指摘されるところの、同性愛者としての葛藤であったのか。

あるいはまた、妹のとし子への、過剰なる愛であったのか。

ここではとし子だ。

青江舜二郎《あおえしゆんじろう》氏の『宮沢賢治』には、花巻では、

「宮沢家は〝ドシのマキ〟と信じられており」

と記されている。

ドシというのはハンセン病のことで、現在では、この病は遺伝しないことがわかっているが、それがわかっていない当時、賢治もとし子も、自分たちがその病の血をついでいると考えていたのではないかという仮説を青江さんはたてている。

しかしながら、とし子の二十四歳での死は、結核によるものであるということは、ずっと以前からわかっていることであり、賢治ととし子が、自分たちが〝ドシ〟であると

考えていたとは、少し考え辛いかもしれない。

さりながら、氏によれば、賢治はとし子の下の世話までしていたということであり、通常の兄と妹よりはずっと深い何ものかでつながっていたということでは、ほぼ間違いない。

賢治の死後、わかったことがある。

それは賢治が、春画のコレクターであったということだ。あるいは、このあたりのことが、賢治の修羅と深くかかわっているのではないか。賢治は『法華経』を信仰するブッディストであり、その分、常の人間より強い何ものかが、そこにはあったのであろう。なにしろ、死んだのは三十七歳である。

まことにまことに、性欲というものは、まさに御しがたい、荒ぶる化神、内なるゴジラの如きもので、これぱっかりは、男女年齢を問わず、どうあつかってよいかわからぬ生命体であるというのは、皆さんご存じの通りであります。

しかし、ここは、賢治の修羅を論ずる場所ではありません。

後々のために、ひとつ記しておけば、賢治と縄文のことですね。

賢治には、縄文の香りがするということです。

後の展開のために、ここで語っておけば、熊ですね。

先の稿で、海の〝天の鳥船ロード〟の話をいたしました。

これ、陸にもあって、それは、三本足の〝金烏《きんう》〟として、中国から、朝鮮半島を経て、日本にも渡ってきたという話をいたしました。この烏ですが、日本にもやってきましたけれども、ベーリング海峡を経て北アメリカに渡り、ネイティブアメリカン（モンゴロイド）の〝ワタリガラス〟となって、広く、おそらくは南米まで伝わっております。

さて、ここでお立ち合い、もうひとつ、大事な大事な、動物がおります。

それは、熊ですね。

旧石器時代から、熊は森の王にして、神々の王ですね。

たぶん、これは、旧石器時代のどこかで、ユーラシア大陸の西の方で発生し、東へ移動して、〝烏〟と同様にベーリング海峡を渡って北米大陸から南米まで伝わり、もちろん、シベリアあたりから南下して、間宮海峡を経て、北海道、東北まで伝わってきたと考えて間違いないでしょう。

ユーラシア大陸の熊信仰と、日本の熊信仰とは、深いつながりがあります。

ざっくりと言えば、人間と熊とは同じ存在であるということですね。熊は、熊の毛皮をまとった人間であり、人間は熊がその毛皮を脱いだ状態の存在であるということですね。だから、猟師たちは、熊を殺した後、その死体を特別丁寧に、腑分けをし、きちんと人間以上の存在の神としてあつかうわけです。

18

赤羽《あかば》正春《まさはる》氏の『熊神伝説』に詳しいが、シベリアを中心に広がるこの熊と人間の話には、ひとつのパターンがある。狩人か、若い娘が、道に迷って、熊に助けられて、熊穴でひと冬をすごすというものだ。それが、ひと晩と思っていたら、実はひと冬であったというものや、娘の場合なら、彼女はそこで熊と性的な関係を結んで、男の子や女の子を産む。その産まれた子供が、民族の始祖となったりする。

時に娘は、熊へと変身し、兄に殺され、毛皮をはいだら、実は妹であったと知る話もある。

詳しくは、赤羽氏の本を読んでほしいのだが、熊は、人間であり、全ての動物霊の王でもあって、これを儀式によって丁寧に埋葬するのは、再びこの世にもどってきて、人間に糧をもたらしてほしいからである。

これは、(おそらく)縄文的な考え方であり、アイヌのイヨマンテもそう。

子熊を捕えて、御馳走を与え、最後には殺してあの世へおくる。あの世へ行った熊は、御馳走でもてなされた楽しい日々を覚えていて、もう一度この世にやってきて自らの肉を人間に与える。さらには、

「おい、あそこはとてもいいところだぜ」

と、あの世の仲間に伝え、みんなでこの世にもう一度生まれかわって、人間に糧をもたらす——と、こういうことになっているわけですね。

類似の話は『北越雪譜』にもあり、また、マタギの人たちも、熊を神として考えている。

そして、我らが宮沢賢治もまた、この熊については、はなはだ縄文的な童話を残している。それは、『なめとこ山の熊』だ。

熊捕り名人の小十郎の話である。

小十郎は猟師で、鉄砲で熊を捕る。しかし、小十郎は、むしろ、自分が殺す熊のことを尊敬さえしているのである。

「熊。おれはてまえを憎くて殺したのでねえんだぞ。おれも商売ならてめえも射《う》たなけぁならねえ。ほかの罪のねえ仕事していんだが畑はなし木はお上《かみ》のものにきまったし里へ出ても誰《たれ》も相手にしねえ。仕方なしに猟師なんぞしるんだ。てめえも熊に生まれたが因果ならおれもこんな商売が因果だ。やい。この次には熊なんぞに生まれなよ。」

そして、この小十郎が、ある時、逆に熊に殺されてしまうのである。

とにかくそれ（注・小十郎が熊に殺されて）から三日目の晩だった。まるで氷の玉のような月がそらにかかっていた。雪は青白く明るく水は燐光をあげた。すばるや参《しん》の星が緑や橙《だいだい》にちらちらして呼吸をするように見えた。

その栗の木と白い雪の峯々にかこまれた山の上の平らに黒い大きなものがたくさん環《わ》になって集まって各々《おのおの》黒い影を置き回々《フイフイ》教徒の祈るときのようにじっと雪にひれふしたままいつまでもいつまでも動かなかった。そしてその雪と月のあかりで見るといちばん高いとこに小十郎の死骸が半分座ったようになって置かれていた。

ね。

なかなかでしょう。

ここの「黒い大きなもの」というのはもちろん熊のことだよ。

つまり、熊が、自分たちが殺した小十郎の死骸に対して、何やらの儀式のようなことをしているというわけだ。

これはまいったねえ。もちろん、賢治は、これが儀式であるとは一言も書いてないし、〝黒いもの〟が熊であるとも言ってない。

だけど、オレはここで、何やらじいんと身体がしびれたようになっちゃうんだねえ。

ついでに、勢いだから、もうひとつ。

賢治の童話に『狼森《オイノもり》と笊森《ざるもり》、盗森《ぬすともり》』がある。

この中にね、読むといつも、じんわりとしてほんわかとして、涙がほろほろしてしまうようなところがある。

森の木を切るシーンだよ。

そこで四人《よつたり》の男たちは、てんでにすきな方へ向いて、声を揃《そろ》えて叫びました。

「ここへ畑起こしてもいいかあ。」

「いいぞお。」森が一斉にこたえました。

みんなは又叫びました。

「ここに家建ててもいいかあ。」

「ようし。」森は一ぺんにこたえました。

みんなはまた声をそろえてたずねました。

「ここで火たいてもいいかあ。」

「いいぞお。」森は一ぺんにこたえました。

みんなはまた叫びました。

「すこし木貰《きいもら》ってもいいかあ。」

「ようし。」森は一斉にこたえました。


ああ、これこれ、ここなんだよ。これなんだよ。

人間が、自然とどうやって共生してゆくか、その答えがここにあるんだよ。どうだどうだ。凄ェだろ、賢治。

こいつは実に縄文的じゃないかといったところで、ようやく高村光太郎だ。

19

高村光太郎が好きだったんだねえ。

光太郎、賢治にくらべて、どこか、生きるってことに戦闘的だよね。

ついでに書いておけば、ビョーキの萩原朔太郎《はぎわらさくたろう》のことも大好きでさあ。

まっくろけの猫が二疋、
なやましいよるの家根のうへで、
ぴんとたてた尻尾のさきから、
糸のやうなみかづきがかすんでゐる。
『おわあ、こんばんは』
『おわあ、こんばんは』
『おぎやあ、おぎやあ、おぎやあ』
『おわああ、ここの家の主人は病気です』

って、朔太郎、〝ここの家の主人〟って、それ、おまえのことだろう。

おっといけない。

朔太郎の『猫』なんぞを思い出してしまったのは、その昔、朔太郎を主人公にした『腐りゆく天使』を書いたからだ。

〝この七年もの間、わたしが考え続けていたのは、いったい、誰がわたしをここに埋めたのかということだ〟

という、なかなか刺激的な文章で始まる物語なのだが、残念、朔太郎のことはひとまず置いて、光太郎のことだ。

光太郎は、明治の大彫刻家、高村光雲《たかむらこううん》の息子である。明治一六年（一八八三）の生まれで、賢治が明治二九年（一八九六）生まれなので、光太郎の方が十三歳年上ということになる。

高村光太郎の詩が好きだったのである。

いいねえ、『火星が出てゐる』。

おれはただ聞く、
深いエエテルの波のやうなものを。
さうしてただ、
世界が止め度なく美しい。
見知らぬものだらけな無気味な美が
ひしひしとおれに迫る。

火星が出てゐる。


ああ、たまらんね。

こうなったら、『傷をなめる獅子』だなあ。

獅子は傷をなめてゐる。
どこかしらない
ぼうぼうたる
宇宙の底に露出して、
ぎらぎら、ぎらぎら、ぎらぎら、
遠近も無い丹砂《たんしゃ》の海の片隅、
つんぼのやうな酷熱の
寂寥の空気にまもられ、
子午線下の砦《とりで》、
とつこつたる岩角の上にどさりとねて、
獅子は傷をなめてゐる。
（略）
今はただたのしく傷をなめてゐる。
どこかしらない
ぼうぼうたる
つんぼのやうな孤独の中、
道にはぐれても絶えて懸念の無い

やさしい牝獅子の帰りを待ちながら、
自由と濶歩との外何も知らない、
勇気と潔白との外何も持たない、
未来と光との外何も見ない、
いつでも新らしい、いつでもうぶな魂を
寂寥の空気に時折訪れる
目もはるかな宇宙の薫風にふきさらして、
獅子は傷をなめてゐる。

こうして書き写しているとわかるが、かなり影響受けているな、おれ。それがわかるね。

で、この光太郎、賢治とは、ある意味真逆の要素があった。

賢治がとし子なら、光太郎は智恵子《ちえこ》だ。

光太郎は智恵子という女性を好きになり、ふたりの情愛のことを、かなり奔放な言葉で、何度も詩にしている。賢治が隠していたことを、光太郎は隠さない。『智恵子抄』を読めばわかる。

光太郎は、智恵子とふたりで、上高地の清水屋に泊まって、愛欲の日々をすごしている。現代ではない。大正時代だよ。結婚前の男女だよ。それが、新聞の記事にもなっちやった。

上高地に先に入っていた光太郎を追うようにして、智恵子も上高地に入った。今のように、バスで上高地までゆける時代ではない。新島々《しんしましま》から、島々谷を通って、岩魚止めから徳本峠《とくごう》を通って、智恵子は上高地へ抜ける山の道を通った。

光太郎は、清水屋から岩魚止めまで智恵子をむかえにいっている。

岩魚止めから急登すれば徳本峠だ。徳本峠に立ったら、いきなり、穂高の神々しい岩壁がずがんと見える。

光太郎と北杜夫《きたもりお》にあこがれて、二十一歳の時、おれも、このコースを歩いて、上高地に入った。秋だ。ダケカンバの黄色い葉が、風にのって、島々谷の空間にあふれかえって、青い天に昇ってゆくのを見ながら、徳本峠に立ったんだ。そうしたら、凄まじい穂高の岩峰が見えたんだよ。あれを見ていなかったら、たぶんおれは『神々の山嶺』を書いていなかったね。

それでねえ、光太郎と智恵子は、結婚するんだよ。

詳しくは説明しない。興味のある方は、『智恵子抄』や、他の関連本を読まれたし。

光太郎は、詩を作り、文章を書き、絵も描いていたが、自らを、ずっと彫刻家であると考えていたらしい。ぼくは光太郎の詩が好きなのだが、光太郎自身は、彫刻家として純粋であるために、夾雑物《きょうざつぶつ》として心に湧いてくる情を詩にしていたのではないかと考えられる節もある。

智恵子が、ゼームス坂病院で没したのは、光太郎五十五歳、智恵子五十二歳の時であった。昭和十三年（一九三八）のことだ。その三年後の昭和十六年（一九四一）十二月、太平洋戦争が始まって、光太郎は、かなりの数の、戦争礼賛の詩や文章を書くことになる。

そして昭和二〇年（一九四五）、空襲で光太郎のアトリエは炎上。五月には、岩手県花巻町の宮沢清六《みやざわせいろく》方に疎開する。八月十五日には終戦をむかえるが、光太郎は東京へは帰らず、十月から岩手県稗貫《ひえぬき》郡太田村に、鉱山小屋を移築して、そこでただ独り、農耕と自炊の生活を始めるのである。

光太郎は、六十二歳になっていた。

戦争を礼賛した自らを恥じ、中央に対して、自らの気配を絶ってしまうのである。昭和二十二年（一九四七）には帝国芸術院会員に推されたが、光太郎はこれを辞退している。

では、何故、光太郎が身をひそめたのが岩手県で、花巻で、疎開先が宮沢清六家であったのか。

種をあかしておけば、宮沢清六は、宮沢賢治の弟であり、光太郎と賢治とは、賢治生前に交流があり、文通する仲であり、賢治が東京へ出たおりに、光太郎と会っているのである。

大正十五年（一九二六）十二月——

賢治上京の目的は、尾崎喜八からセロ（チェロ）を習うためで、そのおりに、光太郎のアトリエにも足を運んだのである。

　宮沢さんは、写真で見る通りのあの外套を着てゐられたから、冬だつたでせう。夕方暗くなる頃突然訪ねて来られました。

と、光太郎は書いている。

そもそもふたりが知り合うきっかけとなったのは、賢治の『春と修羅』である。福島県出身の詩人草野《くさの》心平《しんぺい》が、賢治の『春と修羅』を光太郎に薦めたのである。

　宮沢賢治の全貌がだんだんはつきり分つて来てみると、日本の文学家の中で、彼ほど独逸語で謂ふ所の「詩人《デヒテル》」といふ風格を多分に持つた者は少いやうに思はれる。往年草野心平君の注意によつて彼の詩集「春と修羅」一巻を読み、その詩魂の厖大で親密で源泉的で、まつたく、わきめもふらぬ一宇宙的存在である事を知つて驚いたのであるが、彼の死後、いろいろの遺稿を目にし、又その日常の行蔵を耳にすると、その詩篇の由来する所が遥かに遠く深い事を痛感する。

賢治の死後、その作品が人に知られるようになったことについては、光太郎の果たした役割は、けして小さくない。

こういう交流があったからこそ、光太郎は、賢治の弟の宮沢清六をたよったのである。光太郎が暮らしたこの小屋を、ぼくは何度も訪れているが、決して立派な小屋ではない。隙き間風も多く入る。冬には寒いばかりの小屋だ。便所は外だ。

この小屋で、光太郎は何をしていたのか。彫刻作品を作ろうとしていたのは間違いない。

空襲でアトリエは焼け、ほとんどの家財や彫刻作品、絵などは焼失してしまったのだが、父光雲のかたみの木彫用の小刀と砥石だけは持ち出すことができた。光太郎は、この砥石を使って、毎晩のように、小屋で小刀や鑿《のみ》を研いでいたのである。

死んだ智恵子の作った梅酒がまだ残っていて、それを光太郎は、この小屋まで持ってきていた。

光太郎が手に入れたのは、智恵子という生身の女性であり、その肉体である。賢治が手にできなかったものだ。賢治が手に入れたのは、ある意味光太郎とは真逆の、積めば三〇センチにもなったという春画と海外の発禁本であった。

精神を病んだ智恵子のことを、光太郎は、

「もう人間であることをやめた智恵子」

「もう天然の向うへ行つてしまつた智恵子」

と書く。

賢治は、

　とし子はみんなが死ぬとなづける
　そのやりかたを通って行き
　それからさきどこへ行ったかわからない

と書く。

ああ、少し混乱してきているなオレ。

これは、いい混乱だ。

どこへ行きたいんだ、オレ。

どうしてここまでハンドルを切ってしまったかわからないが、もう少し続けよう。

光太郎に話をもどすと、この小屋で、光太郎は、ほとんど彫刻作品を彫ることはできなかった。かわりに、たくさんの詩や文章を書き（たぶんそれが光太郎の救いとなったであろうことは間違いない）、鑿を研ぎながら、智恵子の作った梅酒をちびちび飲みながら、毎夜囲炉裏の火を眺め続けていたことであろう。

死んだ智恵子が造つておいた瓶の梅酒は
十年の重みにどんより澱《よど》んで光を蔵《つつ》み、
いま琥珀《こはく》の杯に凝《こ》つて玉のやうだ。
ひとりで早春の夜ふけの寒いとき、
これをあがつてくださいと、
おのれの死後に遺《のこ》していつた人を思ふ。

これは、『梅酒』という詩の一節だ。
さらに『人体飢餓』という詩がある。
その最初の十二行。

彫刻家山に飢ゑる。
くらふもの山に余りあれど、
山に人体の饗宴なく
山に女体の美味が無い。
精神の蛋白飢餓。
造型の餓鬼。
また雪だ。

渇望は胸を衝く。
氷を嚙んで暗夜の空に訴へる。
雪女出ろ。
この彫刻家をとつて食へ。
とつて食ふ時この雪原で舞をまへ。

ああ！
光太郎だなあああっ。
光太郎の小屋を訪れると、いつもこの一節が浮かんで、おれは落涙してしまうのだよ。
おれも、書いた。
二〇代の時の詩だ。
恥ずかしながら、勢いであるので以下に記しておく。

イーハトーヴのひと

詩をつくったって
淋しかったろうよ

一晩中鑿《のみ》を研いだって
おさまらなかったろうよ
そりゃあ
死んだ女のつくった梅酒は残っていたろうさ
そりゃあ
鑿は心のように痛く尖《とが》って光ったろうさ
研げば研ぐほど
寒いもののけばかりが
金属の刃先にこもっていったろうさ

　雪女出ろ
この彫刻家をとって喰え

渇望は胸を焼く
しんしんとけものが押し寄せる雪の夜
おまえも十二月に歯軋《はぎし》りし
寒《かん》かんと吼えたのだろう
それでも書いたか

光太郎よ
おまえをたずねて
はるばる巡礼のようにたどりついてみれば
おまえの暮らした山の小屋は
ひっそりと十二月の灰色の空の下に閉じている
今は雨だ
雪の混じる
十二月の雨だ
賢治の雨雪《みぞれ》だ
畑やたんぼに
雪は
点々
鑿ばかりがいよいよ寒く尖って
書いても書いても
雪は
りんりん
彫っても彫っても

夜は
かんかん
女が傍《かたわら》にいないというそのことは
何をどうあがいたって埋めようがない
それでも書いたか
光太郎よ

彫るも彫らぬも
書くも書かぬも
雪は
りんりん
夜は
かんかん
それでも書いたか
光太郎よ
とどのつまりはこの寒《さむ》ざむでもいいから
おれも覚悟を決めて

そのおまえの哀しい寒ざむの仲間になろうよ
ああ、書いちゃったよ、書いちゃったよ。

うーん、おれの文芸的な血と肉の中には、確実に賢治と光太郎が溶け込んでいるな。

というところで、ようやく本題(「サワコの朝」ですよ!)に近づいてきた。

賢治にとし子がいたのなら、光太郎には智恵子がいたということは、すでに書いた。

そして、賢治に「永訣の朝」をはじめとする『無声慟哭』というとし子作品があるなら、光太郎には『智恵子抄』があるのである。

『智恵子抄』から、一編、紹介しておきたい。

ここは一般的に知られた「レモン哀歌」といきたいところだったのだが、ぼくが好きな方の「荒涼たる帰宅」を選んでおく。

荒涼たる帰宅

あんなに帰りたがつてゐた自分の内へ
智恵子は死んでかへつて来た。
十月の深夜のがらんどうなアトリエの
小さな隅の埃《ほこり》を払つてきれいに浄め、
私は智恵子をそつと置く。

この一個の動かない人体の前に
私はいつまでも立ちつくす。
人は屛風《びょうぶ》をさかさにする。
人は燭をともし香をたく。
人は智恵子に化粧する。
さうして事がひとりでに運ぶ。
夜が明けたり日がくれたりして
そこら中がにぎやかになり、
家の中は花にうづまり、
何処かの葬式のやうになり、
いつのまにか智恵子が居なくなる。
私は誰も居ない暗いアトリエにただ立つてゐる。
外は名月といふ月夜らしい。

20

もう、今となってははるか昔のことになってしまいましたが、この連載の二回目で、ぼくは次のように書きました。

でね、そうすると、気になってくるじゃありませんか。夏井さんが、いったいどのような俳句をお作りになっているのか。これは知りたくなります。

それを知る機会があったんですね。

本じゃあ、ありません。

テレビでした。

「サワコの朝」です。

この責任を、ようやくここでとることができることとなりました。

「サワコの朝」——知っている人は知ってますね。TBSの番組で、阿川佐和子さんが、毎回ゲストをおまねきして、色々な話をうかがうというスタイルで、進行してゆきます。ぼくは、この番組が好きで、わりとよく見ておりました。

すると、ある時——というよりは、二〇一六年十一月二十六日（土）放送回のおり、ゲストとしてやってきたのが、夏井さんだったんですね。もちろん、話題は俳句です。夏井さんが、阿川さんに簡単な俳句の作り方を教えたりと、なごやかに番組は進んでいったのですが、そこで、夏井さんの句が紹介されたんですね。全部で、六句か七句、あったでしょうか。その句を読んで、ぼくはぎょっとなってしまいました。思わず、姿勢を正し、正座をして背筋を伸ばしてしまいました。

その句がよかったんですね。

夏井さんの夫であるケンコーさんが、肺癌の手術をした時に作った句です。
これからその句を紹介いたしますが、念のため、夏井さんに了解を求めたところ（後ほど書きますが、現在我々は年一回か二回くらいの飲みともだちとなってしまいました）快く了承していただいて、テレビでは紹介されなかった句も教えてもらいました。「蛍草《ホタルソウ》」と題のつけられた全十二句です。

肺ふかく蛍ひとつを息づかす

草に濡れ来て草色の月涼し

六月の綺麗に手術着の青も

冷房やＩＣＵの硝子の壁

ステンレス製トレイに歪む梅雨の鼻

摘出せる肺は蛍の匂ひして

点滴の袋を灯す緑雨の夜
天蛾の眼は大きくて見えない眼
ぬるくふるへて病院食の冷や奴
朝の蟬明るし検温の時間
夫といふ涼しきものをまぶしみて
蛍草コップに飾る　それが愛

いいでしょう。
一句目で、おれは透明なもののけになった。
肺ふかく蛍ひとつを息づかす
って、これで思い出したのが、澁澤龍彥《しぶさわたつひこ》の『高丘親王航海記』だよ。

なんとも美しく妖しい澁澤龍彦の全てが入っていると言ってもいい幻想小説だが、作者は、これを執筆中、すでに喉に悪性の腫瘍を宿しており、そのため執筆後半は声を発することができなかった。

この物語の後半、高丘親王は美しい大粒の真珠を手に入れ、これを奪われぬために自ら呑み込んでしまうのである。このため親王は声を失ってしまう。

なんだか、涙が出てくるようなエピソードでしょう。澁澤龍彦は、自分の喉にある腫瘍——癌を美しい真珠にたとえたんだよ。夏井いつきは、蛍だった。

しかも、それを理屈としてやってるんじゃない。詩として生まれたものだ。

これがねえ、なんだかおれの心の中では凄いことになってきちゃったんだねえ。

俳句については素人同然のわたしが、夏井さんの句のひとつずつに、あれこれ書くのはさすがに控えるけれども、愛する人が死ぬかもしれない大病の時、その手術の時、人の心には様々な思いや、言葉が浮かんでくる、湧いてくる。心が激しく揺れる。その時、おれたちには、感情や想いが、激しく言葉となって襲いかかってくるんだよ。これは、もう、どうしようもない。でね、その言葉の多くは、作品にとっては夾雑物だったり、よくわかんないもののけのようなものだったりするんだよ。そしてね、たいていは、そのもののけにやられちゃうんだ。はらわたを食われちゃうんだ。

そのもののけの中から、宝石を見つけ出さなければならない。そしてややこしいのは、作家は、時にそのもののけのほうに身をゆだねたくなるってことなんだねえ。もののけに食べられちゃいたい。その方が、宝石よりも凄いものが生まれることだってあるわけだから。

さあ、どうする。

どうするよ、おい。

でさあ、その色々なもののけの群の中から作者は〝蛍〟を見つけ出したんだねえ。

この美しい蛍の内には、デーモンまで棲んでいるじゃあないか。

これがねえ、なかなかできない。おれはできないね。やられちゃう。

これをねえ、夏井いつきはできたんだね。文芸的本能っていうのかね、ずっと俳句に関わってきた人間の、技術や場数を含めた感性というのかね、何かが〝蛍〟を生んでしまったんだねえ。

おれはねえ、この十二句におかされちゃったんだ。

でもさあ、愛する人がたいへんな時、自分自身がたいへんな時、どんな時でも、おれたちは、こういうことができちゃうんだねえ。そういう時、詩のことを考えることができちゃうんだ。それでしみじみよ。

だからね、宮沢賢治の「永訣の朝」なわけよ。高村光太郎の「荒涼たる帰宅」や「レモン哀歌」なわけよ。

たとえ、ひどいと言われようが、できちゃうんだよねえ、おれたちは。

地球がぶっこわれそうな時だって、それを心の中で作品にしちゃう。

そういうものなんだ。そういう生きものなんだよねえ、おれらは。

『宿神』という物語を書いたことがある。

西行《さいぎょう》の物語だ。

桜というものを愛《め》でること、世界で一番はなはだしいのが、我々日本人だ。その日本人の桜に対する心のあり方の何割かを作ったのが西行だよ。西行は、平安時代という巨大な桜が散ってゆくのを見とどけさせるために、天がつかわした人物だ。

願はくは花の下にて春死なむその如月の望月のころ

という歌を詠んで、その歌の通りに死んでいったんだよ。

この西行がねえ、晩年、「自歌合《じかあわせ》」というのをやって、自分の歌の集大成をする。そして、『宿神』の中では、

「もう歌は作らなくていい」

そう考えるんだね。

でも——

作っちゃう。その後も歌を詠んでしまう。

場所は比叡山は大乗院の放出《はなちで》（テラス）だよ。傍にいるのは慈円《じえん》だ。

遠く、下方には琵琶湖が見えている。その湖面に舟が浮いていて、いずこかへ向って

動いている。

これを見た時に、西行の心に歌が浮かんでしまうんだよ。作る作らないの問題じゃない。何かに出合った時、心に言葉が浮かんでしまうんだよ。作るも作らないも浮かんだ時には、もう、それが歌に——つまり、詩になっている。

それが西行なんだねえ。

心が揺れたら、それがもう歌になっている。

〝ばかな誓いをたてたものだ〟

あっさりと西行はあきらめて、慈円に墨と筆を用意させて、心に浮かんだ歌を書く。

鳰《にほ》照るや凪ぎたる朝に見わたせば漕《こ》ぎゆく跡の波だにもなし

鳰は琵琶湖のことだ。

そこを静かに舟がゆく。

これを見た時に、歌がもう心に浮かんでしまう。これを書きとめるか書きとめないかはもう些細なことだ。

たぶん、ものを書く、作る、描く、彫るというのは、そういうものなのだろう。

摘出せる肺は蛍の匂ひして

ねえ。

凄いよねえ。

これで、一句目の蛍がなんであるかがわかる。しかもこれはねえ、結果として説明になってるとしても、説明のために作ったわけではないよ。くり返すけれども、これはあくまで詩として生じたものだと思う。

それで、これが、

「夫といふ涼しきもの」

になってしまうんだからねえ。

これはねえ、賢治の「永訣の朝」を語り、光太郎の「荒涼たる帰宅」を語り、その後に「蛍草」の十二句をどうしたって並べたくなってしまうでしょう。

ちなみにこの蛍草は、夏井さんによれば、「ほたるぐさ」ではなく「ほたるそう」と読むのだそうで、「ほたるぐさ」だと、あの青い花を咲かせる「ツユクサ」のことなのだけれど、「ほたるそう」は、黄色い花を咲かせる〝ホタルサイコ〟というセリ科の植物になるとのことでした。

というわけで、ようやく着地ですよ。

長くなりましたが、「サワコの朝」編、堂々の完結でございます。

21

というところで、ちょいと近況ということになる。

これを書いているのは、二〇二一年の十月七日だ。

三月末から始まった抗ガン剤治療が、八クール全て終って、現在少しずつ副作用が抜けていっているところだ。

結局、十二キロ痩せた。

一時、何も味がしなかった食事も、だんだんと味がわかるようになってきて、本来の味に近づきつつある。吐き気もかなりおさまり、家の階段を登るにもあえいでいたのが、休まずに上までゆけるようになった。

ただ、筋力の低下がはなはだしく、ちょっと段差の大きい段があると、登るにしろ下るにしろ、それをクリアできない。それでも、ペットボトルのキャップも開けられないほど弱っていた筋肉が、多少は復活し、今ではなんとか開けられるようになった。

困ったことと言えば、文体が通常のものにもどりつつあることである。連載一回目、二回目の、あの狂気の如きノリが、今は薄くなってきてしまった。何しろ、この連載が始まった時は、しびれと震えのため指の感覚がなく、手と指と万年筆を通って、頭から直接原稿用紙の上に、脳が垂れ流されてゆく状態であったのだが、抗ガン剤が抜けるに従って、通常の文章がもどってきているようなのだ。

ふうん。

そうなのか。

そういうもんなのか。

この解説、自分自身のことながら、あっているのかあたっているのか、ようわからん。別に無理につきつめて結論を出さねばならないようなテーマでもないので、このくらいで許してやろう。

俳句の話にもどろうか。

夏井さんに直接お目にかかったのは、二〇一六年の十二月のことであったと思う。「サワコの朝」からほぼ一カ月後だ。

「NHK俳句」の夏井さんの回に、ゲストとして呼ばれたのである。その時の兼題が、「節分・追儺《ついな》」だった。

ゲストであるユメマクラも何句か作ってゆかねばなりません（あ、文体かわっちゃった）。

心臓がバコバコしましたね。

一句で潔くいこうと思ったのですが、自然に増えて、複数句を用意しました。

二句は覚えています。

節分や飼うておきたき鬼もあり

節分の朝ほどのよき空の蒼

このうち「節分の朝ほどのよき——」をとっていただき、なおしはございませんでしたよ。ちょっとほっとしたユメマクラでありました。

楽屋で、色々話をいたしまして、この時にワタシは、「サワコの朝」で紹介された俳句のことを思い出して、

「あれはほんとうによかったです」

正直な感想をお伝えいたしましたよ。

この時に、釣りの話になりました。

これでわかったのですが、夏井さん、まだ小学生の頃、伝馬船を自ら漕いで瀬戸内海でタイの一本釣りをしたという経験の持ち主だったんですね。

ユメマクラも言いました。

「実は来年一月に、北海道へワカサギ釣りに行くんですよ」

ここで言う来年というのは、二〇一七年のことですね。

実はもう三〇年以上も、毎年冬になると、北海道までワカサギを釣りに行ってるんですね。湖の氷に穴をあけ、手作りの竿でワカサギを釣る。時にマイナス二〇度以下。ホットワインを飲みながら、釣ったばかりのワカサギをからあげにして食べる。

こういう話をしていたら、

「行きたい」

と夏井さんが言うではありませんか。

「どうぞ」

と、ワタクシは言いましたよ。

そうしたら、

「本当ですよね」

と夏井さんが言うんですよ。

「こういう時、行きますと言ったら私必ず行きますから」

と。

ほら、日常的によくある会話がありますよね。

「じゃ、今度、飯でも食いに行きましょう」

おい、今度っていつだよ。

何月何日、何時何分だよ。

ごぞんじの通り、今度という日は、なかなかやってこない。未来というカレンダーに今度という日は記されていない。

ユメマクラは覚悟を決めました。何があっても、オレは、このおばちゃんを絶対に、北海道の網走湖の氷上に立たせてやらねばならない。

しかし、来年一月の出発までには、年末と正月をはさんで一カ月しかない。おまけに、マイナス二〇度までを想定した上での装備は、下着から上着、靴まで、通常の冬の北海道行きとは、別のものが必要となる。

「もう、来年は無理なので、さらい年（二〇一八）行きましょう」

リアルな話をいたしました。

で、事前に、夏井さん、夫で俳人のケンコーさん、息子さんで俳人の家藤正人《いえふじまさと》さんと、品川のモンベルで待ち合わせをして、高額な装備全一式を買わせてしまいました。

ちなみに正人さんは、私の本を以前から読んでおられるということで、NHKのおり、正人さんから、

「一生言うことをきくから」

と頼まれて、夏井さんが、正人さんの本（もちろんユメマクラの本ですね）をあずかってきたというので、

「一生いつきさんの言うことをききなさいね」

と添えて、サインをいたしました。

冬の網走湖へは、二〇一八年の冬一月に行きました。

氷上で、ばっちりワカサギを釣っていただきましたよ。

こういう御縁がありましたので、夏井さんとは、時おり一杯やることになったのですが、ぼくには俳句について、わからないことが幾つかありました。

それは、次のようなものですね。
まずは、ワタクシが勝手に、
①さ抜き詠嘆の謎
と呼んでいるものですね。
続いては、
②辞書なし短語の謎
③季語判定の謎
などなどです。
①については、ほら、アレですよ、アレ。「さわやかかや」とか、「うららかや」とか、
色々あるでしょう。
句で言うと、

爽やかかや地球は海を脱ぎたがり　　掛井広通

麗かや橋の上なる白き雲　　内田百閒

これですよ。
「爽やか」の後に、どうして「さ」がないんですか。抜けてるんですか。間違いではな

いにしても、散文の徒としてはなんとしても「さ」を入れて「爽やかさや」としたくなるじゃありませんか。

「麗か」の後に、どうして「さ」がないんですか。抜けてるんですか。長年小説を書いてきた身としては「さ」を入れて、「麗かさや」とやりたくなるじゃありませんか。

閑さや岩にしみ入《い》る蟬の声　　松尾芭蕉

ね。

芭蕉だってちゃんと「さ」を入れてるじゃあないですか。

これが「さ抜き詠嘆」の謎ですよ。

②については、コレですよ、コレ。

俳句の定型である五・七・五におさめるために、単語を短くして、一文字少なくしてしまう例がほろほろとあるでしょう。

具体的には「ゆやけ」ですね。本来は「ゆうやけ」であるはずの言葉を短くして、「ゆやけ」にしちゃう。

木枯の関東平野夕焼けたり　　角川春樹

この句の「夕焼け」、おそらく「ゆやけ」と読むと思うんだけど、「ゆやけ」って、辞書に載ってないんだよね。調べたんだけど『広辞苑』にも載ってない。疑問はふたつ。

Ⓐこれっていいの？

Ⓑ俳句作る時に、自分で勝手にある言葉を短くしちゃっていいの？

③の季語なんだけれども、季語って歳時記によっては、季語であったりなかったりするでしょう。これってどうよ。もうひとつたとえば外来語のアイスクリーム、これ現在は夏の季語じゃありませんか。いったい、いつ、誰がどうやって決めたの。自分で勝手に決めちゃっていいの。たとえば「ワカサギ」ね。漢字で「公魚」。これは春の季語なんだけど、年中いるし、釣りとなったらだんぜんぼくにとっても、世間にとっても冬なんだけど、ぼくの句に「ワカサギ」を勝手に冬の季語として使っちゃっていいの。

この三つの謎、これまでぼくが読んだ俳句本には書かれておりませんでした。

それで、最初に、夏井さんと一杯やった時に訊きました。

「ぼくが、勝手にさ抜き詠嘆とよんでる俳句の現象があるんですけど……」

答はかなり、明確でした。

「慣れていただくしかありません」

ああ、なるほど！

②についても明解でした。

「慣れていただくしかありません」

「自分で勝手に短くしてはいけません」
③についても、
はい。

「自分で勝手に季語を決めてはいけません」

でした。

では、季語って、どうやって決まるのか。

意訳しておくと、それは空気だっていうんですね。

使われているうちに、だんだんとみんなのあいだに、

「アレ、そろそろ季語にしてもいいんじゃね」

という雰囲気ができてきて、ある日ふいに、それが季語になっちゃう。

ぼくは、これを、本稿のテーマでもある縄文という考え方から、

「縄文の神が宿ると季語になる」

と絵解きしているのですが、これはもう少し後の稿で書くことにします。

まあ、そんなこんなで、夏井さんと一杯やるというのはなかなかおもしろいイベントなんですね。

22

というわけで、いよいよ縄文です。

しばらくユメマクラの縄文噺におつきあいください。
そもそも、何故、縄文なのか。
何故、バイオレンスとエロスの伝奇小説の作家が縄文にはまってしまったのか。
それはまさしく、ワタクシが伝奇小説の作家だったからですね。
宮沢賢治のことも好きだったし。
賢治には縄文の香りがするという話は、もう書きました。
賢治が好きだった『法華経』の話から入りましょうか。
賢治は時々、
「ナモサダルマプフンダリカサスートラ」
なんて、唐突に書いたりしていますが、これ、
「南無妙法蓮華経」
のことですね。この『法華経』の中に「妙法蓮華経従地涌出品《みょうほうれんげきょうじゅうじゆじゅっほん》」という項《こう》があります。
その一部をまずは次に記しておきましょう。

　仏、これを説きたもう時、娑婆《しゃば》世界の三千大千の国土は、地、皆、震裂《しんれつ》して、その中より、無量千万億の菩薩《ぼさつ》・摩訶薩《まかさつ》ありて、同時に涌出《ゆじゅつ》せり。この諸の菩薩は、身、皆、金色にして、三十二相と無量の光明とあり。先きより、尽く娑婆世界の下、この界の虚空の中に在って住せしなり。

仏陀が説法している時、世界中が揺れ動き、大地があちこちで裂け、そこからおびただしい数、無量千万億の菩薩や摩訶薩が涌くように現われてきたというんですね。で、その菩薩たちは、もともと、この世界の内側、虚空の中に棲んでいたものたちであると――

『法華経』の意図するところとは少し違っているかもしれませんが、ぼくはここを読むと、いつも縄文を感じてしまうんですね。

縄文の考え方として、

「この世の全てのものには霊が宿っている」

というものがあります。

別に、縄文人の残した文献資料があって、そこにそのように書かれているわけではありません。これまでの多くの考古学的発掘や発見によって推測される、ほぼ定説と言ってもいい考え方ですね。

この日本には、八百万《やおよろず》の神々がいることになっていますが、これはもともと、縄文的思考です。

たとえば『日本書紀』の「神代下」に、次のような一節があります。

葦原中国《あしはらなかつくに》は、磐根《いはね》、木株《このもと》、草葉《くさのかきは》も、猶能《なほよ》く言語《ものい》ふ。夜《よる》は熛火《ほへ》の若《もころ》に喧響《おとな》ひ、昼は五月蝿《さばへ》如《な》す沸《わ》き騰《あが》る。

天津神《あまつかみ》から国津神《くにつかみ》の側を見た感想ですね。

「葦原中国では、岩や樹、草も葉もよくしゃべる。夜は、音をたてて燃える炎のような神がいて、昼はウンカのようにやかましく、沸きあがるような神がいた」

というほどの意味でしょう。

これって、縄文的な文化を持った国や人々について語っているのではないかとぼくは思っています。

また──

『出雲国造神賀詞《いづものくにのみやつこかむよごと》』には、

豊葦原《とよあしはら》の水穂《みずほ》の国は、昼は五月蝿《さばへ》なす水沸き、夜は火瓮《ほべ》なす光《かがや》く神あり、石《いは》ね、木立、青水沫《あをみなわ》も事問ひて荒ぶる国なり。

これも、ほぼ同様の意味です。

驚くべきは、他の『日本書紀』の記述ですね。

然《そ》も彼の地《くに》に、多《さは》に蛍火の光《かがや》く神、及び蝿声《さばへな》す邪《あ》しき神有り。復《また》草木咸《ことごと》くに能く言語《ものいふこと》有り。故、高皇産霊尊《たかみむすびの》、八十諸神《やそもろかみ》を召し集《つど》へて、問ひて曰はく、「吾、葦原《あしはら》中国《なかつくに》の邪《あ》しき鬼《もの》を撥《はら》ひ平《む》けしめむと欲《おも》ふ。（略）」

国津神々のことを、はっきり「邪《あ》しき鬼《もの》」と言っているんですね。

荒ぶる神等をば神問はしに問はしたまひ、神掃ひに掃ひたまひて、語問《ことと》ひし磐根《いはね》樹《き》根《ね》立《たち》、草の片葉をも語止めて……


これは『六月の晦《つごもり》の大祓《おおはらえ》』の詞です。

なんと国津神の荒ぶる神どもを、ひたすら成敗してやったら、岩や、木、草などがものを言わなくなった——というんですね。

ここで何が起こったかは明白です。

あらたに日本列島にやってきた、新しい神々を信仰する者たちが、古き日本の神々（おそらくは縄文的な神）をやっつけて、もの言わぬ神にしてしまったというようなことですね。

詳しくは、このネタ本である谷川健一《たにがわけんいち》さんの『日本の神々』を読んで下さい。

ともあれ、この世界の全ての事物に神（霊）が宿っているという考え方を、縄文人は持っていたと考えていいでしょう。

これ、全ての人間（悪人も含めて）、全ての人の想いや心には仏性があるという仏教の考え方とシンクロしてきますが、縄文の凄いところは、それを、草や樹だけでなく、岩や水にまで広げていることですね。

というところで、伝奇小説にもどります。

伝奇小説を書いていたら、気がついたら縄文にいっちゃったという話です。

そもそも、伝奇小説とは何かということなのですが、なかなかいい定義がありません。

ぼくの場合で恐縮ですが、どうやらそれは、

「神のルーツをたどる物語」

のようなんですね。

全二十五巻、三〇年ほどをかけて書きあげた『魔獣狩り』ですが、これは押しも押されもせぬ伝奇小説ですね。

長くなってしまったのは、書きながら、ぼくが、「日本人とは何か」という旅に出てしまったからですね。ついでに、日本人が信仰してきた「神の物語」にまで話がいってしまい、ついには、卑弥呼《ひみこ》や、秦の始皇帝《しこうてい》をだました徐福《じょふく》にまで話が及んでしまいました。

卑弥呼はアマテラスか――という疑問につきあたり、神道のことを調べているうちに、さらに古い、日本の古層の神について考えるようになり、そうしたら、自然に縄文までたどりついてしまったわけです。

こういう人、わりといるんですね。

京都の織りものをやっている方ですが、この布、昔はどうやって織っていたのか。それが気になって、江戸の織りものについて調べ、平安時代は、弥生時代はと研究しているうちに、ついに縄文時代までいっちゃった。

食のシェフの人もそうですね。

「世界のベストレストラン50」で何度も世界一になった、デンマークのノーマというレストランで、ずっと料理の研究と開発をやっていた、トーマス・フレベルというシェフがいる。

何年か前に日本でオープンしたINUA（イヌア）というレストランのヘッドシェフである。日本でINUAをオープンするにあたって、トーマスがやったのは、何年間かの準備期間をもうけて、その間に、日本中の食材を調べ、食の探険をしたことだ。山に入っては、コケをつまんでかじり、木の実をかじり、海では、海藻を口に含み、見知らぬ貝を口にした。日本の食材をいったんゼロベースにして、まるで、古代の縄文人がやったように、まっ白なところからそれをはじめたのである。

縁があって、

「縄文人みたいだ」

と言ったら、縄文人と縄文料理に興味を持って、

「いちど縄文料理を食わせてくれ」

ということになった。

それで、色々準備をしていたら、本人が
「おれに作らせてくれ」

というので、喜んでまかせたら、

「これは縄文人は食べていたか。これはどうだ」

と何度か質問が来た。

それは、トチの実だったり、カモであったり、キノコであったりしたのだが、答えは同じ、

「食べていたと思う」

だった。

よく考えたら、どれも縄文時代からずっと日本にあったもの、日本にいた生き物であり、縄文人が食べていなかったとは言えないものばかりだった。

こうしてぼくは、おいしい新縄文料理を、ぼくの釣り小屋で腹いっぱい喰わせてもらったのだが、何ごとであれ、つきつめてゆくと縄文につきあたるということが、案外身の回りにある。

鍋料理のルーツは縄文だし、たぶん「いただきます」もそう。

もう少しこの稿が進んだら、

「季語は縄文である」

というところにたどりつけると思うのだが、ここでは、伝奇小説だ。

ともあれ、自分の仕事をつきつめてゆくうちに、ぼくは縄文にたどりつき、今は、なんとか、縄文の神とは何か、という問いに、途中報告のつもりで答えられる。

縄文の神とは――

「それは宿神である」

ということになる。

宿《しゆく》は、酒《さけ》であり、咲《さく》であり、佐久《さく》でもあり、坂《さか》であり、シャカであり、宿神すなわち、守宮神であり、ミシャグチ神であり、なんと我らが陰陽師、安倍晴明があやつるところの式神であるということになる。

芸能で言えば、これは、翁《おきな》ということになる。

というところで、狂おしく、以下次号ということになる。

第五回　翁の周辺には古代の神々が棲む

23

報告しておかねばならないのだが、実は、おさわがせしていたリンパガンが寛解《かんかい》してしまったのである。

まことに恐縮。

このことを告げられたのは、つい十日前の十月二十六日だ。つまり、この文章を書いているのは、二〇二一年十一月五日ということになる。

しみじみとありがたい。

誤解のないよう書いておけば、完治ではなく寛解である。では、寛解とは何か。私なりの考えというか、見解では、以下のようなものだ。

「あなたの身体の中にあったガン細胞は、ひとまず全て消失しましたよ」

という状態をさす言葉で、この言葉の裏には、

「いつまた再発するかはわかりませんよ」

という意味を含んでいる。

ぼくが患《か》かった非ホジキン性のリンパガンは、そういう病気だ。

この寛解というのは、この病気を患ってはじめて知った言葉であり、これまで知らなかった。不勉強のため、ぼくがここに記した見解が、どこまで正しいのかは、本人も完全には理解しておらず、書いたこと、これから書くことにどこまで責任をもてるかはわからないので（なにしろ病気のことであるので）、正確な情報や知識が欲しい方は各自で調べてほしいのだが、念のため、ここにこのように前置きしておく次第なのである。

寛解後、はやい人では数カ月で再発する方もおり、一年、二年が過ぎてから再発する方もいる。そのかわりに、十年、二〇年再発しない方や、それが三〇年になる方もいる。この病気になったのが何歳の時であったかにもよるのだが、再発しないまま平均以上の寿命をまっとうする方も少なくない。

ぼくの場合、そのどこにあてはまるのかはもちろんわかるわけはないのだが、とりあえずは、この後一カ月に一回ほどの検査を、一年間続けなくてはならない。それを一年やって、何事もなければ、これが数カ月に一回か、半年に一回かになってゆくことになる。

さらに書いておけば、実は、ぼくはこの十五年くらい脊柱管狭窄症《せきちゅうかんきょうさくしょう》も患《わずら》っていて、腰というか、尻が痛くて、長時間立っていたり歩いたりというのがたいへんに苦痛なのである。生活の質が実に悪い。二〇一八年暮に、この手術をしようと思って、色々検査をしてもらい、

「あと五キロ瘦せてください。瘦せることができたら手術をしましょう」

とドクターから言われてしまった。

実は、ぼくは、ヘモグロビンA1cの値が高く、手術した後傷がなおりにくい可能性があるというのである。ま、糖尿病ということですね。

その時の体重が七〇キロ。

一年かけて、体重を五キロ減らして、いよいよ手術をと考えていたら、時代はコロナに突入してしまい、手術入院をためらっているうちに、今度はリンパガンになってしまって、またもや手術ができない状態になってしまった。

それで、寛解したこのチャンスに腰の手術をしてしまおうと思いたち、今日、久しぶりに病院を訪ねて検査をしてきたところなのである。

その結果がよかった。

ヘモグロビンA1cの値は正常になっていて、このことに関する限り、手術は問題がない。何しろ、抗ガン剤の副作用で、体重がどんどん落ちて、一時は五十五キロにまでなった。点滴入院の時に、六十七キロあったので、十二キロ痩せてしまったことになる。今は、四キロもどって、体重五十九キロ。抜けていた体毛、髪の毛や髭、眉も生えはじめて、ようやくもとの顔つきにもどりつつあるところだ。

筋肉も少しずつついてきて、ここらで体重を止めるため、ストレッチや、筋トレに励みたいところなのだが、いかんせん、腰が痛くて、リハビリがうまくいかない。

そんなわけで検査をしてきたのである。

おそらく来年（二〇二二年）の一月には手術ということになるのではないか。

仕事の再開は、ぼちぼちやっており、今月の三日には高野山で講演をして、リハビリと称して釣りにも何度か。

食事の味もかなりもどってきていて、状態はかなりよくなりつつあるのだが、いかんせん、抗ガン剤治療で、リンパの免疫系がおとろえており、たとえばコロナなどの感染症には要注意。これわれた免疫系は、もとのようにはもどらないので、これはたぶん、一生背負ってゆくことになる。

たとえば、ワクチンなども効き目はあまりなく、

「やらないよりはマシ」

といった程度である。

たぶん、中断していた連載小説も、二月の後半には再開できるのではないかと思っている。

もうひとつ――

この寛解によって、この連載の文体が、限りなくもとにもどりつつあるということも報告しておきたい。

この連載におけるぼくのノリというか、精神状態というか、いつガンで死んでしまうかわからないというその心の有り様が、この原稿のスタイルやテンションに大きく影響していたと思うのだが、それが、寛解と共にもとにもどってしまったというか、アホな

怖いもの知らずのノリが半減してしまったというか、ともかくは、どうやらそういうことになっちゃっているらしいのである。

寛解自体は喜ばしいことなのだが、そのあたりのところに、おいらはちょいととまどっているのである。

何しろ、ガンの宣告をされた時の心の状態を、この後色々書くつもりでいたのだが、色々頭の中を跳ねまわっていた文体や言葉が、メモは残ってはいるものの、肝心のそのノリのほうがどこかへ行ってしまったようなのだ。つまり、あの、本人にとってはけっこう心の深い場所で考えていた諸々のことをこれから書くとすると、それは「もう寛解してしまった」という場所から書くことになり、それはすでにあの時のテンションではなくなってしまっているのが書く前からわかるのである。ああ、早く書いておきゃよかったなア。

寛解の事実を隠して書くのでは、それは反則技となってしまう。

うーん。

しかし——

この頃は、少し食事の味がわかってきたので、カミさんに、多少のリクエストはできるようになった。

これはいいことだ。

「ねえ、今夜は何が食べたい？」

うーん。

「そうだなあ……」

と少し考えて、

「今夜、ワシが食べたいのは……」

ちょっと間を置き——

「そなたじゃあっ」

ここで、タイミングよくカミさんが叫んでくれれば、うまくいったところなのだが、失敗してしまったのは、〝そな〟まで口にして、その後、ぼくが半分ふいてしまったからである。

水戸黄門に出てくる悪代官風にこの台詞を言い終えねばならなかったのに、自分の設定に、ぼくの心が耐えきれなかったのである。

半分受けたが、半分白い眼で見られてしまった。あえなく撃沈。

彦いち師匠、すみません。

というところで報告終り。

前回からの続きで、「翁《おきな》」からだ。

24

ここは、はっきり書いておかねばならないのだが、ぼくに宿神《しゅくじん》という言葉を教えてくれたのは、中沢新一《なかざわしんいち》さんである。

三十三年ほど前のことだから、ぼくが三十七歳の頃だったのではないか。西暦で言えば、一九八八年のあたりだ。

一九八九年に河出書房新社から出版された中沢新一、宮崎信也《みやざきしんや》、夢枕獏、三人の共著である『ブッダの方舟』という本の取材で、比叡山を歩いていた時だったと思う。

ちょうど常行堂《じようぎようどう》の前を通りかかった時、

「この常行堂の本尊は阿弥陀如来なんだけど、後ろ戸の神というのがその裏にいて、それが摩多羅神《ま'たらじん》ていうんだよね」

と中沢さんが言い出したのである。

ぼくは、その〝後ろ戸の神〟と〝摩多羅神〟という言葉のあやしさにびっくりしてしまった。

「なんですか、それ」

「宿神です」

他にもあれこれおもしろそうなことを教えてもらったような気がしているのだが、ぼくが覚えているのは〝後ろ戸の神〟と〝摩多羅神〟と〝宿神〟だった。

で、結局ぼくは、その二年後の一九九〇年に『宿神』というタイトル（現在は『摩多《また》羅神《らがみ》』とタイトルがかわっている）の、九十九乱蔵を主人公にした「闇狩り師」シリーズの長編を書き出して、三十一年が過ぎた今もその連載は終っていない。そして、二〇〇六年に西行を主人公にした『宿神』(このため「闇狩り師」シリーズの件の物語のタイトルを『摩多羅神』としたのである)を朝日新聞で連載開始して、これは六年かけて書き終えた。

かなり影響を受けている。

この宿神が、この項のテーマなのだが、細かいあれこれをぬいて、結論(?)から書いてしまえば、宿神は、摩多羅神であり、翁であり、それらはつまり縄文の神ではないかとぼくは思っているのである。

ちなみに、奈良の談山《たんざん》神社に翁面があるのだが、この面が入っている箱には「摩多羅神」と書かれている。

しかし、一九九〇年に『宿神』(現在のタイトル『摩多羅神』)を書き出した当初は、ぼくはまだそこまではたどりついていなかった。そのことに気がついたのは、二〇〇三年に講談社から出版された、中沢新一著『精霊の王』を読んだ時である。

これは衝撃的な本であり、ぼくがそれまでやってきた伝奇小説のゆきつく果てに立っているのは、この宿神ではないかと思うようになったきっかけを作ってくれたのが、この本であった。

告白しておくが、中沢新一の言葉や本は、ぼくが小説家としてどの方向にゆくべきかを模索している時、そのゆくべき道筋を何度となく示してくれた。

たとえば『ブッダの方舟』の時、ふいに、中沢新一は、こんなことを口にした。

「神社って、おもしろいですね」

「そうですね、おもしろいですね」

と、ぼくはのんきにうなずいていたのだが、その言葉の深い意味にぼくが気づくのは、その十年後、もしかしたら二十年後であった。

中沢新一のその言葉の裡には、

「神社を覗けば縄文が見えてくる」

ということが含まれていたのであり、もう少し突っ込んでおけば、

「旧石器の神が見えてくる」

という意味まで含んでいたのである。

前述したように、ぼくは、伝奇小説から縄文に入ってゆき、俳句で伝奇小説をやろうとして、季語が縄文であることにたどりついたのだが、その道の先にも、もう、中沢新一が道を示す灯台のように立っていたのである。

俳句に心が動くようになって、俳句の本や雑誌を読むようになり、ある時、角川文化振興財団が出している『俳句』を開いたら、そこで中沢さんが、俳人の小澤實《おざわみのる》さんと対談をしていて、その中で「アニミズム（縄文）俳句」などという話をしておられるではないか。

ああ、これにはたまげたね。

この対談は、中沢新一、小澤實、ふたりの共著として『俳句の海に潜る』という本に

なっている。俳句および、ぼくのこの原稿に興味を覚えた方には、ぜひ、手にとって眼を通していただきたい本なのである。

ともあれ、伝奇小説から縄文に入り込んだぼくがやろうとしたのは、縄文人が信仰したであろう、神々の物語を書くことであった。ギリシャにギリシャ神話があるように、縄文人にも縄文神話があったであろう。しかし、縄文人は、文字を持たなかった。おそらくは、口伝で語られたであろう縄文の神々の物語——つまり「縄文神話」を小説としてでっちあげることを、ぼくは、次の仕事として選んだのである。手がかりは、神社であり、『古事記』、『日本書紀』であり、当初、アイヌのユーカラであり、縄文土器、土偶、そして古い日本の地名だ。そして、宿神、翁であったのである。

ここから先のぼくの小説の話は、あらためて別の項で語ることになる。

ひとつの山に登ると、その先にまだより高い山があり、違う風景が見えてくるものだが、縄文でも同じ体験をした。縄文にたどりついて、もうこの先はなかろうと勝手に思っていたら、縄文の山の向こうに、まだ大きな山があって、その上に中沢新一が立っていて、その風景の中で手まねきしているのである。

「こっち、こっち」

こっちというのは旧石器時代のことで、これまたおもしろそうなのだが、おいこら、人間には——というか、おいらには残り時間というのがあるんだよ。

おれの寿命のあるうちに、縄文をなんとかかたづけて、そこまで行けると思ってるんかいな。

ああ――

まことに、中沢新一という存在は、ワタシにとって、実に実に困ったちゃんなのである。

学問って、おもしろい。

25

で、宿神について、書いておかねばならない。

前述した『精霊の王』の中に、金春禅竹《こんぱるぜんちく》著の『明宿集』（中沢新一・訳）が収録されているのだが、そこになかなか興味深いことが書かれているのである。

ここでは原文を紹介しておきたい。

抑《そもそも》、翁《おきな》の妙体《みようたい》、根源《こんげん》を尋《たづね》たてまつれば、天地開闢《かいびやく》の初めより出現しましまして、人王の今に至るまで、王位を守り、国土を利し、人民を助け給ふ事間断なし。

本地を尋《たづね》たてまつれば、両部越過《をつくわ》の大日或《だいにちあるい》は超世の悲願阿弥陀如来、又は応身尺《おうしんしや》加牟尼《かむに》仏、法・報・応の三身、一得に満足しまします。

一得を三身に分《わか》ち給ふところ、すなわち翁、式三番《しきさんばん》と現わる。

翁という存在は、この天地、時空が生まれた時からこの宇宙にあって、大日如来、阿弥陀如来でもある――手っとり早く解説しておくと、このように言っているのである。念のために書いておけば、『明宿集』の著者である金春禅竹は、室町時代の能役者にして能作者であり金春座の中興の祖である。あの観世座の能役者、世阿弥《ぜあみ》の娘婿でもある。

世阿弥の著わした有名な『風姿花伝』にも同様のことが書かれていて、この中楽《さるがく》の神にして天地の神でもある翁は、この宇宙の一番深い場所にあって、この世の全ての事象に関わっているらしい。

で、まずは申楽だ。

なぜ、芸能のことを申楽と言うのかというと、『風姿花伝』によれば、もとは「神楽《かぐら》」であったものを、聖徳太子が、〝神〟の〝ネ〟をとって〝申《さる》〟とし、〝申楽〟としたものらしい。

では、何故〝申〟にしたのかというと、これはもともとは〝猿〟から来ているのだとする方もおられる。

〝猿〟というのはサルタヒコの〝猿〟だ。サルタヒコ、国津神であったのだが、ニニギノミコトが天孫降臨して、高千穂に入る時、その道案内をした神である。このサルタヒコが結婚したのが、アメノウズメノミコトである。アメノウズメと言えば、アマテラスが岩戸隠れをした時、その岩戸の前で踊った女性（神）である。この時の舞や踊りが、日本の芸能の始まりとされ、アメノウズメは、サルタヒコと結婚したことにより、「猿《さる》女君《めのきみ》」と呼ばれるようになった。「中楽」の「さる」は、この「猿」からきているのだというわけですね。

ちょっと脱線しておくと、東征して大和へ入ろうとした神武天皇を道案内したのがヤタガラスで、言うなれば、サルタヒコもヤタガラスも太陽の案内者である。これは、この連載の第三回に書いた、船の舳《へさき》にいる「鳥」ともつながってくる話で、サルタヒコとヤタガラス（鴨、安倍晴明）の関係も見えてくるではないか。これはこれでなかなかおもしろいテーマなのだが、残念、ここはそれを書く場所ではない。

この中楽（猿楽）が、能楽へとなってゆくのだが、世阿弥、金春禅竹の『風姿花伝』、『明宿集』によれば、秦河勝《はたのかわかつ》がその始祖ということになる。そもそもは秦河勝が、上宮太子、つまり聖徳太子の前で「六十六番の物まね」を創作して、紫宸殿にて舞わせたのが始まりである。この時の実際の出し物は、今日言うところの能や狂言ではなく、軽業や手品、曲芸、物まね、歌舞音曲の類であった。

始祖の秦河勝、実の歴史上では物部守屋《もののべのもりや》の首を斬ったとも言われている。京都太秦《うずまさ》の広隆寺を創建して、当初は聖徳太子から賜ったという弥勒菩薩像を、この寺の本尊とした。この広隆寺、牛祭りで知られていて、この祭りの主役はなんと摩多羅神である。

金春禅竹によれば、泊瀬《はつせ》川の洪水のおり、流れてきた壺の中に入っていた赤ん坊がいて、助けられて抱きあげられた時、

「我ハコレ、大唐秦ノ始皇帝ノ再誕ナリ」

と言ったというのである。

この赤ん坊が秦河勝である。

世阿弥によると、その晩年、秦河勝は、

「うつほ舟に乗りて、風にまかせて西海に出づ。播磨の国坂越《しやくし》の浦に着く。浦人舟を上げて見れば、かたち人間に変《かわ》れり。諸人に憑き祟りて奇瑞《きずい》をなす。則《すなわち》、神と崇《あが》めて、国《くに》豊《ゆたか》なり。『大きに荒る〻』と書きて、大荒大明神《たいこうだいみようじん》と名付く」

たいへんな祟り神となってしまった。

秦河勝が流れついた場所は、一説には生島という島であったのだが、ここで注意しなければならないのは、その島のある土地の地名が「坂越《しやくし》」であったことだ。さらに言えば、秦河勝が祀《まつ》られたのが、大避《おおさけ》神社であるということである。

太秦の土地神を祀った神社が大酒《おおさけ》神社であり、この神社は、明治の神仏分離政策によって、外に出されてしまったが、もともとは広隆寺の寺内社であったのである。

何故、このことが重要なのかというと、ぼくが縄文の神であろうと考えている「S・K」発音の入る、
宿神、
式神、
守宮神、

ミシャグチ神、
　咲、
　底、
　長野の佐久、
　山梨の釈迦堂、
　青森の大釈迦（仏陀の釈迦から来ているらしいが、おそらくは、秋田の釈迦もそうだが、語源は縄文のシュク、スクと思われる）
　などに、
「坂」も、「避」も、「酒」も入るからである。
　ついでに、太秦、イスラエルとも関係があるのではないかという説もある（う〜ん、ほんとか）のだが、ここではそこまで踏み込まない。
　細かい話をしている枚数がないので、必要なことを書いておけば、このような流れの中で、
　秦河勝↓大避（大荒）大明神↓摩多羅神↓宿神
　という図式ができあがってゆくのである。
　摩多羅神というのは、天台宗の常行堂（僧が念仏三昧の修行をする堂）の守護神であり、常行堂の本尊である阿弥陀如来の後ろ戸の神である。そして、芸能の神だ。
　日本の神ではなく、異国の神だという。

天台宗の僧、円仁《えんにん》が、唐から帰ってくる船の上空から声が聞こえ、

「我は摩多羅神である。障碍《しょうげ》をなす神であり、この我を祀らねば往生の願いを成就させることはできない」

と言ったというのである。

こうして、摩多羅神は、天台宗の常行堂の後ろ戸の神となったのだが、この神が、いったいどのようにして、芸能の神となり、宿神と結びついていったのか、それにはまだ定説がなく、謎が多いばかりなのだが、ここでは、摩多羅神と宿神が、同じ神とされているということを、万年筆のインクを新しくして、しっかりと記しておきたいのである。

26

能の演目の中に、「三番叟《さんばそう》」という出しものがある。古くは「三番三《さんばそう》」と呼ばれていた演目である。式三番とも呼ばれていて、これは、三番の出しものというほどの意味である。

「父尉《ちちのじよう》」、「翁」、「三番猿楽」という三演目で、一番目、二番目の「父尉」と「翁」は聖職者の呪師《のろんじ》が演じていた。能の演目ではあるのだが、今では、狂言方の役者がこの三番目の「三番猿楽」つまり、「三番叟」を舞うことになっている。この舞は、前半の「揉の段」と、後半の「鈴の段」と、ふたつに分かれていて、前半は素面で、後半の「鈴の段」では、舞手が翁面を被って舞うことになっている。

翁の面は、白色、肉色、黒色と、三色あるのだが、「三番叟」で多く使用されるのは、黒色尉《こくしきじょう》と呼ばれる黒い翁面である。

ようやくここにたどりついたのだが、ぼくはこの黒色尉と呼ばれる黒い翁面のルーツが、縄文の土製仮面にあるということを、ここで、インクをあらたにして、皆さんに告げたいのである。

27

縄文時代――主にその晩期において、日本全国で、様々な仮面が使用されていたのは、多くの縄文遺跡から、そういった面が発掘されていることからも明らかだ。

それらの面が、いったい何に使用されたのか。呪具であるのか、祭祀に使用されたのか、はたまた芸能に使用されたのか。古代、芸能は神事であり、祭祀と不可分であったと思うのだが、縄文時代がどうであったかは、まださだかでない。それは今日、まだ定説と呼べるものがない。

覚え書き程度に書いておけば、次のような不思議な符合について、どう考えるかだ。

まずは、二五二ページから二五四ページにかけて印刷されている、写真Ⓐから Ⓚまでを見ていただきたい。

Ⓐ能登半島の先端近くにある、石川県の真脇遺跡から、ある土製仮面が出土した。残念ながら出土したのは、面の全部ではなくその一部なのだが、特徴的なのは、面の表面

Ⓐ 真脇遺跡出土　土製仮面
真脇遺跡縄文館蔵

Ⓑ 蒔前遺跡出土品　鼻曲り土面
御所野縄文博物館蔵

Ⓒ 木製の神楽面
九州民俗仮面美術館蔵
参照 https://blog.goo.ne.jp/kuusounomori/e/41104e8fb3b04515fc6d85c9836fc8e2

Ⓓ 狂言面　乙御前
写真提供　V&A Images/ユニフォトプレス

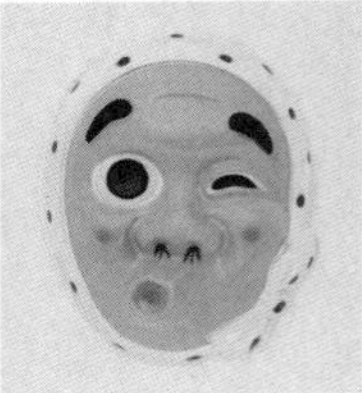

Ⓔ ヒョットコ面

Ⓕ 東北のかまど面
著者蔵

Ⓖ 能面 黒式尉　越智吉舟（伝）
徳川美術館蔵
© 徳川美術館イメージアーカイブ／DNPartcom

Ⓗ Spirit mask. Used by an Alaskan, Inuit Shaman, this mask would have been worn during ritual dances to bring good health and hunting. Made from hair, copper and painted wood, Alaska, late 1800s.
写真提供：imagenavi

に描かれた、何本もの線である。これは、能の翁面に描かれている線と通ずるところがある。

Ⓑ岩手県の蒔前《まくまえ》遺跡から出土した土面は、その鼻が大きく曲がっている。この鼻の曲がった面（鼻曲がり面）は、この蒔前遺跡のみならず、あちこちの遺跡からも出土している。

Ⓒ九州の民俗仮面美術館所蔵の木製の神楽面、これも鼻が大きく曲がっており、かつⒷにそっくりである。

Ⓓ乙御前と呼ばれる狂言面も、モチーフは鼻曲がり面と似ている。

Ⓔヒョットコ面は漢字で火男面と書き、乙御前面とそっくりである。

Ⓕ東北にかまど面と呼ばれる面がある。台所など、火を使う場所の壁や柱に掛けられる面だが、火男面と通ずるものがある。

Ⓖ名古屋の徳川美術館に所蔵されている翁面に、白色尉の面と黒色尉の面があるが、このうちの黒色尉の面は、鼻が大きく曲がっている。

Ⓗ北米に住むイヌイットが儀式に使用していたと思われる木製の面があるが、これも、大きく鼻が曲がっている。

どうであろうか。

日本の仮面には、どれも、縄文時代から連綿と現代まで続いている不思議なものが残っているようである。それが何であるかはわからないが、間違いなく、縄文の何ものかは、現代にまで届けられているのである。

そしてこれは、スンダランドやサフルランド——今のニューギニアあたりから黒潮にのって、日本列島にまでつながる、海の仮面ロードの一部なのではないかともぼくは考えているのである。

パプアニューギニアのマッドマンの仮面（Ⓘ）。

これって、どうしたって、ニルヤカナヤからやってくる来訪神のルーツでしょう。

あの地域にある仮面文化が、沖縄や南西諸島に伝わるパーントゥ（Ⓙ）や、悪石島のボゼ（Ⓚ）となり、さらに北上して、真脇遺跡の土製仮面となり、現代にまで残って、ナマハゲや、ヒョットコ、翁面となったのではないか。

Ⓘ パプアニューギニアのマッドマン
写真：photolibrary

Ⓙ 沖縄のパーントゥ
写真：清家忠信／アフロ

Ⓚ 鹿児島県 悪石島のボゼ
写真：箭内博行／アフロ

そして、縄文の神々は、今もなんとか生き残って、俳句の季語の中で、なんとも生々と、現代とダンスをしているのでは、ないか。

そういうことを、次の稿では書いてゆきたいのである。

28

この十年近く、本業——つまり小説の方で、ぼくがひそかに企てていたのは、

「縄文小説」

と、

「俳句小説」

である。

仮に、このように呼んでおきたい。

まずは、「縄文小説」だ。

当初は、すでに書いたように、ぼくは、縄文時代の神話を書くつもりでいた。手口は、幾つかあった。

これまでにも何度か書いてきたが、まず、間違いなく言えることは、縄文人は多くの事物に、たとえば山や岩や樹、あるいは水や、熊や狼などに、神や霊的なものの存在を見ていたであろうということだ。

そして、その本体として、この天地の最も深い場所におわす宿神というものの存在を

縄文人は嗅ぎとっていたのではないか。ここは、定説というよりは、ぼくの仮説であり、小説的なバイアスがかかった考え方である。むしろファンタジーに近いものであるということも自分でよくわかっている。

しかし、これは数年で、よい方法ではないことに気がついた。あまりに自由度が高すぎるため、いかにして筆を律してゆくか、その感触がつかめなかったのだ。試みとしては、おもしろいとわかっている。しかし、書いている間に筆が走り出したら、ちょいとかわった縄文風の、異世界ファンタジーに近いものになってしまいそうな気がしたのである。いくら、読みものとしておもしろいものができあがったとしても、それは、ぼくの本意ではない。

そこで考えついたのが、縄文時代の旅商人のことである。

主人公が旅の果てに、この宿神に出会うまでの物語。

糸魚川から、三内丸山《さんないまるやま》遺跡のある海辺の縄文都市まで、翡翠《ひすい》を運んでゆく商人の物語だ。

日本の縄文遺跡から出土した翡翠のほとんどが、糸魚川産のものであることは、すでにわかっている。この翡翠を運んでゆく商人が主人公だ。

旅の道連れは、少年がひとり。

旅の途中、行く先々の縄文都市というか、村々で、様々な神と出会ってゆく物語。これなら、実際の縄文遺跡や出土品などをもとにして、ぎりぎり、縄文的な世界観を出しながら、ファンタジーとして成立しそうだ。

もう一本の俳句小説は、結局、松尾芭蕉《まつおばしょう》の『おくのほそ道』に落ちついた。

そもそもの作戦では、ぼくがやろうとしている伝奇小説やSF、ファンタジーとしての俳句を、作中で作る人物を主人公にするつもりでいたのである。短編連作——つまりぼくが今やっている『陰陽師』のスタイルだ。毎回、物語の初めや、途中、ラストで主人公が俳句を詠む。しかし、これでは手口がなかなかむずかしい。主人公をただの俳句好きの人物にするだけでは、どうもなあ、という思いがずっとつきまとっていたのである。

そこで芭蕉の『おくのほそ道』につきあたったのである。

そうか、ある架空の人物——松尾芭蕉のような人間に、A地点からB地点までの旅をさせる。その途中で、様々な不思議と出合い、それをその都度、俳句に詠み込んでゆく。舞台は江戸時代か、江戸時代を思わせるような、架空世界でもいいかもしれない。なるほど、ファンタジーで『おくのほそ道』をやればいいんだと考えたのである。

しかし、結論から言えば、『縄文小説』、『俳句小説』、そのどちらについても、今、ここに書いたアイデアを使うのをやめることにしたのである。

というのにも理由がある。

それも、ひとつではない。

たぶん、ふたつ。

ひとつ目は、よくあることだが、勉強というか、取材というか、いずれの物語についても、対象に淫してしまったからである。時代小説を書こうとする時におち入りやすいことなのだが、色々と勉強をしすぎてしまうのである。江戸時代のことを勉強してゆくうちに、おもしろくなって、あちらもこちらも調べてしまう。楽しい。知識が増えれば増えてゆくほど、あ、これを知らないうちは、まだこの物語を書き出すのは早いんじゃないの、もっと勉強を、もっと知識を、とやっているうちに、その知識のため、いつのまにか不自由になり、がんじがらめになり、結局、その時代小説を書き出すタイミングを逃してしまう。

ぼくの経験から言うと、こういうものは適当なところで肚をくって、どんと勢いで書き出した方がいい。ぼくのいつもの手口なのだが、書きながら勉強してゆく方が、よい結果を生むことが多い（たぶん）。

そして、もうひとつは、リンパガンを患ってしまったことだ。ひとまず寛解はしたものの、ほぼ一年、連載のほとんどを休んでしまい、残り時間の計算もできなくなってしまったのである。これまでのように、一本の長編に、十年、二十年の時間を使えるか。

ああ、まことにまことに哀しいのである。

しかしながら、これについてはよい手口のアイデアが浮かんでしまったのである。前々から、なんとなく考えていたのだが、『縄文小説』と『俳句小説』を、ひとつの物語としてまとめてしまえば、多くの問題が解決するだけでなく、よりおもしろいものになるとわかってしまったのである。

ぼくの脳内ではそうだ。

俳句を詠む主人公が、縄文的な世界観の中を旅しながら、ゆく先々で縄文の神々に出合い、そのつど俳句を詠んでゆく。

ぼくの中には次のようなイメージがある。

主人公は男性である。

歳は五〇歳くらいがよいか。

時代的には、江戸時代っぽい時代だが、基本的には日本列島に存在しなかった時間と時代を生きる男。

つづらを背負っている。

つづらの中には、一歳児にもなっていない裸の赤ん坊の死体が入っている。しかも、死体であるはずなのに、だんだんとこの赤ん坊が若くなってゆく。胎児になってゆく。それはつまり、この赤ん坊は、胎児となって、いずれは消えてしまう運命にあるということだ。

それで、男は、この赤ん坊の魂を求めて、旅を続けているのである。男が目ざしているのは、みちのくのさらに奥にあって、死者の魂が集まるという恐山《おそれざん》（のようなもの）である。そこで、もし、この赤ん坊の魂を見つけることができれば、赤ん坊が蘇えることができる……

たとえば、男は、ある時、不思議な村に、一夜の宿を乞うわけですね。

その村では、毎月、満月の晩に、墓場に埋めておいた神の死体を掘りおこし、足を縄で縛り、無花果《イチジク》の樹から逆さ吊りにし、月光の中で神の死体を鞭で打つわけですね。

「物語をせよ」

「物語をせよ」

と言っては、村人は神を叩く。

すると、神は言う。

「この二〇〇〇年、おれは満月の夜に、ずっと物語をし続けてきたではないか——」

死体のはずなのに、神は、

「ああ、苦しい。ああ苦しい」

と呻く。

「物語など、もう、おれの身体のどこにも残ってはおらぬ。もう物語はできぬ」

すると、村人は、いっそう激しく神を鞭打ち、

「物語せよ」

「物語せよ」

と、神に物語をせがむのである。

すると、神はようやく、苦しい息を吐きながら、苦しい呼気と共に、古い、もう滅びてしまった民族の言葉で、ぶつぶつと物語を語り出すのである。

ここで、もちろん主人公は、一句を詠む。

このような連作スタイルで、十本くらい書けば、本一冊分くらいにはなるであろう。

どうだね、お立ち合い。

すでに、七、八本はアイデアがあるので、書き出せば、おそらくなんとかなってしまうんじゃないの。

縄文神話の世界を、松尾芭蕉が旅をしながら句を詠んでゆく。それなら、つづらの中の赤ん坊の名前は「空《くう》」でいいか。もちろん、これは「そら」をイメージしている。

どうよ。

どうよ、これ。

イケちゃうんじゃないの。

ああ、楽しみだなア。

早く社会復帰をして、もりもりと仕事をしたい、小説の原稿を書きたいよ、オレは。

29

な、わけで、俳句の話だよ。

それも、おれがこれまで詠んできた俳句の話だ。

きっと皆さんは、こう想っていることであろう。

「ユメマクラよ、オマエ、これまでさんざ能書きをたれてきたが、そんならオマエさんの作る俳句は、ナンボのもんじゃ。ここまで小出しにしてきやがって、そろそろ、おまえさんの詠んできた句を見せてもらおうじゃないの」

ごもっとも。

皆さまのお考え、よくわかります。

そんなわけで、ここからは、いよいよユメマクラの詠んできた俳句を、恥ずかしながら紹介してゆく原稿ですよ。

しかし、全部というわけにはいかないし、これは句集ではないので、一部を紹介させていただきたい。この七、八年に詠んだ句を、できうるかぎり、作った順番にしたがって記してゆく。できうるかぎり、というのは、詠んだ順を、もうぼくが覚えていないからであり、記憶で並べてゆくことになるからである。

それも、ぼくがやろうとしている「伝奇俳句」、「SF俳句」、「ファンタジー俳句」、「アホな俳句」、「けったいな受けねらいの俳句」（とぼく自身が考えている俳句）に近いものとぼくが考えている句を御紹介する。

しかも、何句かは、筆者の解説があとで入ることになっている。それはもちろん、この原稿の主旨として、ぼくがやろうとしている「伝奇俳句」、「ファンタジー俳句」――世界で一番短い、定型の、小説としての俳句のことを、どのようにぼくが考えてきたかを、みなさんにお届けするためだ。

そんな俳句、昔からあったじゃないの、と思われる方もたくさんおられるかもしれないが（その通りなのはぼくもわかっておりますです、はい）、そこは、皆さんに各自おもしろく突っ込んでいただくとして、ここは、読者におおいに楽しんでいただくための、ワタクシからの、突っ込みどころサービスでもあります——と書きながら、正直今、どきどきして心臓がばっこんばっこんなんですよオ（久しぶりにターザン山本）、このオレは。

というところで、件の俳句、以下の如きものであります。

ゴジラも踏みどころなし花の山

寒月に哭く声あり人魚姫

夜桜や鬼の腕ひとつを肴とす

西行の造りたる人歩くぞ朧月

花冷えにもののけ哭く夜ぞ比叡の山

母よりも先に子を喰ふ時や秋の月

寒月をにらんでおりぬ土左エ門

樹きききききききと哭く夜寒かな

こはきもの添い寝の死体の笑い声

五億年待てとは仏の嘘ぞ花吹雪

月を食む蝮真白き女《め》となりぬ

万緑の底に哭きいさちる神あり青嵐

青き鱗のどこまでが哀しみぞ蛇睡る

狼がくわえている夏の月

蝮の女《め》卵胎生の子を生めり

蛍火の口より出でよ女《め》の骸

湯豆腐を虚数のような顔で食う

松の月爺婆笑うてぶらさがり

月を食む豹の顎や影赤し

事故の首転がりながらにが笑い

ま、こんなところで。

けっこう俳句の約束ごとを無視してます。いいの。わかりません。ホント。ゴジラの句については、すでにこの連載で触れております。

寒月に哭く声あり人魚姫——これは少し、複雑ですね。この背景にあるのは、小川未《おがわみ》明《めい》の童話「赤いろうそくと人魚」です。

この出だしがいいんですね。

人魚は、南の方の海にばかり棲《す》んでいるのではありません。北の海にも棲んでいたのであります。

北方の海の色は、青うございました。あるとき、岩の上に、女の人魚があがって、あたりの景色をながめながら休んでいました。

雲間からもれた月の光がさびしく、波の上を照らしていました。どちらを見ても限りない、ものすごい波が、うねうねと動いているのであります。

いいでしょう。

冬の日本海ですよ。さびしい旅館の夜ですよ。せんべい布団で、背中で夜の波の音を聞いている。外は満月ですね。そんな夜に詠んだのならぴったりの句ですが、わたしがこの句を詠んだのは、初夏の渓流に近い山の釣り宿でしたか。

で、「赤いろうそくと人魚」ですね。悲しい物語です。人間の世界の灯りを海から眺め、その温もりにあこがれて、人魚は自分の娘を人の世界に捨ててしまう。人間に育ててもらおうとしたんですね。その娘を拾った老夫婦は、この人魚の娘を育てる。ふたりの仕事はろうそく屋です。ろうそくを作って売っている。人魚の娘が大きくなって、このろうそくに絵を描いたら、飛ぶように売れた。このろうそくを持っていると、海で事故にあっても、死なずにすむ。

そんな時に、この噂を耳にした香具師《やし》が、大金を手にしてやってくるわけです。

「その人魚の娘を売ってくれ」

おじいさんとおばあさんは、金に眼がくらんで、その娘を売ってしまうわけですね。で、娘は、売られてゆく寸前に、ろうそくを全てまっ赤に塗ってしまう。以来、赤いろうそくは、呪いのろうそくとなって、これを使用した者の乗った船は、必ず海で災難にあって、海に沈んでひとりも助からない。

こわいこわい物語です。

この童話には、背景があります。

作者の小川未明、学生の頃、ある家に下宿をしておりまして、その家の娘さんのことが大好きだった。おそらくは淡い恋ですよ。おつきあいもしたかどうか。たぶん、していなかったのではないか。その娘が、大家さんにそれなりの事情があったのか、ある時、女郎屋に売られてしまうんですね。

デビューして名をなした小川未明のところにある編集者がやってきて、

「先生、あの娘さんのその後について御ぞんじですか」

と、言うわけです。

「あの娘さん、売られていった先で病気になり、亡くなられたそうですよ」

これを聞いた小川未明、やおら立ちあがり、窓をカラリと開けて、ほろほろと涙を流したというんですね。

小川未明のこの恨みが、「赤いろうそくと人魚」を書かせたわけですね。

このラストが凄いですよ。

　幾年もたたずして、そのふもとの町はほろびて、滅《な》くなってしまいました。


　これはまたひどい。

　小川未明の、いくつかあるぜったいに許さない話のひとつです。小川未明には、まだ、ぜったいに許さない話があって、それは「二度と通らない旅人」というお話です。

　かいつまんで、物語を説明しておきましょう。

　ある寒い晩、ある家族のところへ、深夜、やってきた旅人が、戸をたたく。

「どうか、今夜ひと晩泊めていただけませんか」

　これを断ってしまうんですね。でも、心が傷んで、旅人のことが心配になる。

　実は、この旅人、戸の隙間から薬をさし出して、この家の娘の病気をなおしてやったんですね。でも家族は泊めてあげませんでした。

「いつかまた、別の方が、泊めてほしいと訪ねてきたら、その時こそは泊めてあげましょう」

　と、家族は思うのだが、以来、二度と、どのような旅人も、その家の戸を叩くことはなかったというお話です。

　ぜったいに許さない。

こら、未明よ、あんたほんとうに童話作家かい――と突っ込みを入れたくなりますね。未明、自分の恨みを作品にしてるんかいな（といっても、ぼくもそういうところがあるんで強くは言えない）。

ま、この人魚のことを思い出して、寒い海の人魚の句を詠んだんですね――というよりできちゃったんですね。

この句ができた時に、ぼんやりと、自分の進むべき方向が見えたような気がした一句というわけです。

西行の造りたる人歩くぞ朧月――これは、有名な話なのですが、西行、高野山にいる時に、人骨を集めて人造人間を造ったというんですね。これ、『撰集抄』にちゃんと書かれています。しかし、不できであったため、人の言葉をしゃべることができない。それで、裏山に捨ててしまったというんですね。

ぼくはこの人造人間が可愛そうで可愛そうでならなくて、高野山の宿坊に泊まる時は、いつもこの人造人間のことを思い出すんですね。

鬼の、人の骨をとり集めて人につくりなす例《ためし》、信ずべき人のおろ〳〵語り侍りしかば、そのまゝにして、ひろき野に出《いで》て、骨をあみ連ねてつくりて侍りしは、人の姿には似侍れども、色も悪《あし》く、すべて心も侍らざりき。聲はあれども、絃管の聲のごとし。げにも、人は心がありてこそは、聲はとにもかくにも使はるれ。たゞ聲の出《いづ》べきはかり事ばかりをしたれば、吹き損じたる笛のごとくに侍り。おほかたは、是程に侍るも不思議也。さて、是をばいかゞせん、破らんとすれば、殺業《せつごう》にや侍らん。心のなければ、ただ草木と同じかるべしと思へば、人の姿也。しかじ破らざらんにはと思ひて、高野の奥に人もかよはぬ所に置きぬ。もし、おのづからも人の見るよし侍らば、化物なりとやおぢ恐れん。

この人造人間、今も生きていて、夜な夜な、高野の森の中を、うろうろしているのではないか。人語をしゃべれず、

「ひゅううう……」

「ひょオオオ……」

という、風の声しかあげられず、今夜もさまよっているのではないか。

そんなことを思い出した高野山の夜だったんですね。

母よりも先に子を喰ふ時や秋の月——これはですね、どの本だか忘れてしまったんですが、日本のある古典があるんです。たいへんな飢饉があって、食べものが無くなると、まず親から死んでゆくと、その古典にあったんですよ。親は、子に食べ物を与えちゃうので、自分が子よりも先に死んでしまうというんですよ。

でも、中には、子に与えず自分が食べてしまい、最後には飢えて、自分の子を喰っちゃう親もいるんじゃないかなあって——よく伝わらないかもしれませんが、こいつはＳ

Fですね。

五億年待てとは仏の嘘ぞ花吹雪――これは、弥勒菩薩のことですね。弥勒菩薩、現在兜率天《とそつてん》というところで修行していて、五十六億七千万年後に仏陀となって地上に降りてきて、衆生を救ってくれるという存在です。

しかし、そんなに待てませんね。なにしろ五〇億年後は、太陽は赤色巨星化して、膨張し、もう、地球の公転軌道まで太陽に呑み込まれてしまっています。地球にはどのような生命も生き残っておりません。たぶん地球そのものがありません。

そんなところにやってきて、何をするというんじゃ、弥勒菩薩。

万緑の底に哭きいさちる神あり青嵐――この哭きいさちる神というのは、スサノオのことですね。根《ね》の堅州《かたす》国《くに》にいって死んだ母のイザナミに会いたいと哭き叫ぶ。これが、『古事記』に「哭きいさちる」と表現されている。それでスサノオは高天原までのぼってゆくのですが、ここの描写が凄いんです。

その泣く状《さま》は、青山は枯山如《からやまな》す泣き枯らし、河海《かはうみ》は悉《ことごと》に泣き乾《ほ》しき。ここをもちて悪しき神の音なひ、さ蠅如《ばへな》す皆満ち、万《よろづ》の物の妖《わざはひ》悉《ことごと》に発《おこ》りき。

（中略）

すなはち天《あめ》に参上《まゐのぼ》る時、山川悉《ことごと》に動《とよ》み国土《くにつち》皆震《ゆ》りき。

凄エなア。

縄文の雄叫びですね。スサノオ、縄文の王です。

『古事記』の中でも、好きな文章ですね。

このスサノオを、万緑の森に幻視してしまったという句です。

ついでに、関係ありませんが、『日本書紀』で大好きなのは次の一節ですね。当麻蹶《たいまのけ》速《はや》と野見宿禰《のみのすくね》が、日本で二番目の格闘勝負をする直前の、蹶速のモノローグです。


四方《よも》に求めむに、豈我《あにわ》が力に比《なら》ぶ者有《あ》らむや。何《いか》にして強力者《ちからこはき》に遇《あ》ひて、死生《しにいくこと》を期《い》はずして、頓《ひたぶる》に争力《ちからくらべ》せむ。


ああ、凄エなア。

死ぬとか生きるとかを考えず、ただひたぶるに力くらべをしてみたい——

闘う者の哀しみ、心の高揚、全てがここにある。

この言葉こそが、永遠に、闘う者たちの心に今も響いている気がしてならないのだが、
おおっと、これは脱線中の脱線。ほんとにオレは、スサノオや闘う者たちの心情を表現した言葉には、心をもってかれちゃうんだねえ。

もどる。

月を食む豹の顎や影赤し——うーん、これは月蝕の話。月蝕って、月が赤くなる。背

景にインド神話があるんだが、ここまでにしといた方がよさそうだ。だって、解説すると、どんどん句が小さくつまんないものになっていっちゃうんだもん。

だいたい、句を詠んでいる時、作っている時は、そこまで考えてない。

なんとなく作っている。

こっちは、自分が、心の言葉の魔獣域から手さぐりで見つけ出してきた、とれたての青い魚のような言葉の妖しい魔力や磁力にやられちゃいながら作っているんであって、この説明は、どう考えたって、後づけのもんだなア。作ってから思うと、あれこれの知識を思い出してきて、こんなことを書いちゃう。それがわかるね。

だから、解説はこれでおしまい。

やっぱり、何であれ、作品は、見た時勝負だからねえ。

ともあれ、こんなところでどうよ。

何とか、ぼくのやりたいものがある場所までゆくための、ドアの前まではやってきて、そのドアのノブに手をかけたという感触はあるんだけどねえ。

本来、俳句は、ルビをふらないものらしいのだが、念のため「女」に「め」とルビをふってしまったが、うーん、これがいいんだか悪いんだか。

ひとりボケ、ツッコミやってどうする。

30

で、いよいよ、俳句の季語のことだ。

俳句のことを考えた時、季語がじゃまでじゃまでしょうがなかったことは、すでに書いた。しかし、その後、季語はなんて凄い武器なんだろうということに気がついたということも書いている。さらに、俳句の本体というのは、実は季語なのではないかということまで書いた。

そして、この頃では、季語には縄文の神が棲んでいるのではないかということまで考えているのである。

それを、ついに書く時がやってきたのである。

縄文のことは、これまでこの連載のおりおりに書いてきたので、ほどよい準備もできたのではないかということで、ここで書く決心をしたのである。

どこから始めたらよいか。

たぶん、柳田國男《やなぎたくにお》からがいいだろう。

柳田國男は「石神問答」などをはじめとして、縄文的なものについて、多くの原稿を書いている。

おそらく「妖怪というのは零落した神である」ということを言ったのは、柳田國男ではなかったか。

これに、そんなことはないんじゃないのと言ったのが、小松和彦《こまつかずひこ》さん。これを論ずるのは、ぼくの手にあまることであるので、ここでは、縄文の神々というのは、今も、ひそかにこの現代社会のいずれかに生き残っているのではないかということにとどめたい。

縄文時代、縄文人たちは、多くの事象や事物に神の気配を認めてきた。その神々は、今、どこへ行ってしまったのかと、小説的に愚考する。

小説的なおもしろさ（論文でないことのありがたさだなあ）で言えば、それはたとえば、テレビであり、ケータイ電話などであったりするのではないか。行き場を失った縄文の神々が、新しきものに嬉々として宿る。これは、おもしろいだろう。

もうひとつ、たとえば――

縄文人たちが、ある事物を神としてあがめる時、具体的には村はずれにある大きな岩に神を見いだす時、どのような過程がそこにあったのか。

その岩の大きさに畏怖を抱いたひとりの人間が、

「あの岩には神がすんでいる」

そう言い出すだけではだめであろう。

ひとりだけではなく、

「おれも」

「わたしも」

と、同じような考えを持つ者が、何人もあらわれて、そういう人間が村の人口を上まわった時に、はじめて、その岩に神が棲んでいることになるのではないか。しかも、それにやがて理屈がくっついてくる。

これって、何かに似ていませんか。

そうです、季語です。

季語が成立してゆく過程もまさに、こんな感じだったのではないか。

アイスクリームが現在は夏の季語になっているという話をいたしました。アイスクリーム、外来語ですよ。これがどうして季語になるんですか。

なるんです。

なってしまうんです。

だって、今、そうなんだから。

しかし、これだって、ひとりが、

「アイスクリームを夏の季語にしてもいいのではないか」

と、言うだけではだめなんですね。

多くの人が、私も、俺も、と言い出して、そのうちに、いつの間にか、アイスクリームが夏の季語になってしまう。

縄文の神も、そんな風にして誕生したのではないか。

たとえば――

季語で、「山笑う」というのがあります。

これは春の季語ですね。

春、山の木々に、葉が萌え出てきて、山がだんだん緑色になってゆく。

これなんて、もろに縄文的ですね。春を喜んで、山の神が笑っている。ここには、まちがいなく縄文の神がおられます。

柳田國男さんが書いておられます。


しかも支那の一地方でこの物を山笑と称しわが邦にはまたヤマワロと名づくる物が山にいるというのを、同じく「山笑う」の意と解し二物同じと認めたので、しかもヤマワロのワロはワラワの方言で山童の義であるのを察せなかった。従って狒々深山中に棲むといい「木曾、飛州、能登、豊前、薩摩にありと聞けり」とあるのも二者いずれを意味するかわからず、「人形にして毛ありて猴のごとし毛は刺のごとくして色赤し、死すれば脱落す」とあるも、狒々の話か山童の話であるかを決しかねる。ただ疑いを容れざる一事実は、近世各地で遭遇しないしは捕殺した猴に似てこれよりもはるかに大なる一種の動物を、人がヒヒと呼んでいたということだけである。

（『妖怪談義』）

この「ヤマワロ」という妖怪から、「山笑う」という季語が成立しているんだったら、おもしろいんだけどね。

腐草蛍となる――という夏の季語があります。これは、中国ルーツの表現ですが、これなんかも、もろに縄文ですね。

獺《かわうそ》魚《うお》を祭るもそう。

それだけではありません。現在ぼくは、全ての季語には、縄文の神が宿っていると考えています。

ある言葉が季語になった時、それがどのような言葉であれ、そこには神（か妖怪）の存在があるのだとぼくは考えております。

季語は、日本の古層、古い神への通路ですよ。

というところで、以下次号じゃあ!!

第六回　すみません、寂聴さん書いちゃいました

31

ここはひとつ、寂聴《じやくちよう》さん噺におつきあいいただきたい。

寂聴さんというのは、もちろん作家の瀬戸内《せとうち》寂聴さんである。

ついこの前、二〇二一年の十一月九日に亡くなられた。御歳九十九歳。これまで二度ほどお会いしたことがある。一度目は二〇年ほど前、某テレビ局で、この時は御挨拶程度。二度目が、東日本大震災のあった年、つまり、二〇一一年の秋であった。この二度目の時にワタシが体験したできごとについて、お話ししておきたいのである。

実を言えば、この話を書くのに、少し迷った。この話を書いてしまってよいものかどうか。寂聴さんとふたりきりになってしまった約三〇分間の話であり、寂聴さんがお亡くなりになった今となっては、ぼくしか知らない話だ。なかなかよい話であり、書かれたら、きっと寂聴さんも、おヨロコビになるであろう。ぼくだったら嬉しい。

しかし、これは、ぼくの考えであり、想像であり、書きたいという欲望のバイアスがかかっている。で、相談をしたのが、オジキ筋の嵐山光三郎さんである。それは、この連載のため、金子兜太さんの俳句について、嵐山さんと電話でやりとりしていた頃、つ

まり、夏頃のことであり、寂聴さんがお亡くなりになったから書くことにしたわけではない。ただ、そのタイミングが少し早くなってしまっただけだ。相談した相手が、嵐山さんであったのは、嵐山さんもこの件に多少の関係があるからであり、寂聴さんの人となりについては、ぼくなどよりずっとわかっているはずだからである。もうひとつには、誰かとひそかな共犯関係を結んでおきたかったからですね。

「いいんじゃないの、書いちゃっても」

嵐山さんは、このように言った。

「寂聴さんは、喜ぶと思いますよ」

「やっぱりヨロコビますよねえ」

「どんどん書いちゃってよ」

たいへんに心強いお言葉であった。

寂聴さんと言えば、もう九十九歳であり、人間の向こうへ行ってしまい、今では生きながら聖なる大妖怪となられてしまった方である。人間のワタシが、ちょこまかと何かを書いたり言ったりしても、びくともするものではないのである。

ここで、というところで、時は十年前、二〇一一年の秋、場所は金沢市の某建物のひと部屋である。

第三十九回泉鏡花文学賞の授賞式があったのである。

この第三十九回泉鏡花文学賞は、ぼくと寂聴さんのW受賞であった。ぼくは『大江戸釣客伝』、寂聴さんは『風景』という作品での受賞で、この時寂聴さんは八十九歳、ぼくは六〇歳である。

で、この時の選考委員というのが、嵐山光三郎、五木寛之《いつきひろゆき》、金井美恵子《かないみえこ》、村田喜代子《むらたきよこ》、村松友視《むらまつともみ》、という方々であったのである。

で、受賞者であるユメマクラと寂聴さんの控室というのが、一緒であったというのが、全ての始まりとなってしまったのであります。

その部屋にやってきた主催者の方々への御挨拶がすみ、関係者が出ていってしまった後、ぼくと寂聴さんは、その控室に、なんとただふたりだけで取り残されてしまったのである。

ひええ。

こんなことがあっていいのか。

十年ほど前に一度会っているとはいえ、それはすれ違い程度のことであり、ほぼ初対面の寂聴さんと、ただふたりきりですよ、ああた。こんなことがあるんですか。あるんです。それも同業者です。こんな時、同業者として文学の話などするんですか。お互いの作品評などするんですか。しません。これまでそんな話、どんな同業者ともいたしたことございません。けっこうお馬鹿な話や、プロレスの話はいたしました。しかし、ここで、寂聴さんに、プロレスの話、いきなりふりますか。そんなことできますか。できません。

何か話をするなら、とりあえずワタシの方からでしょう。でも何を話したらいいのか。そんなことが脳内をかけめぐって、わたし、ユメマクラ、逆上して、あることを思い出してしまいました。

それは、ある映画のことですね。

原一男監督が撮った『全身小説家』のことです。一九九四年九月二十三日に公開された、すんごいドキュメンタリー映画です。その七年前には『ゆきゆきて、神軍』というこれまたすんごいドキュメンタリー映画を撮っておられますが、ここでは『全身小説家』です。晩年の井上光晴《いのうえみつはる》さんが、ガンで亡くなられるまでを追ったドキュメンタリー映画です。『地の群れ』などを書いた方です。

わたしは、作家井上光晴さんとは、ささいなささいな御縁がありました。わたしが、東海大学の学生であったころ、確か（これはもう曖昧な記憶だけをたよりに書くんですけれども）、『東海大学新聞』のようなものが、出ていたと思って下さい。そこで、青鷗賞《せいおうしょう》という文学賞があったと思って下さい。その賞の審査をやっておられたのが井上光晴さんで、私、応募いたしました。『消えた男』という短編を書いたのですが、みごと落選いたしましたです、ハイ。

この『全身小説家』、観ると震えますよ。井上さん、お客さんの前で、女装して、ストリップはやるわ、経歴でも嘘はつくわ、ともかく全身嘘のかたまりで、全部見せちゃう、全部語っちゃう。ある意味サービス精神の権化のようなところもある。子供の頃は

「嘘つきみっちゃん」と呼ばれていた。「虚構と真実の迷宮」のような人だった。

御自分のガンの手術シーンも撮らせて、医師が、

「はい」

と差し出した、摘出したばかりの肝臓ガンまで映して見せちゃうんですね。

ぎょっ！

ですよ。

さかなクンになっちゃう。

わたし自身が、ガンになった時、おりにふれて思い出していたのが、このシーンであり、もう少し先で書きますが、船戸与一《ふなどよいち》大兄と同業者の氷室冴子さんのことだったんですね。

この連載を、ハラをくくって始めたのも、井上光晴さんの影響を受けていると思います。

井上さん、講演会で、叫びますよ。

「何をしてもいい。やりたいことは全部やったほうがいいよ。不倫でも何でもしろ。上品に、しかも激烈に!!」

ワタシはもう、びっくりですよ。

ここまでやる人がなる職業なのか、作家というのは。たまらんですよ。

でねえ、井上さん、北海道から九州、山形、群馬、新潟、長野、日本全国で「文学伝

習所」というのをやっていた。小説の講座ですね。

原監督が凄いのは、井上さんの死後、この文学伝習所の生徒であった、各地の女性にインタビューをしたことです。

ある女性は、

「井上先生は、私のことを、きみはダイヤモンドの原石だと言ってくれたんですよ」

そこまで言って、顔をおおって、「わーっ」と泣き出す。

また、ある女性は、

「井上先生は、私のことを、きみはダイヤモンドの原石だと言ってくれたんですよ」

そこまで言って、顔をおおって、「わーっ」と泣き出す。

またまた、ある女性は――

何のことはない。井上光晴さん、同じ言葉で全国の伝習所の女性をくどいておられたんですね。

で、瀬戸内寂聴さんですね。

ワタクシ、ふたりきりの控室で、寂聴さんがこの映画に、出演なさっていたことを思い出してしまったんですね。

それで、思わず、深く考えもせず（なにしろ逆上していたもんですから）、この話をふってしまったんですね。

「あの映画で、寂聴さん、実にいい味を出されていましたね」

ほんとに言っちゃったんです。

今、思い出しても震えがきます。

寂聴さんは、井上さんのお葬式の挨拶で、

「私たちは友人で、男女の関係はなかった」

という意味のことを言っておられ、これにはかなり深い意味があったかと思われますが、それはさておき、わたしが「いい味」と口にしたのは、このシーンではありません。

井上さんが、病院にいる寂聴さんのお見舞いにやってきたシーンですね。

それは、次のようなシーンでした。

ベッドの上で、寂聴さんが寝ている。

そこへ井上さんがやってきて、寂聴さんと、よもやま話をする。

そこで、寂聴さんが、気がついた。

何にかって？

靴下ですよ、靴下。

椅子に座って組んだ井上さんの足に、きれいな靴下がはかれている。

それが見えている。

ここですかさず寂聴さんが言うんですよ、

「素敵な靴下はいてるねえ」

びくっ、となりますね、井上さん。

そこで寂聴さんが、可愛い声で切りつける。

「見せたいからそうしてるんでしょ、足を――」

誰かいい女《ひと》にもらったんじゃないの――ここはそういう意味ですね。

井上さん、しどろもどろですよ。

いや、まあ、ううん……

と頭を掻きながら、そっと手をおいて靴下を隠す。

これが、ぼくの記憶です。

「あれは、名シーンでしたねえ」

と、ぼくは役者としての寂聴さんをほめ、次にしたのが、文学伝習所の話ですよ。ダイヤモンドの原石の話までいたしました。

そして、その話の最中に、ふいに、ぼくは気づいたんですね。

――ああ。今、私の目の前におられる寂聴さんが、剃髪してこのような僧形になられた原因は、みんな、今、おれがしゃべっているこの全身小説家、井上光晴先生とのことが原因であったのだあ。

ざざざっ、
と、音をたてて血の気がひきましたよ。

ねえ、どうします。

あなたが、ワタシだったらどうよ。

どうやって、この窮地を脱出します。

寂聴さん、頭をまるめることにしたのだけれど、誰も、本気にしてくれない。

これを、

「いそいでいるんだね」

と、さっそく寂聴の法名を授けてくれたのが、今は亡き作家の今東光《こんとうこう》和尚ですよ。出家されたのは、一九七三年十一月十四日、場所は平泉の中尊寺。この時、寂聴さんが詠んだ句が、

紅葉燃ゆ旅立つ朝の空《くう》や寂

であります。

そんなことをみんな思い出したわけです。わが生涯、最大のピンチです。そうしたらね、わたしの言葉をさえぎって、寂聴さんが、次のようにおっしゃったのです。

「でも、あの人の文学伝習所からは、作家になった方は出ておりません。わたしのところからは出ていますよ。誰それさんもそう、誰それさんもそう――」

そのお名前をあげられたのですが、逆上の上に逆上を重ねていたワタシは、もう、そのお名前を覚えておりません。

続いて、寂聴さんから、おろかなユメマクラに質問が飛んできました。

「ところで、あなたは結婚してらっしゃるの?」

「しております」

「で、何人目の奥様なの?」

「いえ、ひとり目です。もう、三〇年、つれそっております」

「嘘っ……」

この時の、脳天から真上に小石が飛ぶような高い、可愛い声は、今も頭の中に響きわたっております。

「絶対嘘。そんなことあるはずありません」

寂聴さん、自信を持って、そうおっしゃられるのであります。

ホントなんですよオ(ターザン山本)、と言いかけたところで、スタッフの方々がやってまいりまして、ワタクシはようやく虎口を脱出したのであります。

この話には、まだ続きがあります。

授賞式の後、食事会がありました。

場所は、金沢の有名な某料亭ですね。

前述した選考委員の方々をはじめとして、市長の顔もそこにはございました。

乾杯がすんで、ようやく普通の会話が始まった時、寂聴さんが、ぼくを見て、このように言ったのであります。

「皆さん、こちらの方は、最初の奥さまと結婚して、今もずっと一緒にくらしていらっしゃるんですよ」

控室での続きが始まってしまったのです。

「とんでもないことよねえ」

そこまで言ったかは、さだかではありませんが、ともかく、男の作家が、三〇年、最初の妻と一緒にくらしているということが、寂聴さんには不思議に見えたということですね。

「あなた、絶対に悪いことしたことあるでしょう」

二の矢が飛んでまいりました。

「ありませんよオ……」

と、ここは逃げの一手であります。

「嘘！」

しかし、ここでも寂聴さんは、許してくれません。

「絶対嘘ですよねえ、皆さん」

と、そこにいた、男性作家全員に、寂聴さんは同意を求めるわけです。

しかし、嵐山光三郎さん、五木寛之さん、村松友視さんは、答えません。

ぼくは、オジキである嵐山さんに
「助けて下さいよ」

と、眼で光線を送るのですが、嵐山さん、視線を合わせてくれません。下手にユメマクラの味方をして、自分に次の矢が飛んでくるのをおそれているのですね。寂聴さんの言葉を肯定すると、自分もそうだと白状するのと同じことになってしまいます。ここは逃げの一手しかないのはユメマクラもわかります。

そして、ついに、

「スミマセン。嘘をついておりました。悪いこといたしたこと、ワタクシもございます」

ワタクシは無理やり白状させられてしまったのです。

すると、寂聴さん、

「そうよねえ」

実に嬉しそうにうなずき、やっと私の世界観の中でオチがついたわ、とほっとしたようすで、祝杯をあげられたのでした。

で、この話には、まだ続きがあります。ワタクシがすんだ後は、当然次の男性作家に矢が飛んでゆくわけですね。

安心した寂聴さん、男性作家を見渡して、

「ところで、この中で一番おもてになるのはどなた？」

このようにおっしゃいました。

誰も答える方はありません。男どもは、みんなこの言葉を耳にしてないフリであります。

男どうしで、「それはコイツだ」と口にすることもありません。カタイカタイ団結の男たちであります。

しかし、それに負けていないのが寂聴さんですね。

「お若い時には、色々、イケない場所にも、足をお運びになったことあるでしょう。ねえ、村松さん」

名指しで攻めてまいりました。すると、

「我々の若い頃は、先輩が絶対なので、飲めと杯をすすめられたら、これは断われないんですよ」

さすがは、達人の村松さん、上手にお酒の話に、話題をかえました。

しかし、ここからが寂聴さんの凄いところで、

「ちがいます。お酒の話ではなくて、女の話ですよ」

大直球の突っ込みなのであります。

そして、ついには、

「ああ、わかった、この中で一番おもてになるのは、五木さん、あなたでしょう」

震えがきますね。

ああ、思い出しても、凄い晩でした。

寂聴さん話、これでおしまいです。

あちらの世界で、これをお読みになっても、おおいに笑って許して下されますよう。

32

そんなわけで、ようやく少し前（29、30）からの続きであります。

季語の話の続きからですね。

その前に、ちょっと短歌のお話から。

短歌と言えば、かつては日本の文芸の中心のようなものでした。

俳句は短歌の後から出てきた文芸ですね。もちろん、俳句は、短歌と無関係にこの世に生じたものではありません。短歌――つまり和歌の方が先に生まれたものなのですが、にもかかわらず、ぼくは和歌よりは俳句の方が、より縄文的な世界に近い文芸のような気がしているのであります。

何故か。

それは、中沢新一さんが『俳句の海に潜る』の中で言っているように、「和歌・短歌では人間が主体になります。ところが、俳句の場合は非人間であるモノが主体です。モノと人間の間を自在に行き来する通路をつくるということが、俳句の主題です。ですから、俳句は人間と非人間の間に通路＝パッサージュを開く芸術として、ある意味、和歌よりも人類学的な芸術なのではないでしょうか。そうなると、古代的で、原始的で、アニミズム的だということになってくるわけで、『俳句はアニミズム』であるという、今日の俳句世界に流行の認識は、まったく正しい自己認識であり、正しく本質を突いているということになります」

このようなことではないかと思っています。

俳句の方が、より古代とシンクロしているような気がぼくもしているわけです。

和歌・短歌と俳句は、歴史の深さがそれぞれ違いますが、これまで、短歌は、おりに触れて、様々な変貌をとげてきました。近年において、その変貌は、驚くべきものとなっています。おそらくこれは、一九八七年五月に、俵万智さんの『サラダ記念日』が世に出た時に始まった運動で、短歌の地平は、現在、かつて西行や藤原定家《ふじわらのていか》などが、脳のどこにも想像すらしたことのない場所まで、足を踏み出してしまっている。多くの雑誌には、俳句や短歌の投稿欄が設けられているが、その短歌のページを見ても、それは明らかだ。

具体例をあげておこう。

今、手元に、「小説野性時代」の二〇一九年十二月号があるが、そこに、「野性歌壇」というページがあって、加藤千恵《かとうちえ》さん、山田航《やまだわたる》さん選により、読者の短歌が紹介されている。それを、以下に記しておきたい。

日曜日ぐらいやりたいようにやるペヤングの湯を二分で捨てる　たろりずむ

一口目と二口目の隙間で優しいことを言おうとしてる　野呂裕樹

消えぬ虹ひとみに宿す缶詰のオイルサーディンだったぼくらは　toron*

現代短歌の世界では、新しい詠み手が、次々に、新しい歌を詠んでいる。

ひとりでに落ちてくる水　れん　びん　れん　びん　たぶんひとりでほろんでゆくの　蒼井杏

生きているだけで三万五千ポイント！！！！！！！！笑うと倍！！！！！！！！！　石井僚一

夢の中では、光ることと喋ることはおなじこと。お会いしましょう　穂村弘

知ってる人は知っている、知らない人は知らないと思うが、短歌の世界は、今、このように凄いことになっちゃっているのであります。

けっこうおもしろい。

ユメマクラの仰天和歌などは、今や、ぶっ飛ばされて、どこにいったんだか、かすんで見えなくなっちゃっている。

なんというとんがりぶり、なんという自由度でありましょうか。

しかし、不思議なことに、俳句の世界では（ないことはないが）、まだここまでの変貌やとんがりぶりは、やってきていない（たぶん）。

どうしてなのか。

その理由をつらつら考えてみるに、どうやら季語の存在がそこにあるからなのではないかと、このごろユメマクラはそのように考えているのである。

俳句には、季語（つまり縄文の神）があって、季語たる縄文神《じょうもんしん》が、その変貌から俳句を守っているのではないか。

勢いで守っているとは書いたが、もちろんこれは、どちらがよくて、どちらが悪いという話ではないよ。

俳句には、五七五という型があるが、季語もまた型の一種である。

武原《たけはら》はんという女性の舞踊家がいる。

明治三十六年（一九〇三）に生まれて、平成十年（一九九八）に、九十五歳で亡くなった。たいへんな踊りの名人で、十一歳で舞い始め、十四歳で芸者となり、一生を個人舞踊家として通した。

俳人でもあり、俳号はん女は虚子からもらった。

見上げたる目でかぞへゆく杏の実

小つづみの血に染まりゆく寒稽古

芸に老い芸に生きてしけふの菊

ぼくは武原はんの舞う「雪」が好きだった。

〽花も
雪も
はらえば
清き袂《たもと》かな
ほんに昔の
昔のことよ
我が待つ人も
我を待ちけん

地唄の歌詞にのせて、武原はんが動きだす。
まるで、白い梅のつぼみがほころんで、それまで中にとじこめられていた香りが、ゆっくりとあたりにただよい出すような——そんな気配を踊ることができる踊り手だった。

坂東玉三郎《ばんどうたまさぶろう》さんも、よくこの「雪」を舞った。

ある時、武原はんはこう言った。

「このごろになって、ようやく型に心が追いついてきました」

なんという凄い台詞だろう。

この時、おそらく、七〇歳、いや八〇歳をすぎていたのではないか。

歌舞伎であれ、舞踊であれ、その型を学ぶことから芸が始まってゆく。

悲しい時は、手をこのようにしなさい。顔の角度はこのくらい。腰の位置はこう。

子供の頃、男女の悲しみなどわからないうちから、その型をたたき込まれていく。肉や骨や血に、型が染み込んで、もうわかちがたくなるまで。

大人になって、恋もし、裏切られたり裏切ったり、両親の死や、多くの人との別離を体験したその果てに——

「悲しみという型に、自分の心が追いついた」

ということなのである。

俳句の型や季語にも、このような現象があるような気がしているのである。

たとえば、ある人が子供たちを集め、

「でたらめに身体を動かして踊ってみてください」

でたらめ踊りをさせたことがある。

しかし、でたらめな身体の動きなど、いつまでもできるわけがない。一分もしないうちに、子供たちの全ての動きに、自然に型ができてしまったというのである。同じ動きを繰り返すようになり、同じリズムを繰り返すようになってしまった。

型あればこそ、多くの芸事は成立しているのではないか。必要なのは、この型に心をのせることだ。型を学んでこそ、〝かたやぶり〟なこともできるのである。

ぼくは、山頭火や放哉の自由律の句が好きなのだが、彼らの句とて、俳句の定型があるからこそ、彼らの句の背後に、型を無意識のうちに見るからこその自由律なのではないか。破綻や破調がパワーを持つのは、その背後に型の存在があるからなのだ。このこと、小澤實さんも書いている。

妙な言い方になるかもしれないが、季語を含む定型という型の中にこそ、縄文の神は宿神として宿るのではないか。

巨大な岩や枯木という型の中に神が宿るが如くに。

中沢新一さんの書くところによれば、歌人の佐佐木《ささき》幸綱《ゆきつな》さんと金子兜太さんが、ある対談の中で、

佐佐木「俳句は、本質はアニミズムなんではないですか」

金子「そうなんだよ。アニミズムを無視して俳句を作るなと言いたいぐらいです」

このような会話をしていたというのである。

歌人である佐佐木さんの方から〝俳句の本質はアニミズム〟という言葉が出ているのがこのシーンの感動的なところなのだが、このアニミズムはまさしく縄文と言いかえてもいいところであろう。

というところで、では、その縄文って何よ、というところへ、いよいよ本稿は入ってゆきたいのである。

てっとり早くここで言っておくと、縄文とは、つまり、物語のことである。

事象の背後に物語を見る──

33

人は、物語を作らずにはいられない生物である。

脳は、本能として物語を作るようにできているのである。そして、脳はたやすく本人を──つまり、脳が脳自身を騙す。

次のような実験をした脳科学者がいる。

人の睡眠は、おおまかにはふたつに分けられる。レム睡眠とノンレム睡眠である。レム睡眠の方が眠りとしては浅く、ノンレム睡眠の方が、眠りとしては深い。これは、眠っている人間の脳波を見ることでたやすく識別できる。人が夢を見るのは、浅いレム睡眠の時である。

前記した学者がやった実験というのは、そのレム睡眠中の人間に水をかけて起こし、

「今、どんな夢を見ていたのか」

と問うて記録することだ。

その時、多くの被験者が、似たようなことを語るというのである。

その代表的な例を、ぼくの記憶ではあるがひとつあげておこう。

「山を歩いていたら、谷川にさしかかったんです。その上に、丸太で橋が渡してあった。その丸木橋を渡っていたら、足をすべらせて川に落ち、それで眼が覚めたんですよ」

これは、順序が逆だ。

被験者は、水をかけられたから眼を覚ましたのであり、水をかけられる直前まで、偶然にも、谷川に架けられた橋を渡っていたわけではない。

「谷川に渡してあった丸木橋を渡っていて、川に落ちた」

という物語は、被験者が水をかけられた後、脳によって作り出されたストーリーなのである。脳は、たやすく脳を騙すのである。

その意味で言えば、〝私〟という存在も、脳が作った物語、つまり神話である。デカルトにはもうしわけないが、〝私〟などこの世に存在しない幻なのである。この点、現代の科学がたどりついた結論は、仏教と同じということになる。

どういうことか。

これも、先ほどとは別のある学者が実験をした。

計測機器を身につけた被験者に、コップを持ちあげさせる実験だ。

その前に、運動準備電位の話をしておこう。人間には、運動準備電位というものがある。いや、あるというのはおかしいか。運動準備電位というのは、人間がある動作を行なおうとする時に、必ずその体内に前もって起こる現象のことである。人間がある行為をする時に、その行為に必ず先行しておこる現象が、この運動準備電位の発動である。

となれば、この被験者がコップを持ちあげるという行為をする時、次のような順になるというのが、普通の人間の考えるところであろう。

①私がコップを持ちあげようと考える。
②運動準備電位がおこる。
③私の身体が動いてコップを持ちあげる。

ところが、実験の結果は違っていた。

順序は、②、①、③である。

①運動準備電位がおこる。
②私がコップを持ちあげようと考える。
③私の身体が動いてコップを持ちあげる。

つまり、〝私〟が思うよりも先に、運動準備電位があがってしまっているのであり（ようするに、私の肉体の中では、私がその動作をしようと考えるよりも先にその動作のための準備が始まってしまっているのである）、その後で、ようやく〝私〟が、その動作をしようと考えているということになる。どう実験しても、思うよりも、運動準備電位があがることの方が、わずかながら（0・5秒くらい）早いのである。

このこと、多くの学者が追認のための実験を行なっており、現在は定説となっている。

つまり、我々は、

「私が意志するから、肉体が行動する」

と考えているのだが、これは嘘、間違いであり、行動するから〝私がある〟ということになる。

つまり、我々の脳が、そういうものであるということなのだろう。行動する時、脳の中に〝私〟という存在を設定した方が、進化の生き残りゲームに、有利に働いたのであろう。私という存在は、我々の脳が、便宜上作った、幻、神話、物語ということになる。

34

人は、いや、脳は、本能として物語を作る。

作らずにはいられない。そういう脳が、進化の生き残りゲームを勝ち残ることができたのだ。

たとえば、我々の先祖の猿人が、森の中で、背後の藪の中に、がさがさという、繁みの揺れる音を聞いたとしよう。

その音について、

「あ、これは、背後の藪の中から、肉食獣が私を襲おうとしているな」

このような物語を脳に作ることによって、その猿人は危機を回避し、生き残ることができたのである。

天で、稲妻が光れば、

「あ、これは天の神が怒っておられるのだ」

という神話、物語を、人はどうしても作ってしまうのである。

このような神話や物語（念のために書いておけば、たとえば季語や縄文の神）を作ることによって、人類は、進化の競争にうち勝ってきたのである。

そして、より大きな物語を作ることのできる人種や社会、集団が生き残ってきたのである。ここでいう「より大きな物語」というのは、「その物語を共有する人数がより大きな」という意味である。

我々新人類が、ネアンデルタール人との競争に勝つことができた理由の最も大きなものは、それだ。新人類とネアンデルタール人とは、物語を作る能力に差があったのである。

宗教というのは、我々が作り出した物語の中でも、かなり大きなものだ。

たとえば、ネアンデルタール人が作った物語を共有できたのは、せいぜいひと家族くらいで、増えても、親類関係にあった、三家族か四家族くらいであったろう。

ところが、我々新人類は、これを何億人という単位で共有できる、宗教という大きな物語を持つことができた。それ故、我らは生き残り、それ故、今、たいへんなことにもなっているのである。

そして、我々新人類は、今や、宗教よりももっと巨大な〝お金〟という物語を手にしてしまった。

ああ、いや、この〝お金〟というのも、金《かね》という一神教、つまりは宗教であるのか。

ともあれ、我々は物語を作る生命体である。

物語のない民族、社会、企業は、この勝ち残りゲームの中で、たいへん不利な状況にあると言っていい。物語を持たない集団は、滅びるのである。なやましいのは、この物語によって、逆に滅びをおこす社会や集団も、少なからずあるということだ。

より強力で、人間にとってなじみある物語を、我らは見つけねばならない。

縄文は、物語である。季語は縄文の神が棲まいたもう御社であるというのは、そういうことだ。

物語によって、人は、ものを理解し、呑み込んでゆく。

35

超弦理論、超ひも理論、あるいは単にひも理論と呼ばれる、この宇宙を絵解きするための理論がある。

たいへんにややこしい。

この理論を理解している人間は、実はひとりもいないのではないかと言われているにもかかわらず、未だ、この理論こそが統一理論の最右翼ではないかと考えている人たちが、現在も少なからずいる(らしい)。

この宇宙には、四っつの力があるということになっている。

弱い力

強い力(核力)

重力

電磁気力

この四っつだ。

ざっくりと説明をしておく。

弱い力というのは、粒子の変化をひきおこす力だ。

強い力(核力)というのは、原子核を束ねている力のことだ。

重力は説明するまでもない。

そして、電磁気力というのは、ようするに光のことだ。

今では、弱い力、強い力（核力）、そして電磁気力の三つは、同じ力であるということがわかっている。ただ、この三つの力と重力が、同じ力であるということだけが、まだ証明されていないのだ。

光と重力は同じ――

これを証明する統一理論をなんとかしようとして、それができずにアインシュタインは死んでしまった。

そして、いまだに、光と重力は統一されていない。

この統一理論こそが、ひも理論ではないかと、昔からまことしやかに言われ続けているのだが、これがわからない。

ひも理論とは何か。

これは、ぼくの理解であり、ある意味ではぼくの創作したファンタジイのようなものである可能性があるので眉に唾をつけて、これから先をお読みいただきたい。

ひも理論は、この世界は、極小の〝ひも〟でできているというのである。

ぼくらの知っている宇宙論では、この世を作っているのは、原子、それよりさらに小さな、素粒子――つまりは極小の点、極小の粒であるということになっている。しかし、ひも理論では、これが〝ひも〟だというのである。点ではなく線であるというのである。

しかし、何故、この世にはたくさんの粒子が存在するように見えるのか。

ひも理論によれば、

「それは、その極小のひもが、震えているからだ」

ということになる。

たくさん粒子があるように見えるのは、その極小のひもの震える幅がそれぞれ違うために、違う粒子として観測されてしまうのであると。

ひもの震え、それはすなわち弦《げん》の震えのことであり、弦《いと》が震えれば音色が生まれる。

となれば、この宇宙の全ての粒子は、音、つまり音楽を奏でていることになる。

そう思った途端に、

「この宇宙は音楽に満ちている」

という物語が生まれてしまったわけですね。

そのことに気がついた瞬間に、全宇宙の全粒子が、ぼくの眼の前で、妙なる音楽を奏でる音が、轟々と聞こえてきたんですね。

まあ、こういう宇宙の理解というか、楽しみかたもあるというわけですね。

さっきの重力と光のことで言えば、小松左京《こまつさきょう》さんは、次のように語っておられます。

「ルシフェルというのは、ブラックホールに向かって自由落下する光である」

なんときれいなたとえでしょうか。

ルシフェルというのは、キリスト教（ユダヤ教）で言う、堕天使ですね。

聖書では、七大天使というのが知られていて、ミカエル、ガブリエル、ラファエル、ウリエル、ラグエル、ゼラキエル、レミエルがそうですね。ルシフエルは、八番目の天使ということになります。ぼくの書いている『キマイラ』では、鬼骨《きこつ》のことを八番目のチャクラ、あるいはルシフェルの座と呼んで、たいへんな外法《げほう》に使用されるものなんですが、おおっと、これは脱線であります。

ともあれ、堕天使ルシフェルは、もともとは光です。このルシフェル、神にさからったため、地獄（ブラックホール）に落とされ悪魔となる。

事象の地平線を自由落下してゆく光、これが八番目の天使ルシフェルですよ、ああた。

光と悪魔は同じ。

凄いねえ、このイメージ。

ちなみに、室戸岬で修行する若き空海の口の中に飛び込んできたあけの明星（金星）、これ、堕天使ルシフェルですよ。

もうひとつ、アインシュタインが見つけた理論——式のひとつに、

$E = mc^2$

というのがあります。

Eはエネルギー。

mは質量。

cは光速だから、c^2というのは光速の自乗ということですね。

エネルギーというのは、質量に光速を自乗したものをかけたものと同じと言っている。

ぼくはこれを、「エネルギーとは光である（ちょっと違うけど）」あるいは「物質はエネルギーである」というくらいに理解しています。

これと同じようなことを、実は仏教はずっと前から言っている（とぼくは思っている）。

それは、『般若心経』の、

「色即是空」

ですね。

「色とは空である」

そう言っている。

色というのはつまり、この世に存在するもの（物質と言いたいところなのだが、仏教ではたぶん、欲望などの心のかたちもみんな含んで色と言っている）は、すべて空であると言っているわけですね。

「この世に存在するものは全て実体がない」

くらいの意味です。

これがなんとも、「$E = mc^2$」に似ているんじゃないかと考えて、十代の頃、急に、相対性理論に親しみを覚えてしまったというわけなんですね。

宇宙の等式を〝詩（物語）〟に変換してしまったわけですが、アインシュタインもゴータマ・シッダールタも、宇宙とは何か、存在とは何かをつきつめた果てに、それぞれ似たような結論にたどりついた（ような気がする）。

仏教の人からは、

「こらこら、『色即是空』というのは、アインシュタインの、Eだろうがmだろうがcだろうが、みんな空であると言っているのであって、ユメマクラよ、それは違うよ」

とおこられそうだが、まあ、そこは許してつかわさい。

いずれにしても、最新の物理では、真空というものは、我々がイメージするような無ではなく、あらゆる可能性に満ちた豊饒なものだということになっている。この真空、常にゆらいでいて、そのゆらぎによって、実はこの宇宙のあらゆるものを生み出したりしているんですね。

『般若心経』でも、この世のものは、全て、五蘊《ごうん》――心とものの相互作用によって存在しているのだと言っている。これなんて、量子の相互作用によって、ものが存在しているというのとよく似ている。

36

ぼくは、言葉（物語）というものは、宇宙と等質のものだと思っている。

言葉（呪《しゅ》）によって、宇宙を縛る、あるいは宇宙を言語化できたときに、言葉と宇宙は響きあって、そこでひとつになるはずのものだ。

これまでずっと語ってきたことを総合すると、そうならざるを得ないような関係に、宇宙と言葉とはあるのだと思う。

「はじめに言葉ありき」

という有名な「言葉」があるが、これは『新約聖書』「ヨハネ福音書」一章一節の冒頭に記されているものである。

様々な神学的な考え方はあるものの、この「はじめ」というのは、『旧約聖書』の創世記にある「天地創造」のことではない。ヨハネ福音書で言う「はじめ」は、「天地創造」以前の宇宙の状態のことを指していると考えていい。

天地創造以前にあった宇宙の本質的原理として、言葉があったと『新約聖書』は言っているのである。そして、この言葉というのは、イエス・キリストのことでもある。この宇宙原理としての言葉が、やがて、人となって地上に生まれ、イエスとなったのである。

これって、つまり、真空という〝無〟が、実はなんとも豊饒で、そこには宇宙の一切が存在してぶちぶちと煮え立っているというのと同じなのである。

宇宙とは、言葉（物語）と必ず対応するものであり、まさにその関係性によって、宇宙は存在しているのである。当然、この意味において、「言葉」は「エネルギー」という表記に置きかえることができることになる。

「創世記」においても、最初の言葉は、

「神は言われた。『光あれ』、するとそこに光はあった」

である。

言葉によって、宇宙の根本原理たる光を現出させることができたのであり、できるのである。

つまり、言葉ともの、言葉と事象とは対応しているのである。

他にも、戦《いくさ》の前に、互いに詩をやりとりする民族も、この世には幾つか知られている。そして、時には、よき詩を相手にぶつけた一族が、剣も矢も交えぬうちに、相手に勝ってしまうということもあったのである。

言葉——つまり、〝呪〟は、相手を縛る。ものの存在や、実在を、そこにあらしめるように機能する。この宇宙が、互いの関係性によって存在しているというのは、まさにこのことであり、それは、現代物理学、仏教の言っている通りなのだ。

我らが安倍晴明は、次のように語っている。


「やはり男と女のことで説明してやらねばならぬか」

晴明は、そう言って博雅を見た。

「説明しろ」

博雅が言う。

「おぬしに惚れた女がいたとしてだな、おぬしでも呪によって、その女に、たとえ天の月であろうとくれてやることができる」

「教えてくれ」

「月を指差して、愛しい娘よ、あの月をおまえにあげようと、そう言うだけでいい」

「なに⁉」

「はい、と娘が答えれば、それで月はその娘のものさ」

「それが呪か」

「呪の一番もとになるものだ」

「さっぱりわからぬ」


――「玄象《げんじやう》といふ琵琶鬼のために盗らるること」


人が何かを所有するというのは、このように、まさに、その人がこれは自分のものだと思っているということにつきてしまう。

呪によって、人は、ものを、時には無形のもの、宇宙までをも所有できるのである。

SFのことで言えば、たとえ人間にエスパーとしての能力がそなわっていたとしても、〝言語体系〟、〝言葉〟が存在しなければ、エスパーどうしの会話もできないということなのだ。

うーん。

少なくとも、ぼくは、言葉の、あるいは物語の使わしめであるという自覚は持っているのである。

とりとめないが、まずまずは、そういうことなのである。

で、ここから、唐突に、我らが源博雅の話になってゆくわけなのである。

37

闘病の最中、おりに触れて、ほろほろと仕事のことを考えるようになった。

書きかけの——つまり連載中の物語やこれから書くつもりでいる原稿のことなどを、思うようになったのである。考えようとして考えているのではなく、考えまいとしても考えてしまうのでもなく、うたた寝している猫の脳内に居るような感覚で、思うともなく思っていたというような感じだ。

そういう時に、頻繁に顔を出したのが、空海と源博雅であった。

博雅の話をしておきたい。

正確には、河合隼雄《かわいはやお》さんが語っていたところの、博雅である。

河合さんは、二〇〇七年に亡くなられた心理学者である。臨床心理学、分析心理学が専門で、箱庭療法という治療法の第一人者であった。晩年は、文化庁の長官をやっておられた。

ぼくは、河合さんとは、多少の御縁があって、何度かテレビで御一緒したり、お酒を飲んだりしたことがある。

人にしゃべらせるのが得意で、あるテレビの番組で、空海が設置した東寺《とうじ》の立体曼荼《まんだ》羅《ら》の前を歩きながら、ふたりで何かしゃべるというシーンがあった。

照明があたって、ふたりで歩き出したのはいいのだが、河合さんは何もしゃべらない。ぼくもまた、まさか河合さんの前で、仏教や空海のことをしゃべるのもためらわれて、無言。

どうぞ、と眼と手で合図を送っても、あなたこそどうぞと河合さんの眼が言っているのである。この沈黙に最初に耐えられなくなったのは、もちろんぼくの方で、ついに与えられた時間の半分以上をぼくがしゃべってしまうという困った事態を体験した。

お酒の席であったか。

河合さんと、源博雅の話になった。

『今昔物語集』の中にある、「玄象《げんじやう》といふ琵琶鬼のために盗らるる語《こと》」というエピソードの話である。

源博雅、管弦の名手であり、琵琶もこれをよく弾いた。生まれた時には、天上から妙なる楽の音が鳴り響いたとも言われている。

この博雅が宿直《とのい》の晩に、琵琶の音《ね》を耳にした。外で、たれかが琵琶を弾いているのである。しかもよく聴いてみれば、それは、数日前に、内裏《だいり》から盗まれた、琵琶の玄象の音ではないか。玄象と言えば、唐から渡ってきた琵琶の名品であり、塵《ちり》が付いたままこれを弾くと、音が出なかったとも言われている。

博雅が外へ出てみれば、それは、南の方角から聴こえてくる。音に誘われて、南へゆけば、さらに南からその音は聴こえてくる。

こうして博雅は、ついに羅城門にまでやってきてしまった。

夜の羅城門の上で、何者かが、玄象を弾いているのである。よい音色であり、さぞや達人が弾いているのであろうと思われた。人とも思えぬほどで、さだめしこれは鬼が弾いているのか。

しばらくして、博雅が、声をかける。

「これは誰が弾いておられるのか」

すると、琵琶の音が止んで、ほどなく、紐に結ばれた玄象が、門上からするすると降ろされてきたというのである。

原文は、こうだ。

博雅此《これ》を聞くに、奇異《あさまし》く思ひて、

「此れは人の弾《ひく》には非《あら》じ。定《さだ》めて鬼などの弾《ひ》くにこそは有《あ》らめ」

と思ふほどに、弾止《ひきやみ》ぬ。暫《しばら》く有《あ》りて亦弾《またひ》く。其《そ》の時に、博雅の云《いは》く、

「此誰《こはた》が弾給《ひきたま》ふぞ。玄象日来《ぐゑんじやうひごろう》失せて、天皇求め尋《たづね》させ給ふ間、今夜清涼殿《こよひせいりやうでん》にして聞くに、南の方《かた》に此音《このおと》有り。仍《より》て尋ね来《きた》れる也《なり》」

と。

其時に弾止《ひきやみ》て、天井より下るる物有《ものあ》り。怖《おそろ》しくて、立去《たちのき》て見れば、玄象に縄《なは》を付《つけ》

て下《おろ》したり。

博雅は、誰が弾いているのかと問い、自分がやってきたわけを口にしただけだ。

「我々のやっている自閉症の子供の治療というのは、まさにこの物語そのものです。我々は博雅のようにならなくてはいけないんですね」

このように、河合さんは言われるのである。

「博雅は、鬼と闘っていないんですね。琵琶を返せとも口にしていない」

その通りである。

我らのおくゆかしき博雅は、ただ、門上の鬼に向かって、自分は玄象をさがしてここまでやってきたのだと言っただけだ。

それだけで、鬼が琵琶を返してくれたのである。

「子供の心、つまり、音楽（玄象）が、鬼に盗られてどこかへ持ってゆかれてしまった。これを取りもどすのに、我々は、鬼と闘ってはいけない。我々にできるのは、博雅のように、ただ待つことなんですね。すると、ある時ふっと、鬼が音楽を返してくれる時があるんですよ」

このこと、河合さんは、どこかでお書きになっていると思われるのだが、抗ガン剤でぐったりと横たわりながら、ぼくは、博雅のこんなエピソードのことを思い出していたのである。

もどって来い、ぼくの音楽よ。

38

作家仲間で、ガンで亡くなった友人のひとりに、船戸与一大兄がいる。

初対面の時に、最初に言われたのが、

「バクちゃんの書くものの中にはデーモンがいるな」

この言葉だった。

ぼくは、けっこう嬉しかった。

ぼくより七歳齢が上。二〇一五年、七十一歳の時、胸腺ガンで亡くなった。

六〇代の時にガンを宣告されて、余命一年弱と言われていたのに、なんとその後、六年を生きて、大作『満州国演義』を完成させて世を去ったのである。

闘病中、おりに触れて思い出していたのが、船戸大兄の背中であった。

大兄の亡くなる二日前であったか、覚えのない名前の方から、荷が届いた。あとでわかったのだが、送り主は、船戸大兄の兄上で、その荷というのが、将棋盤であった。

遥か昔、一九九二年頃、集英社の企画で「棋翁戦《きおうせん》」という作家の縁台将棋をやっていたことがある。メンバーは、逢坂剛《おうさかごう》さん、船戸与一さん、志水辰夫《しみずたつお》さん、そして、ぼく。たまに、北方謙三さんやら大沢在昌《おおさわありまさ》さん、黒川博行《くろかわひろゆき》さん、宮部《みやべ》みゆきさんが原稿で顔を出すといった将棋の会であった。

ある時――

ぼくと船戸大兄との対戦があって、この時船戸大兄は言った。

「獏ちゃんよ、おれが、駒を一枚落とす。それで対局つかまつろう」

この日のために、何か考えてきたのは明らかで、口元にはムフムフといういやらしい笑いが浮んでいた。

もちろん、受けて立った。

すると、船戸大兄は、やおら、自分の飛車先の歩を一枚落とし、

「おれの手はこうじゃあ」

と、いきなり、飛車が、ぼくの角の前に成り込んできたのである。

駒を落とした方が先手――

というのはルールだが、この手あまりに姑息。かつて、豊臣秀吉が、将棋に負けるのがいやであみ出した秘策と知る。名づけて「太閤おろし」という技であった。

これでぼくは、ボロ負けをし、無念の投了。

文句を言っても、

「負け犬の遠吠えや心地よし」

かんらからからと船戸大兄は、笑うばかりなのであった。

そして教えてくれたのだが、船戸大兄の背後には、さる大名――いや大金持ちがいて、

「おまえ、今度の戦でユメマクラに勝ったら、これをくれちゃろうやないか」

と言ったというのである。

それは、たいそうな将棋盤で、その値《あたい》、

「二千万」

と、船戸大兄はうそぶいたのである。

送られてきたのは、件《くだん》のその将棋盤であった。

ああ、なるほど、そういうことであったのかと、二〇年ほど前のできごとを思い出し、しみじみとユメマクラは涙したのだが、後年、高山のある骨董《こっとう》屋に足を運んだところ、船戸大兄から譲られた将棋盤とそっくりの碁盤が売られているではないか。双子といってもいい作りで、たぶんペアで作られたものなのであろう。なんとその値段、十五万円であった。

うーん。

さすがに二千万は、盛った値段であるにしても、なんともビミョーなる値段で、またもや船戸大兄のことを思い出し、その晩はしみじみと高山の酒で一杯やったのであった。

39

氷室冴子さんとは、けっこう仲がよかった。

ぼくより六歳齢が下で、少女小説専門の集英社のコバルトシリーズというところでお互いに書いていた。

知りあったきっかけは、よく覚えていないのだが、集英社のパーティーの流れであったか、何かの新人賞の選考委員を一緒にやった時であったか。

仲よくなったのは、深夜の電話であった。

月に一度か二度、時には三度以上、深夜——世間では午前中という時間帯に、電話が鳴るのである。

家の電話ではあるが、ぼくの仕事場専用の電話であり、他の者は出ない。寝るのは別の部屋なので、別にその電話で起こされるわけではない。

深夜の電話は、だいたい何人か決まっていて、凄かったのは正月の朝の四時頃に電話が鳴った時である。

出たら、いきなり、

「どわっはっはぁ」

という大きな笑い声がして、

「どうだね獏ちゃんよ、つまらん原稿はできたかね」

船戸与一先生の、酒の臭いがとどいてきそうなダミ声が響いてきたのである。

「あー、今、誰それと、だれそれと飲んどるんじゃが、出て来んかね」

「あのー、ここは小田原で、もう電車ないんですけど——」

「タクシーでくればよか。そうしんしゃい、そうしんしゃい」

そしてまたどわあっはっはあ、という笑い声が響くのである。

しかし、冴子さんの電話は、深夜の一時、二時で、ほどがよい。話す時間は短くて、三〇分くらい。だいたいは一時間くらいで、時には二時間となることもあった。

そんなことが、何年も続いたと思う。

だいたいは、仕事の話。

今、何を書いているとか、どこのしめきりだとか、とりとめがない。

某編集者にくどかれた話も教えてくれた。

「おい、サエコ、おれと一緒に直木賞をとろう」

その台詞が芝居がかっていて、

「おもしろかったのよ」

と、冴子さんは笑っていた。

その後、その編集者のところで仕事をした様子がないので、たぶんくどくのに失敗したのだろう。

時に、互いの本の部数の話になり、

「初版四〇万」

と耳にした時には、ぼくは、

「うへーっ」

と声をあげた。

「それって、売れてる漫画の部数だよ」

ぼくの場合は、一番勢いのあった時で、二〇万部くらい。それでも、アンテナ書店で、発売日前に全冊売れて、発売日を待たずに増刷などということもあった。今から思えば、信じられないくらい景気のいい話だ。その頃、冴子さんのおつきあいしている男性の話もよく聞かされた。

芝居の話と漫画の話をして、ぼくは何度もプロレスと猪木の話をした。

同じ頃に、売れはじめたので、話は不思議とよくあった。

ぼくは、ソノラマ文庫の『キマイラ』シリーズで売れはじめ、冴子さんは、それがコバルトだった。

ある時、『空手道ビジネスマンクラス練馬支部』という短編を思いついた。

「男はね、誰でも夢破れた者たちなんですよ」

と、ぼくは冴子さんに言った。

「男は誰でも、子供の頃は、世界一強い男になりたいんですよ。その夢に破れ、みんな、ミュージシャンだとか、作家だとか、漫画家になってゆくんですね」

そういう男のひとりが、ヤクザにからまれて、土下座をしてしまう。そんな自分がイヤになる。それで、四〇代になって、もう一度、強くなろうと考えて、空手を習いはじめる――

この話を冴子さんにしたら、

「あらおもしろいじゃない。長編にしちゃえば――」

というので、ぼくの長編『空手道ビジネスマンクラス練馬支部』は誕生したのである。

ぼくが、よく、自主的に（つまり自費で）カンヅメになっていた京王プラザホテルにも電話がくるようになって、ある時などは話しているうちに夜が明けてきて、ふたりで腹が減ったということになり、早朝の新宿で待ち合わせをして、ラーメンを食ったこともあったのである。

一度などは、家に遊びに来い、というので、途中で買った土産品の米を一〇キロかついで、遊びに行ったこともあった。

今思い出しても、不思議な関係であったと思う。

冴子さんが、ガンになったというのを知ったのは、はっきり覚えてはいないが、亡くなる一年前か、亡くなった年か。

しばらく連絡がとだえていて、久しぶりに電話があったら、

「ガンになっちゃった」

というものであった。

肺ガンであるという。

久しぶりに会おうということになって、会ったのは、だから、冴子さんが亡くなった年か、亡くなる前の年である。

十四年前か、十三年前。

春だというのはよく覚えている。上京した時に、桜が咲いていたからだ。

冴子さんと会ったのは、帝国ホテルのティールームである。

「今、治療で病院に通っているんだけど、ここが近くて便利だから――」

冴子さんは、少しやつれて、少し痩せていたが、チャーミングなところは昔と同じ。見た目では、余命を宣告された人とは見えなかった。ぼくらは、かなり静かな声で、色々の話をした。

久しぶりに、芝居の話もした。

「歌舞伎座が近いので、よくひとりで歌舞伎を観に行くんだ。何度も見た演目なのに、役者の、何気ない捨て台詞でも、なんだか泣けちゃって、涙が出てきちゃってさ」

「仕事の方は？」

「もう、全部やめちゃって、何も書いてないの。遺産だとか、後に残すもののことは、もう、全部きちんとやることはやってしまったので、案外自由なんだ……」

そこで、ぼくは、冴子さんからびっくりするような告白を受けたのである。

「わたし、誰にも内緒で、俳句をやってるんだよ――」

魚《ギョ》ッ⁉

というところで、皆さん、熱く、激烈に以下次号なのでありますよ‼

最終回　幻句のことをようやく

40

またもや、入院をしてしまった。

咳が止まらず、夜眠れない。立ったり、柱によりかかったり、どういう姿勢で寝ても息が苦しい。ひと晩中家の中を移動して、床やソファーで眠ろうとしてもだめである。一番楽なかたちが、ベッドの上であぐらをかき、足の間にゴミ箱を抱え込み、その上に枕をのせ、そこに顎をのせてうとうとするという、まったくもってギャグな姿であった。

あまりの苦しさに、病院へ行ったら、

「肺に水が溜まっております。原因は心不全です。ただちにもっと大きな病院にゆくように」

と言われてしまった。

その翌日、十二月二十一日にもっと大きな病院に行ったら、そのまま入院させられてしまったのである。

カテーテルを二本、心臓まで入れられて、心臓の細胞をとったり、あれこれされて、八日入院し、なんとか年内退院で、正月は家ですごすことができたのだが、八キロもどした体重があっという間に十キロ減って、前回よりもさらに二キロ減ってしまったのである。減った体重のほとんどが、肺や、身体中に溜まった水だったようで、現在はその治療中である。原因は、抗ガン剤の副作用である。Ｒ《アール》－ＣＨＯＰ《チョップ》療法をやった人間の数パーセントが心臓にくるようで、ぼくはその仲間に入ってしまったことになる。

食事では、塩分を摂れなくなってしまった。とっていいのは一日に、六グラムの塩分だけで（ちなみに、ラーメンいっぱい、汁まで飲んで塩分が七・五グラム）、これはたぶん、残りの一生全て、そうしなければいけないという、まことにもってトホホな日々をすごしているのである。

おまけに、ただでさえ消失していた筋力がさらに低下して、少し仕事をするとすぐに背中が痛くなり、薬の副作用で、あれほど高かった血圧が、今は下がって75－55くらいになってしまった。いきなり立てば立ちくらみになる。冬場のトカゲのように日々ぐったりと喘いでいるのである。予定していた社会復帰があっちの方へ遠のいてしまったのである。泣きを入れたくなってくるのである。

ま、コロナのこともあるが、釣りの予定も、会食の予定もみんなキャンセルすることになってしまったじゃないか。

そもそも、三年前に脊柱管狭窄症の手術をするつもりだったのだ。十五年以上前から、腰というか、尻が痛くてたまらず、ついに手術をしようと決心したのが三年前である。それが、コロナで延び、ガンで延ばしていたらもうしんぼうできなくなって、それでようやく再検査をして、手術の日を決めるやさきの心臓だよ。やばいじゃん、これ。ひええ。

どうする。

どうしてくれるんだよ。

こら。

年末のシバターと久保優太《くぼゆうた》はあんなことになってしまっているし、こうなってくると今年（二〇二二）六月の、天心対武尊《たける》を楽しみにするしかないんでないの。

41

なわけで、ここはいきなり『讃岐典侍日記《さぬきのすけにっき》』なのである。

藤原長子《ふじわらのちょうし》という女性が、平安時代に書いた日記である。平安時代の女性が書いた文献としては珍らしく、その本名がわかっている。平安時代、和泉式部や紫式部といった、すぐれた日記や文芸作品を残している女性は何人もいるが、彼女たちの本名は実は不詳で、和泉式部、紫式部という名は、夫や父親の官職名をもって名づけられた候名《さぶらいな》なのである。

この日記どう凄いのかというと、堀河天皇の死の様子が、かなり細かく書かれているのである。

堀河天皇、承暦三年（一〇七九）の生まれで、応徳三年（一〇八六）に、八歳で第七十三代天皇となった。亡くなったのは、嘉承二年（一一〇七）、二十九歳の時だ。
乳母であった藤原兼子《けんし》の妹であったことから、長子は色々と堀河天皇の身の回りの世話をしており、臨終の時には特にその関係は濃厚なものとなり、死のまぎわには、求められるまま、何度も何度もくりかえし、堀河天皇の夜着に潜り込んでは添い寝をしてやっているのである。堀河天皇、よほど死がおそろしかったのであろう。寝床の中で、天皇は繰り返し観音経などを唱え、念仏した。

「いみじく苦しくこそなるなれ。われは死なんずるなりけり」と仰せられて、
南無阿弥陀仏、南無阿弥陀仏
と仰せらるるを聞くに、ただにおはします折に、かやうのことは、局々《つぼねつぼね》の下人《しもびと》まで忌々《いまいま》しきことにこそいふを、御口よりさはさはと仰せられ出すを聞くは、「夢かな」とまであさましければ、涙も塞《せ》きあへず。

その念仏する声を耳元で聴きながら、添い寝する長子もまた共に経を唱えたことであろう。たいへんなエロスの世界であるが、エロスを通り抜けて、何やら切実な、あるいは荘厳な世界のできごとのようにも思えてくるのである。
この添い寝、日記では、なんともやんごとない〝添《そ》ひ臥《ぶ》し〟という言葉で表記されている。

御枕上《おんまくらがみ》に大殿油《おおとなぶら》近くまゐらせて、あかあかとありけるに添ひ臥しまゐらせたり。

大臣殿三位帰り参られたれど、御足うちかけて、御手を首にうちかけさせたまへば、えはたらかねば、三位殿、わがゐたるやうに御後《あと》の方にさぶらはる。

凄いでしょう。

寝床の中で、堀河天皇は、（たぶん背後から）長子の身体にその足をからめ、その手で首を抱えているのである。若い女性の生身の肉体にすがっていれば、死が通りすぎていってくれるのではないか——そんな想いもあるようであり、ないようでもあり、しかし、なんだかよくわかる。コワいと人は何かにすがらずにはいられない。オレだって、そうしたいよ。

考えただけでも何やらまことにしみじみとしてきてしまう話ではないか。

42

堀河天皇の話をここでふったのには、以下のような理由がある。

いつであったかはさだかではないのだが、そこに何人の人間がいたのかもはっきりしてはいないのだが、あるいは深夜の電話の最中であったような気もしているのだが、ある時、氷室冴子さんが、こんなことを口にしたのである。

それは、

「添い寝要員が欲しいわあ」

という言葉であった。

まだ、若い時だ。ぼくも冴子さんもガンの〝ガ〟の字もない頃のことである。

「自分は、たぶん、結婚しないと思う。それはそれでぜんぜんかまわないのだけれど、しかし、人生のどこかで、自分はたいへんに苦しく淋しい状態におちいるかもしれない。いやおちいると思う。その時、てごろな男が近くにいればいいのだが、いない時のために添い寝をしてくれる男がどこかにいないか――」

そのような意味の発言であった。

もちろん、ぼくは迷わず立候補した。

「そんなの、いつでも言ってくれればこのオレが駆けつけますよ」

冴子さんが亡くなる十年は前のことだったろうと思う。

そんなことなどすっかり忘れて、ぼくは、冴子さんから、ホテルのティールームで俳句の話を聴かされたのである。

すでに、ぼくは、一年に一回は真剣に俳句を作る、という作業に突入していたばかりの頃で、びっくりすると同時に、そうだよなあ、俳句、気になるよなあ。やっぱいくよなあ俳句――

そんな感想も抱いたのである。

「どんな俳句?」

これは、もちろん、訊きますよ。

あの氷室冴子が俳句をやっている——これは事件じゃないか。

「教えない」

「どこかに発表は?」

「してない。するつもりもない。でも、やってるんだ、俳句」

かなり、きっぱりとした口調で、その時冴子さんは言ったのである。

実はおれも——とは、ぼくは口にしなかった。

「いや、もったいない」

とは言った。

発表しないことがである。

小説を書くことをやめてしまった氷室冴子が、まだ言葉による創作というか、なにものかにこだわっていて、しかし、それを発表する気がない。ないけれども、俳句をやっている。どんな俳句か。それはぼくも知りたかった。

俳句は、ぼくらのように言葉にこだわる職業の人間が、最後にすがることのできる文芸ではないか——

そういう話もしてみたかったのだが、馬鹿なことに、ぼくはそこで引いてしまったのである。それを話題にすることで、すでに死を覚悟している冴子さんの死について、どうしても、触れずにはいられなかったからである。その勇気がなかった。今は、それを激しく後悔している。訊くべきだった。訊かねばならないことであった。

自分で、ガンを体験したからわかるのだが、たぶん、冴子さんは、俳句についてのぼくのたちいった質問に答えてくれたろう。引くべきではなかった。今は、それが、よくわかる。

そして、後になってぼくが思い出したのが、〝添い寝要員〟のことだったのである。

もしかしたら、あの時、ぼくはずい分昔に立候補した〝添い寝要員〟としての役割を求められていたのではないか。

それは、わからない。

しかし、もちろん、これは俳句の話と同じく、ぼくから口にすべきことで、たとえ大恥をかくことになったとしても、すぐにでも連絡して、

「いつでも駆けつけますぜ」

と言わねばならない場面であった。

ばっかだなあ。

どうか、カンベンしてください。

冴子さんの俳句、読みたかったねえ。

冴子さん、オレは今でもまだ『キマイラ』を書いているよ。

43

最後の告白である。

実は、二〇一九年のほぼ一年間、投句をしていたのである。

この時には、ぼくは、すでに俳句脳を作るためには実践しかないと覚悟をかためていて、そのためには投句をしなければと考えていたのである。自分の作る俳句がナンボのものか、知っておきたかった。小説誌の多くには投句欄があって、読者からの俳句を募集している。そこで、自分の俳句が採用されるようなことがあれば、あとは自由に好きな句を作っていけばいいじゃないかと考えていたのである。その資格を、自分なりの了見として得ておくための投句だった。

これは、自分で陶芸を始める時にとったやり方である。陶芸をやりたくて、釣り小屋をかねた陶芸小屋を建てたのだが、いかんせん、陶芸についてはド素人だったので、三〇年前、一年間、週に一回、原宿の陶芸教室に通って陶芸のイロハを学んでから、自己流の陶芸を始めたのである。

そこで、ぼくが選んだのが、ＫＡＤＯＫＡＷＡの「小説野性時代」の「野性俳壇」であった。

この俳句欄の選者が、長嶋有《ながしまゆう》さんと、夏井いつきさんだったからだ。選者がふたりいて、そのうちのおひとりが夏井さんというのがいい。ここで、夏井さんに、句を選んでもらえるまでは続けようと決めたのである。しかし、問題があった。ここでは、俳号を使うにしても、住所や本名で、「あ、こいつ、ユメマクラだア」と正体がばれてしまうおそれがある。ばれてしまったら、どこかで手心を加えられてしまうというようなことが、万が一にもあるかもしれない。そこで、小説担当の編集者にわけを話し、別の人間として、投句できるようはかってもらったのである。だから、小田原でなく東京に住んでいる忘竿翁《ぼうかんおう》という俳号の人物がユメマクラであることを知っているのは、その編集者ただひとりという状況を作ってから投句を始めたのだった。

忘竿翁という俳号にしたのは、中島敦《なかじまあつし》の「名人伝」が好きだったからである。

主人公は、趙《ちょう》の邯鄲《かんたん》に住む紀昌《きしょう》という男だ。弓の名人である。たいへんな修行をして、ついに、見えぬ弓を手にして、そこに見えぬ矢をつがえ、弦を引く動作をして、見えぬ矢をひょうと射れば、空を飛ぶ鳥が落ちてくるまでになった。

この紀昌、さらに修行をして、老人となった時には、弓と矢を見せられて、

「はて、これは何に使う道具でございますか」

このように言ったというのである。

中島敦にはもうひとつ、「山月記」という名品があって、こちらは詩人を志した男の話だ。

この男は、詩人になろうとして、なれず、ついには虎に変じてしまう。そして、虎に変じてからも、詩を作り続けているという、実に芸事への情がこわい人物である。芸事

を志した人間は、紀昌にはなれず、たいていは虎になってしまう。ぼくなどは、もちろん虎になるほうの人間だが、あこがれとしては、とぼけた味の紀昌もいい。

釣り竿を見て、

「あ、これは何に使う道具ですか」

などと、わざと口にするとぼけた老人になりたいと考えて、「忘竿翁」としたのである。

この忘竿翁の名前で、一年近く投句を続けた。毎月五句。

投句された作品から、長嶋さん、夏井さんが、それぞれ特選三句、佳作十句、選外佳作十句を選ぶ。このうち、句が紹介されるのが、佳作までの十三句（ふたりでは二十六句）である。

その一回目で、ぼくの五句のうちの一句が、選外佳作となった。

しかも、選んでくれたのが夏井さんである。しかしながら、選外佳作であるので、どの句が選ばれたのかわからない。忘竿翁が投句した五句のうちのただ一句だけ選外佳作となったということしかわからない。

ここで、この連載二回目でゴジラの句を紹介した時〝これには、さらに後日譚がある〟と書いたことの責任をようやくとることができる。

この一回目に応募した五句のうちにまぎれ込ませていた一句が、そのゴジラの句だったのである。

ゴジラも踏みどころなし花の山

ぼくの想像で言えば、とっていただいたのはたぶんこのゴジラの句だったのではないか。ならば、チベットのチャンタン高原で作った、

チベット高原にあらわれいでてゴジラさびしかろ踏みつぶすものなにもなし

仰天和歌が、ずいぶん遥ばるとした旅を続けて、ようやくここに実を結んだことになる。

しかし、もちろん、ここで終らせてしまうわけにはいかない。目標は、自分の句が掲載されることである。結局、一年近くかかって、ようやくぼくの句が掲載されたのは、二〇一九年十二月号の「小説野性時代」である。

特選ではなく佳作であったが、この句を選んでくれたのは、やはり夏井さんであった。

湯豆腐を虚数のような顔で喰う

これは、ぼくの好きな久保田万太郎《くぼたまんたろう》の句、

の影響を、なんとなく引きずっているかもしれない。

これで、ぼくの投句はひとまず終了して、ぽつりぽつりと、世界で一番短い定型小説としての俳句を、確信犯として作りはじめてゆくことになるのだが、この時にはもう、すでに、かなり濃厚に、ぼくは縄文と俳句ということを意識しはじめていた。

44

ちょっと、ガンが見つかったあたりのことも、ここで書いておこう。

病気というのは、特にガンなどという病気は、いきなりの暴力そのもののようである。ある時、いきなり襲いかかってきて、こちらのどういう事情もおかまいなしに、ほぼ一方的に、別の事情の中にその人を放り込んでしまう。これは、他の病気でも、交通事故でも同じ。そして、たぶん恋愛とも同じだ。武田《たけだ》鉄矢《てつや》さんの言うように、恋もある意味では交通事故と同じだ。ある時、人は突然そのひとと出会ってしまうからである。

こちらは、それを選べない。

ぼくは、年に一度、人間ドックに入っているのだが、二〇二〇年の十一月にも、いつものように人間ドックに入ったのである。

十二月に結果が出て、

「縦隔腫大《じゅうかくしゅだい》」

であるという。

だから、近いうちに精密検査を受けなさいというのである。

縦隔というのは、肺と肺の間にある空間で、この空間に、心臓や大動脈もある。そこに腫瘍があるというのである。

しかし、十二月だ。年末進行のまっただ中であり、原稿まみれの日々である。

調べてみたら、縦隔の腫大というのは、かなりの確率で良性というケースが多いということになっているらしい。

ならば、というので、ぼくがいつもお世話になっている地元小田原の先生に相談したのは、年が明けた、二〇二一年の一月の休み明けだったのである。

そうしたら、

「うちよりももっと大きな病院で見てもらいなさい」

というので、小田原のもう少し大きな病院へ行ったら、

「サルコイドーシスかもしれない」

というのである。

サルコイドーシスならば、十万人にひとりという難病ながら、ほうっておけば自然に消えてしまうケースもよくあるというのである。

縦隔のリンパ節に腫瘍があって、色々調べて、MRIなどもとったのだが、正体がわからない。針を刺して細胞をとり、それを調べなければならないのだが、心臓や大動脈が邪魔をしていて、針が通らないというのである。

MRIの画像は、肺と肺の間の空間にあるリンパ節が、ぷくぷくとふくらんでいて、異形の真珠の塊りのようである。異形ながら、黒く、白く光っているようでもあり、見方によっては、

「なかなかきれいである」

そう思えなくもない。

「うちでは検査ができないので、もっと大きな病院へ行って下さい」

というので、さらに設備の整った病院へ足を運んだら、色々検査をしたあげくに、

「気管支の中に管を入れて、気管支の中から外へ向かって針を刺し、細胞をとりましょう。さらに肺の中に水を入れてじゃぶじゃぶ洗浄し、その水をとって、その中にガン細胞があるかどうかを調べましょう」

このように言われたのである。

「それって、苦しくないですか」

「苦しいですが、がんばりましょう」

これはもう、腹をくくりましたよ。

骨髄をとったり、あれをこうしたり、これをああしたり、色々やって疲れ果てた頃、

である。

「リンパガンである」

という診断が下ったのは、三月の二十二日だ。結果がわかるまで、一月、二月、三月と、三カ月近くも時間がかかってしまったので

非ホジキン性のリンパガンで、正式病名は、

「びまん性大細胞型B細胞リンパ腫」

である。

しかもPETで調べたら内臓以外の上半身、ガンだらけで、ステージⅢ。

二月、三月は、これに加えて咳がしんどかった。毎年、この時期は、杉花粉でやられて、くしゃみ鼻水が止まらなくなり、薬でごまかしていると、やがて咳が出ずっぱりとなる。この時も容赦なく咳は襲いかかってきて、座って仕事をしていると、背中や腹が痛くなって、三〇分と座っていられない。咳のたびに、身体中に痛みが走り、これがガンが原因なのか、他の何かが原因なのか、まるでわからず、気力がとぎれそうになっていたのである。

とにかく、もうすぐ終りそうな『JAGAE――織田信長伝奇行』を、歯を喰いしばってなんとか終らせて、「週刊少年チャンピオン」で連載していた『ゆうえんち』一本だけを残し、他の全ての連載を休ませていただくことにした。何故『ゆうえんち』だけを残したのかというと、理由はふたつあった。漫画家の藤田勇利亜さんに、毎回絵を描

いていただいていたのだが、もしも、ぼくが『ゆうえんち』を中断すると、彼の仕事がなくなってしまうのではないかと考えたからである。さらに、逆説的かもしれないが、早く連載を終らせて、藤田さんに、自由に漫画を描ける自由な時間を持っていただかなければとも思っていたのである。才能ある漫画家を、ぼくの小説の絵のために、何年も何年も拘束するわけにはいかないからだ（幸いにも、現在『ゆうえんち』は他ならぬ藤田さんの手で、漫画化されることがすでに決まっている）。

もうひとつには、全ての連載を休んでしまうことへの恐怖があったためだ。アスリートが一日稽古を休んだら、もとの身体にもどすのに、一週間かかる、というのは昔から言われていることであり、原稿を書くための脳の筋力も同じようなものであろうと確信していたからである。最低限度のリハビリと筋トレをかねて、一本だけは仕事を残しておきたかったのだ。

この『ゆうえんち』、「週刊少年チャンピオン」で連載されている板垣恵介さんの格闘漫画「バキシリーズ」を原案とした格闘小説で、これまで何十年かかけてぼくが培ってきたもの全てを注ぎ込んだ。実に実に実におもしろい。これでおもしろくないと言われたら、これ以上どうすりゃいいんだよ。教えてもらおうじゃないの——とひらきなおりたくなるくらいである。

だいたい、ぼくに限らず、作家というものは、それくらいの根性と了見で作品を書いているものなのだが、この『ゆうえんち』ついに完結。最終巻である五巻は、今年（二〇二二）の二月に秋田書店より刊行されることになっているのである（すでに刊行された）。

ちなみに、その時（二〇二二年二月）連載していたのは、小説だけで――

『陰陽師』　文藝春秋
『摩多羅神』　徳間書店
『小角の城』　早川書房
『JAGAE』　祥伝社
『キマイラ』　朝日新聞出版
『餓狼伝』　双葉社
『ダライ・ラマの密使』　文藝春秋
『明治大帝の密使』　集英社
『蠱毒の城』　KADOKAWA
『ゆうえんち』　秋田書店

であり、直前までやっていたのが、

『白鯨』　新聞七紙連載

であった。

他に、年内（二〇二二）に始めるつもりであった『縄文小説』、『俳句小説』、『大江戸火龍改』、『幻獣の城』などの連載や、『寛永御前試合』、『妖獣王』などのような予定していた連載再開ものも、みごとに中断することになってしまったのである。

これらの連載のプレッシャーは、まことにハンパなく、ガンにならなければ、今、合わせてこれをやっていたのかと思うと、これまた実にぞっとする話だなあ。アホだねえ、オレ。しかし、アイデアが次から次へと湧いてくるもんだからさあ。それに、書かないストレスだってあるわけだから、これはもうしかたがないんであるんであーる。

何しろ、おいらはあのキース・ジャレットとタイマンはった男だよ。

ケンカ上等。

それでも、ここはギブアップした。まあ、それだけ苦しかったということですね。たまりませんですよ、これはもう。

みなさん、連載十本以上を何年もやっていると（しかも一本は新聞連載で毎日が〆切りで、もう一本は週刊誌連載で毎週〆切りがくる。気が遠くなって、ハラホロヒレハレ状態になっちゃうんだよ）、ガンになっちゃいますぜ。

不思議だったのは、精神的につらかったのは、ガンと診断されたあとよりも、診断されるまでの時間であったことだ。

ホントだよ。

人はねえ、かなり弱い。人ってえ言うよりオレが弱いのかもしれないんだけどさ。心のどこかでさあ、最悪を覚悟しちゃうんだよ。しかたがねえよなあってさ。友人の中には、ぼくよりずっと若くして死んだザキもいるし、ヨっちゃんもいるし、ミチコちゃんやエーコちゃんもキミちゃんもガンだった。イノさんもそう。そう言えば大将もガンだったなア。大将の時は、お見舞いに行こう行こうと思いながら行けなかったんだよなア。会って、何と声をかけていいかわかんなかったし、もしかしたら、大将、元気でない姿を見られたくないんじゃないかって、迷っているうちに、亡くなっちゃったんだ。

そしたら、

「生きてるうちにもう一回バクさんに会いたかったなあ」

って、そんなこと言ってたって、後で教えてもらったんだ。

ぼくと同い年の藝大の音楽家松下功《まつしたいさお》さんも六〇代後半で世を去った。宮田亮平《みやたりようへい》さんとおなじく、年をとってから知り合った友人で、あと十年くらいは、うまい酒を一緒に飲んだり、あれやこれや楽しい仕事を一緒にやるつもりでいたのだった。それが、あっという間にいっちゃってねえ。泣きましたよ。

おれも、そういう人たちが先に行った道を通るんかいな。しかし、他の人の十倍は遊んだし、尻から煙が出るほど仕事もしたし。まあ、悪くはない七〇年だったたし。地球で、南極と北極以外、ほとんどの場所で釣りもしたなア。ここらでいいか。心残りはもちろんあるが、しかし、それはいつくにしろ、その時その時であるもんだろう。

二〇一九年『キマイラ魔宮変』にも書いちゃったしなあ。

ありがとうの辞

旅人だから
は　言いわけだよねえ
ごめんなさい
すみません
ぼくはもう行かなくてはなりません
明日なのではなく
今日なのです
ほんとうに
ほんとうに
すみません
理由などないんです
旅人だからじゃないんです
たぶん
ほんとうに
よくわかっていないんです
自分でも
こんなになじんでおきながら

こんなによくしていただきながら
どうして行かねばならないのか
わからないんです
でも
ほんとうに
もうぼくは行かなくてはなりません
明日なのではなく
今日なのです
今　行くのです
ごめんなさい
ほんとうに
すみません
道の途中でいいのです
そこで倒れますから
そこにあった
小石が墓標でいいのです
そこに咲いていた
小さな花がたむけでいいのです

もちろん
小石も
花も
ないならないでいいのです
そこで朽《く》ちるのでいいのです
もう
行きます
明日ではありません
今日なのです

ありがとう
ほんとうに
ありがとう
では　これで
どうぞおすこやかに
ありがとう
ありがとう

岩村賢治（『キマイラ』作中人物）の詩ですよ、これが。

書いた時は、これはちょっとやばい旗《フラグ》たてちゃったんじゃないのと思わなくもなかったのだが、今となってみれば、確かに〝もう行く〟というそんな気分も何割かは、あったよなあ。

でも、それが本当に覚悟なのかは当人のオレにもよくわかんねえんだけどさ。でも弱いから覚悟しちゃうんだね。それでもねえ、心がねえ、定まらない。心が心の中でいつもいつもずっとずっと揺れ続けてるんだよねえ。

それで、ある晩、たまんなくなっちゃってさあ、夜半に、隣りで寝ているカミさんのベッドに潜り込んでさあ――

「すまんが朝までひとつたのむよ」

朝まで添い寝をしてもらったんだよねえ。

この話を、板垣さんや松原隆一郎《まつばらりゅういちろう》さん、長尾迪《ながおすすむ》さんにしたらさあ、

「いい話だねえ」

けっこう悦ばれちゃったりもしたんだよな。

まあ、何がこわいかっていうと、弱さのあまり、人は覚悟みたいなことをしちゃうってことなんだねえ。

ついでに書いておくと、普段から、オレちょっとカッコつけてたもんだからさあ。

「無人島でも書く」

とか、

「来世、虫に生まれかわっても書く」

とかね。

でも、ウソばっかというわけじゃないよ。

自分が書くのは、これはもう〝ビョーキ〟みたいなもので、その自覚はあるわけよ。でも、言っちゃってるし、書いちゃってるし、その自分の吐いた言葉の責任はとらなくちゃいかんなあという、けっこう疲れる課題もあったりするわけよ。しかし、もの書きとして痩せガマンはしておきたいんだよねえ。ここは意地でもね。

で――

思考をどうひねくっても、やりくりしても、何をどうやっても、やっぱ、どっかコワいんだよねえ、これが。

つまるところは、

「まだ、死にたくねえなあ」

であり、

「もうちょっと書きたい」

「もうちょっと釣りがしたい」

という、あたりまえのところに思考が回帰してゆくんだね。ここでイっちゃったら、カミさんにも、なんだか申しわけがない。死ぬ順番は、歳もぼくの方が上だし、男性と女性の平均寿命を考えれば、たぶんぼくの方が先に死ぬ確率はきわめて高い。それでいいと思っていたし、そういう順序の方がおさまりがいい。ところが、ガンを宣告されてから、その考えがちょっと変化した。

ぼくが先に死んでしまったら、カミさんが現在のぼくのような境遇になった時、いったいどうなるのか。今回、ぼくは、かなりのところカミさんに助けられた。馬鹿な話にもつきあってもらい、添い臥しまでしてもらって、その存在まことにありがたかった。朝起きればカミさんに手を合わせ、寝る時には正座をして、

「いつもありがとうございます」

頭を下げているのである。

しかし、ぼくが死んでしまったら、カミさんがぼくのようになった時、いったい誰が馬鹿な話の相手をしてくれるのか。ぼくがカミさんにしてもらったようなことを、誰がカミさんにしてやれるのか。誰が添い臥しの相手をしてくれるのか。それを考えた時、カミさんが今のぼくのようになった時に、なんとしてもそばにいてやりたいのである。そばにいて、ぼくが色々してもらったようなことを、してあげたいのである。

好きなことを好きなだけやって、

「もっと仕事と釣りがしたかった」

と、勝手に死んでしまえば、こっちの物語はほどよく完結で、それはそれでおさまってしまうのかもしれないが、心残りがあるとするなら、たぶん、そこんとこだね。なっ

てみるまでわからなかった感情だねえ、これは。

うーん。

心のことに正解はないからなあ。

浮世、いまだ不可解、もって不可思議。

しかし、仕事があってよかった。

仕事でも何でも、弱い人間は、何かすがるもんがないと、ダメなんだねえ。

もしも、小説を、物語を書くというそれがなかったら、自分は、おろかはもとよりゴミのような人間だったんじゃないかとマジ思ってるからね、正味のところ。

45

NHKのK野さんから連絡があったのはいつであったろうか。二〇二〇年の暮であったか、二〇二一年に入ってからであったろうか。

二〇二一年、東大寺のお水取り——つまり、二月堂修二会《しゅにえ》を生中継することになったので、それに出演してもらえないかという打診であった。

二〇二一年は、新型コロナの流行まった只中であり、修二会の中止もあり得なくはなかったのだが、しかし、始まって以来一二七〇年間、これまで一度もとぎれることなく受け継がれてきた儀式であり、ここで中断させるわけにはいかない。修二会というのは、東大寺を開山した良弁《ろうべん》僧正の高弟である実忠和尚《じっちゅうかしょう》が、天平勝宝四年（七五二）に始めたもので、ちょうど大仏開眼の年のことだ。

『二月堂縁起』によれば、天平勝宝三年、実忠が、笠置《かさぎ》寺の龍穴に入ったというのである。そのまま北へ一里ばかり行ったところ、そこは兜率天の常念観音院で、天人たちが集まって、十一面悔過《けか》を行っていた。その儀式がなんともすばらしかったので、

「これをぜひ人間世界に持ちかえりたい」

と天人たちに願い出て、それが許されて、東大寺修二会の儀式が始まったのであるという。

しかし、その修二会が何故「お水取り」と言われるようになったのか。

この修二会には、各地から様々な神々が招喚されて集まってくるのだが、若狭国《わかさのくに》の遠敷《おにゅう》明神という神が、釣りをしていて遅参してしまった。このお詫びに、二月堂の傍に香水《こうずい》を出して献上することとなった。すると、二月堂の横の岩の中から、黒白二羽の鵜《う》が突然飛び出して、そこから、

〝いみじくたぐひなき甘泉わき出でたり〟

というのである。

この水が観音菩薩にお供えされることから〝お水取り〟と呼ばれるようになったのだが、この水——香水は、若水《わかみず》とも呼ばれている。

これを生中継するというのである。

放映は、三月十三日——

迷ったのだが、出演する決心をしたのは、前々からお水取りのことが気になっていて、以前に一度、見に行ったこともあったからだ。何があっても現場にいたかったのだ。身体的にはかなりきつい時期で、放映日から九日後にぼくはガンを宣告されることになるのだが、ほぼ無人の〝お水取り〟の現場にたちあえる機会などそうそうあるものではない。

検査の結果はまだ出ていなかったのだが、ぼくは状況を説明し、

「たとえ結果が何であれ、その日、カメラの前にいることはできますから――」

ということで、当日は、咳をおさえるための強力な薬を用意してもらい、現場に臨んだのである。

行ってよかった。

その現場で、これまでずっとぼくの中で言葉にならなかったものが、言葉として出てきたからである。

〝お水取り〟は、かなり怪しい儀式である。その深みには、仏教以前の古代日本という怪魚が隠れており、たとえばゾロアスター教などのシルクロードの神々もいるようであり、能や神楽などよりさらにさらに古い芸能のルーツでもあり、古代の神も息をひそめて、いや、炎と共に猛々しく舞っているようでもある。

これが仏教か。

そう思わずにはいられない儀式で、

「これは、縄文の香りがしますね」

と、ぼくは番組で言った。

怪しさで言えば、若狭の遠敷《おにゅう》明神である。若狭と言えば、人魚の肉を食べて不老不死となった八百比丘尼《やおびくに》伝説のあるところであり、若水と言えば、これまた不老不死の仙薬であり、ルーツをたどれば、月で不死の薬を作っている嫦娥《じょうが》伝説にまでたどりつく。遠敷《おにゅう》は当然、丹生《にゅう》であり、丹生はつまり水銀のことであり、水銀は、古代中国、チベットなどでは不死の薬である。さらにさらに、黒白の鵜の色は、陰陽道の〝黒と白の陰陽マーク〟そのものじゃないの。空海は、東大寺とは縁の深い人物で、水銀の神丹生都比売《にゅうつひめ》とは仲がよく、空海が高野山を開く時に出会った狩場明神は、やはり、黒と白、二頭の犬を連れていたのである。

そしてね、〝お水取り〟では、内陣で、練行衆《れんぎょうしゅう》が、神名帳《じんみょうちょう》というのを読む。日本中、いや、世界中の神々の名を読みあげて、あの狭い内陣に招喚するんだよ。金峰《きんぷ》の神から始まって、一言主《ひとことぬし》の名も、高賀茂、下賀茂の神も呼ばれ、諏訪の神も、丹生都比売の名も呼ばれ、驚くなよ、天一《てんいつ》、太白《たいはく》の、こわいこわい神の名も呼ばれるんだよ。天一神《なかがみ》と言えば、陰陽道のこわい神で、平安時代の貴族たちが、陰陽師の助けをかりてやった〝方違《かたたが》え〟の法は、このコワい神と出会わないための方法だよ。

さらにね、九段目では、あのおっそろしい御霊《ごりょう》信仰の祟り神早良《さわら》親王や、やはり祟り神の天神様菅原道真公の名前まで、そこだけ声をひそめて呼ばれる。牛頭《ごず》天王、蛇毒気《だどくけの》神王《かみ》なんて名前もあったな。

そして、驚くなよ、その神々の名前の中には「狼」なんてのもある。日本の神々のルーツは、もちろん縄文の神なのだが、この「狼」なんてのは、もろに縄文だ。

ああ、そうだったんだ、そうだったんだ。そうだったんだねえ。

東大寺は、あらゆる古代日本の古き神々を、あの小さなほの暗い内陣に、ありったけ招喚して、もてなしてるんだね。敬意をはらっているんだね。あの内陣の空間に、ありとあらゆる神が集まって、素粒子の群のように、きらきらきらきら光りながら、微塵のように、黄金色に輝いている。それが見えた。あそこは、そういう場所だったんだ。東大寺は、たぶん、そういう神々をまとめて、毘盧遮那仏《びるしゃなぶつ》のもとに統べようとしたんじゃないの。

炎の灯りで生じた、暗闇に、あらゆる神々がひしめいていて、そこに観音菩薩がいてさらにその背後には、でかいでかい、マハーヴィローチャナ——毘盧遮那仏がいる。

真空のゆらぎの中に、宇宙の全てが閉じ込められているように、ぶちぶちと煮えたぎる真空こそが、限りなく豊饒なものであるように、あれは、そういう空間なんだ。

そして、ここが肝心なのだが、空海は、たぶん、それを見たと思う。

二〇代の空海は、おそらくいたよ、東大寺にね。これに異論はないだろう。そして、空海は見たんだね。お水取りを。神名帳を読み出したのは、今のところは、十二世紀あたりからということになっているのだが、その原形は、もう、空海の頃にはあったはずで、こりゃあ空海、実忠に会っているな。

それで、空海は、坂上田村麻呂と共に、縄文の中心地諏訪の神に挨拶をして、東北にゆく。縄文の旅に出る。そこで、空海はアテルイと仲よくなって、縄文の王、鬼であるアテルイを都に連れてくるのにひと役かうんだな。

田村麻呂に、殺さないと約束させて、友人のアテルイとともに都まで。

ところが、このアテルイを、都は殺して首をさらしてしまうんだ。

空海は怒ったね。

田村麻呂に向かって、叫ぶ。

「いいか、おれは、これから唐へ渡って、千年、二千年先まで、この国を呪ってやるための秘法を手に入れてくる。いいか、この法の使い方を間違えるなよ。間違ったらこの日本国は滅ぶからな。これは、全ての民の、全ての神が同じであるという法だ。わかったか、田村麻呂よ」

それで、奇跡のように、空海は、遣唐使船に乗り込むんだよ。

もう、頭だけ書いている『私度僧空海陸奥《むつ》の国にて鬼と添臥す』のピースが、これで――お水取りで全部つながっちゃったということだ。

ぼくの一生は、まさに、この物語を書くためにあったんだということが、わかっちゃったんだよ！

自分がこれまで手に入れた技術や、想いや、怒りのようなものは、全部この物語を書くためにあったんじゃないか。ぼくの中には、これまでずっと、わけのわかんない怒りのようなものがあって、それをなんとかしたかった。『ヤマンタカ』ではできなかったが、この空海でやれるんじゃないか。

ときめいたね。

オレはキース・ジャレットと勝負した男だよ。

書くぞ、空海。

ああ神よ神よ、あと十年、おろかな力に満ちた時間を、ぼくにくれないか。

46

入院が決まった時、まずは二週間から二〇日間をぼくは覚悟した。

アラスカかヒマラヤに一カ月出かけ、テント泊をする、そんな感じもあった。その時に読む本を何にしようかと考えるのは、妙に楽しかった。

『唐詩選』や、石田《いしだ》幹之助《みきのすけ》の『長安の春』も、読む本の中に入れた。

『長安の春』は、ぼくの大好きな「長安の春」という韋荘《いそう》の詩から始まる。

長安二月　香塵《こうじん》多し、
六街《りくがい》の車馬　声轔々《りんりん》。
家々《かか》楼上《ろうじよう》　花の如《ごと》き人、

千枝《せんし》万枝《ばんし》　紅艶《こうえん》新《あら》たなり。
簾間《れんかん》の笑語《しょうご》自《みずか》ら相問《あいと》う、
「何人《なんぴと》ぞ占《し》め得たる長安の春」と。
長安の春色《しゅんしょく》もと主無《あるじな》し、
古来《こらい》尽《ことごと》く属《ぞく》す紅楼《こうろう》の女。
如今《ただいま》奈何《いかん》ともするなし杏園《きょうえん》の人、
駿馬《しゅんめ》軽車　擁《よう》し将《も》ちて去る。

いいねえ。

入院は、三月二十九日から。

世間では桜が満開。

気分は長安への旅だ。

そして、トランジスタラジオ。

決めていたのは、入院中に、これまでに詠んだ俳句を整理することだった。

カードを用意して、カード一枚に一句、完成したものを書き込んで、分類をする。

世界で一番短い定型の小説、「幻句《げんく》」を百句ぐらいカードにしておこうと考えたのである。

入院先は、神奈川県の某病院で、ぼくの部屋は十四階。

個室をとった。

シャワーつきである。

窓からは、丹沢山塊が見える。

見下ろす大地は、どこも桜が満開で、まさに春一色である。

管《チューブ》だらけの身体でそれを眺めていたら、急に考えがかわった。

せっかく、一生に初めてという体験を今しているというのに、

「昔の句をいじってどうする」

と考えたのである。

これは、どうしたって新作をやるべきだろうと決心をしたのである。

入院は、考えていたよりも短く、七泊八日でひとまず退院となったのだが、多くの友人や編集者には、連絡を済ませていた。長期間仕事を休むことになるので、おつきあいのある出版社、編集者には、きちんと病名と、休む理由を告げておかねばならなくなったためだ。

釣りの約束や、遊びの約束をしていた友人にも、ここは正直に連絡をして、行けなくなったことを伝えねばならず、ひと通りの連絡をすませて、気づいたのは、思っていた以上に、身近にガンになった人たちがいたということである。

「わたしの息子がガンでした」

「ぼくの父が、実は同じガンで、十年前に治療を受けたのですが、今もピンピンしてお

ります」

「いや、実は、私もガンで……」

「自分の友人が……」

「絶対大丈夫ですよ」

と、みんなが、自分や知人がガンを患って、しかも、今は元気になっている——という話をしてくださるのである。

「寛解と言われた時は、世界がきらきら輝いてました」

お見舞いや、御守りをいただいたり、たくさんのお手紙をいただいたりと、ありがたいことにそういうこともたくさんあったのである。

電話の最中に涙声になる方もいて、これにはこっちも、逆もらい泣き寸前。

手紙は、ひとつだけ、紹介しておきたい。


65歳の船戸与一は、最初に余命6ケ月、と言われて、結局6年生きました。ガンの種類によっては、かつてのような死病ではなくなったのかもしれませんが、これは素人がどうこう言う問題ではないのでしょう。

しかし、です。仮にこれから30年、獏さんが健康で書き続けて、いよいよ最後、ということになった場合を私は考えます。そのとき、書きたいテーマは、もしかしたら現在よりも増えているのではないでしょうか。

いつ倒れても、本望。いつ倒れても無念。物語の神に愛され、その愛に応える生き方を続け、これからもするであろう、獏さんの、本望と無念に共感します。

すでに退職した某元編集者からいただいた手紙に、思わず落涙でした。

単純な構造材でできてるもんだから、ワシ。

もうひとつ——

この入院中四月三日に、友人であった空道《くうどう》の東孝《あずまたかし》師範の訃報がとび込んできた。もと極真のチャンピオンで、三十一歳の時に、大道塾《だいどうじゆく》という自流派を作った師範である。ぼくよりふたつ年上だった。死因はガン。これにはびっくりで、あちこちからぼくの携帯に連絡が入ってきたのだが、こんな事情でぼくは身動きできませんでした。うーん、東師範とはどこかで一杯やりたかったところでした。二〇代のころからの友人である「ニコリ」の鍜治真起《かじまき》さんも、ぼくの闘病中に亡くなった。

47

いよいよ、この連載の一回目で書いていた、入院中に作ったという俳句を御披露せねばならないところまで来てしまった。実に長かった。連載八回目——月刊誌ながら、「オール讀物」は休刊月があるので、九カ月もかかってしまったことになる。

この間に、文体は、ほぼもとにもどり、ぼくは、のりにのって手のつけられないオロカな作家から、ただのオロカな作家にもどってしまった。しかしながら、これから御紹介する俳句は、当時のワルノリの予感がそれなりに感じられるところもある。というのも、残り時間のことや、七〇歳（当時）という年齢のことを考えたら、

「もういいか」

という考えのもとに作った句であるからだ。

五七五でなくてもいいか。

季語が入ってなくてもいいか。

好きなように、ただ書く。それが、流れで五七五になってれば、それにこしたことはなく、季語まで入っていれば言うことはなし。勢いで書く。ノリで作る。心のままにやる。それでよろしい。うまいへたは考えない。カッコよく言えばそういうことであり、本音のところは、本人未熟なためいきあたりばったりになってしまったということであり、出たとこ勝負の、脳に流されるままの句ということになる。

全体的には、作った句の半分近く――ほんとは、もっとしぼりたかったのだが、正直に告白しておけば、オレ、どの句がよくてどれがよくないんだか、実のところよくわかんないんだもん。他人の句ならわかるというわけじゃないけれど、自分の句だと、もっともっとわかんなくなっちゃうんだよ。

だから、ぼくがしたのは、恥をかいてもいいという覚悟だけ。

もちろん、タイトルもつけました。

「黒翁《くろおきな》の窓」

我が肉にからむチューブを遍路する
春の蛇吐くなら胸の黒真珠
黒き窓に翁いてなんだおれか
針ち、ち、ちで遅いぞクロノスのばか
死ししし口にするなよやつが来るからな
常世蛇《ウロボロス》月を吐きたる凍夜かな
迷宮のやうな乳房や指五本
烏賊の触手《あし》今宵捕へた銀の月

点滴てんてんてん花冷えの夜
点滴の古き恋かぞえるごとく
赤き点滴赤き小便不思議といふほどのこともなく
咳ばかりのひと晩で窓しらしら
喉にゐる蛇八千匹なり月朧
網膜に粒子乱舞枕まで突き抜けよ
新緑を凝っと見ているガンである
書をふせて午睡『唐詩選』の音りんりん
万巻の書読み残しておれガンになっちゃって

点滴の窓に桜ラジオから昇太

おいガンよ蓮華を摘みにいかないか

籠にワインとクラッカー入れ　（いつき）

最後の句「おいガンよ――」には、夏井いつきさんが、七七の付け句を添えてくださいました。

48

いやいや、楽しい連載でした。

身体が思うようにならない日々ながら、この連載があったおかげで、なんとか生きてる時間を実感しておりました。

仕事ってのは、凄エな、と思っております。

またもや、入院してしまったことは、この回の冒頭で書きましたが、今回も一句ほど作りました。

夜嵐にいくつ鳴るやら除夜の鐘

野の仏桜の雨の降りませと

春には、中断中の連載をいくらなんでもぼちぼちと始めたい。

小田原にて

二〇二二年一月十日

補遺　野田さん

1

野田《のだ》さんがいなくなっちゃった。

野田知佑《ともすけ》さん――ぼくのカヌーの師匠で、生き方の師匠だった。これまでで一番永い旅に出ちゃった。

二〇二二年三月二十七日永眠。

八十四歳。

カッコいい親父だった。

世界のあちこちの川を一緒に下った。

アラスカの川を下ること四回、モンゴルで二回、ニュージーランドで三回、オーストラリア、タスマニアで一回ずつ。日本の川もたくさん。

三十五年近く、一緒に遊んで、時に国家と闘ったりもした。

長く会わなくても、野田さんがどこかで生きている、川で遊んでいる、それだけで世の中まだすてたもんじゃない、「だって、まだ野田さんが生きてるんだもん」。そういう気持ちの中心にいた人だった。

だって、それは野田さんのような生き物が、まだ生存できる世の中だってことだから。

野田さんはいつもぷんぷんである。

ダムにぷんぷん。

「味噌汁がぬるい」

で、ぷんぷん。

そして優しかった。

怒れる漢《おとこ》は優しいのである。

野田さんが、焚火の前で吹くハモニカが好きだった。

海外の川で、野田さんがよく口にしていたのは、

「獏さん、日本の川が一番だな」

であった。

海外にはいい川がある。

しかし――

カナダやアラスカ、北欧の川の多くは水が美しいが、魚種が少なく、一年の半分以上は、雪や氷のため、泳ぐことができない。アジアの川の多くは、魚種は多いが、流れている水が美しいとは言えなかったりする。

日本の川は、真冬をのぞいてはほぼ一年、泳ぐことができ、魚種多く、水は美しい。

日本の川が一番。

しかし、その後かならず、野田さんはこうつけ加えた。

「ダムさえなければなあ」

2

野田さんと、初めてユーコン川を下る時、その半月前、ぼくは大雪山に登った。途中、山小屋で休んだのだが、そこの親父が、クマの話をしてくれた。

「きみね、アラスカで気をつけなければいけないのは、グリズリーだよ。ヒグマのでかいやつ」

他にもお客さんがいて、親父の話に耳を傾けている。

「山でヒグマに出合った時、どうすればいいか、知ってる人はいるかな」

ここで、お客さんは、みんな「知らない」と答える。

「ふたつ、方法がある。ひとつは、きみが誰かと一緒の時、もうひとつは、ひとりの時。まずは、ひとつめからいこうか——」

たとえば、きみが、彼女と一緒に山を歩いている時、ヒグマと出合ってしまったとする。きみは、すかさずこう言わねばならない。

「おれが、クマと闘う。きみは逃げろ」

すると、彼女が走って逃げ出す。で、クマは走って逃げる彼女を追っかけるんだ。クマは、背を向けたものを襲う性質があるからね。

「で、きみは、彼女がクマに喰われているあいだに、ゆっくりと逃げればいい」

ここで、お客さんが笑う。

ふたつめは、ひとりの時——

そもそも、クマという生きものは、人間を嫌う。だから出合えば、クマは基本的には逃げていく。問題なのは、出合った時に、どういう距離であるかということだ。

充分な距離があれば、クマの方が姿を隠すか逃げてゆく。距離が近い時、たとえば山道の曲がり角で、曲がったとたんに出合ってしまったら、これは間違いなく襲われる。

逃げる距離、襲う距離——ちょうどその中間の時、クマは迷って右に左にうろうろする。腹が減っていたり、怒っていたりすれば、襲ってくるし、気分がよければ逃げてゆく。しかし、ここでも問題は、襲われた時である。

「いいかい、クマというのは、襲う時、必ず二本足で立ちあがるんだ。その後襲ってくる。だから、クマに喰われたくなければ、クマが立ち上がったその時、とび込んでクマに抱きつくんだ。クマは、自分のお腹に手が届かないからね。だから、しがみついていれば、安全なんだ」

「いつ、クマから逃げればいいんですか」

これは当然の疑問だ。

「クマが冬眠するまで待ちなさい」

ここはもちろんお客さんたちが、笑うところである。

アラスカで、野田さんと川を下った時、ぼくはグリズリーが怖かった。

ぼくらは、ベアバスターという、グリズリーを撃つための、四四口径の凄まじい音のするライフルを持っていったのだが、夜、食事をして、ウィスキーを飲み、酔っぱらうと、

「今夜のクマの番は、獏さんだな」

野田さんはそう言って、さっさと眠ってしまうということが、よくあった。

テントの中で寝袋に潜り込み、傍にライフルを置いて、ベアバスターという凶器と添い寝である。

これが、安心するかというと、かえって眠れない。そして、背後の夜の森は、実は色々な物音や気配に満ち満ちていて、ひと晩中、小動物が動いたり、獣が踏んだ小枝の音がする。

サーモンが跳ねる音。

ビーバーが、水にとび込む音。

そういう音がするたびに、ぼくの心と眼は闇の中でとんがって、ぼくはライフルの安全装置を確かめ、重い凶器を抱えてテントのファスナーを開き、外を覗くのである。

天に星きらめき、さやさやとユーコンは流れ、グリズリーはどこにもいない。

ごう、
ごう、

という声が、すぐ向こうのテントから聴こえてくるが、これはクマではなく野田さんのいびきだ。

そして、ろくに眠れぬまま空がほのかに明るくなって、水鳥の声が聴こえてくる。たまらない朝だ。

寝袋の中でうとうとしていると、

「獏さん、いい天気だよ」

野田さんの声が聴こえてくるのである。

焚火をはさんで、野田さんと、サバイバルの話をする。

「グリズリーと出合ったら、どうすればいいんですか」

「一緒に走って逃げよう」

大雪山の親父の鉄板ネタかと思ったら、そうではなかった。

「一緒に走りだせば、足の遅い方がクマに喰われる。で、その男が喰われている間に、もうひとりが逃げればいい。ぼくと獏さん、足の速い方が助かる。恨みっこなしにしよう」

野田さんは、大まじめ。

そういう人なのである。

ユーコン川の水は、何しろ氷河が溶けた水なので、たいへんに冷たい。カヌーが沈をすると、数分で身体が動かなくなり、溺れるか低体温症で死ぬ。たいへんに怖い。

そういう話をしていると、

「いいんだよ、貘さん。さいごは死んじゃえばいいんだから、死んじゃえば」

野田さんのほうが怖い。

3

ユーコンの水ゆらゆら。

あまりに川が大きくて、動いているのかどうか、わからなくなる。カヌーの足元には、空になったビールの空きカンがごろごろ。トイレに行きたくなったら、川岸までゆくのが面倒なので、この空きカンにおしっこをして、川にこぼす。

動いているのは、実感としては太陽であり、その太陽の動きで、地球の回転速度が体感できる——ユーコンはそういうところだ。


コイコックという村に着いた。

川岸に人が集まっている。

何ごとかと思って上陸すると、ずっと行方不明であった村の若者の死体が見つかったのだという。死体といっても、腕と手の一部、そして着ていたシャツの袖の一部だ。

こういうことだ。

ユーコンは、人が少ない。何十キロも、誰も住んでいないところばかりだ。買物は、五〇キロ先の、小さな雑貨屋。ここに、ビールや、ライフルの弾、小麦粉などを売っている。そこに、小さいながら、壁が弾丸の跡だらけのバーがあったりする。そこで若者が買うのは、たいていがお酒だ。

このユーコンのあたりは、どこも基本的にはネイティブアメリカンの村だ。若者は、みんなニューヨークやシカゴなどの町へ出てゆく。そして、多くは挫折して、村にもどってくる。そこで、アルコールかドラッグに溺れてゆく。村にもどれば、インディアンの村にはアメリカ政府からの保障金が出るので、生きてゆくだけならなんとかなるのである。酔っぱらった若者は、村の周囲を車で暴走し、ぐるぐる回る。どこにも続いてない、どこにも出てゆけない道である。他の村や町との行き来は、バスがわりのセスナか、徒歩、そしてボートしかない。

そういうボートで、酔った若者が、エンジンをふかして、夜のユーコン川を走る。ところが、ユーコン川には、上流から流れてきた自然木が、何本も浮いている。川岸が自然のままなので、岸が水でえぐられて、常に樹が流れているのである。樹は、八割くらいが水面下にあり、しかも、北極圏に近いため、白夜で、水面がよく見えない。そして、ボートはそういう流木にぶつかってひっくりかえる。運転していた者は、投げ出され、溺れて死ぬのだが、なんとか川岸にたどりついても、寒さと飢えで、すぐに死んでしまう。なにしろ、事故現場というものが（ボートも流木も流れ去ってしまうので）、わからないというか、存在しないのだ。

死んだ若者の体を、動物が食べる。

そして、残ったのが、腕と手の一部とシャツの袖の一部。

村を後にして、カヌーに乗った時、野田さんは言った。

「獏さん、漢として悪い死に方じゃないな」

またある時、酔っぱらって、焚火の前でひとしきり、野田さんがハモニカをふいた。

「リリー・マルレーン」

「ふるさと」

そして、野田さんは言った。

「獏さん、誰をぶん殴ればいいんだろう」

こういうことだ。

ぼくは一時、野田さんと一緒に、長良川の河口堰建設の反対運動に加わったことがある。

ぼくは、自分の方が可愛くて、大事で、誰かのために闘うなどということは、ほぼやらない人間で、何かの反対運動といっても、自ら人を集めてそれをやるような人間ではない。ただ、それをやっている人がいれば、客よせパンダとして、ささやかながら集会に参加して、川や釣りの話をしたり、時にはデモに加わるというようなことはやった。似たような問題を抱えているあちらこちらの現場から声をかけられて、足を運んだりもしたのだが、本当は、その時間を使って、その現場で、釣りをしたいのである。

これは、不毛な闘いで、まじめにやればやるほど疲れて消耗してゆく。

ある時などは、ずっとぼくらと一緒にダム反対の立場を表明していた某党の某議員が、連立政権ということで、建設省のトップになった。

これで、この工事は中止かと思ったら、いきなり、

「この工事は必要である」

真反対のことを言い出した。

その頃だったかなあ。

「もうやめようよ」

と、野田さんは言った。

「もうやめて、遊ぼう。ひとつの川がだめになったら、別の川へ逃げよう。そこがだめになったら、別の川へ行こう。日本の川の全部がだめになる前に、おれたちは死ぬだろうから、それでいいじゃないか」

ふたりきりだ。

ビッグサーモンリバーの川岸であったたか。

「ただ、やめる前に、だれかをおもいきりぶん殴って、それでおしまいにしたい」

野田さんはこのように言うのである。

「誰をぶん殴ったらいい」

ということだったのである。

「そうですねえ、〇〇か△△なんてどうですか——」

「でも、出て来いと言ってもあっちは出てこないだろう」

「ならば、まず、〇〇か△△をほめましょう。やっている連載で、〇〇も△△も、考え方は違うが、いい仕事をしている、なかなかいいやつらしい——と、何度か書いて、対談を申し込めば、たぶん、どちらか出てきますよ。そこで殴ればいい」

「でも、獏さん、おれはおもいきりぶん殴るから、こっちの手が痛くなると思うんだよな。くだらんやつをぶん殴って、こっちの手が痛くなるのは、なんだか納得いかないんだよ」

「なら、何かを手に持って殴りましょう。凶器をあらかじめ用意していくと罪が重くなりますから、その時、たまたま身につけていたものがいいですね。そうだ下駄にしましょう。下駄をはいていって、その下駄で殴ればいい」

「やろう」

「やりましょう」

そんな話もしたのである。

日本へ帰って、東京の帝国ホテルで野田さんと待ち合わせた。

会ったら、いつものくたびれたジーンズと、青いシャツ。

「野田さん、それ、半月前、ユーコンの原野で着てたのと同じやつでしょ」

「うん」

野田さんからはがきが来た。

「ぼくはこれから行方不明になります。仕事は全部休むことにしました」

書かれていたのは二行だけ。

大さわぎになって、何人かの編集者から電話が来た。

「野田さんがどこにいるか知りませんか」

「知りません」

やっと居場所がわかって、二カ月後に遊びに行った。

鹿児島の錦江湾をすぐ目の前にしたマンションに、野田さんはいた。

部屋に入ったら、家具も何もない床にテントが張ってあり、その中で、寝袋で眠り、炊事はキャンプ道具。何もなくて、買ったのは、まな板と包丁だけだという。風呂は入らず、目の前の海で泳いで身体を洗っているのだと。マンションの部屋でも、アラスカのキャンプと同じ生活をしていたのである。

4

ある時、野田さんは言った。

「川の学校というのをやろうと思うんだ」

今、色々な生き物が姿を消して、レッドデータブックにのるようになったけど、その

中でも一番絶滅の危機に瀕しているのが、

「川ガキだよ」

と。

川ガキ——川で遊ぶ子供のことだ。

川の学校をつくって、川ガキを育てる。

野田さんこそ、レッドデータブックにのせたい、大人だった。

野田さんは、川の学校の校長になった。

毎年半年間、月に三日ずつ、子供たちが四国の川で合宿をして遊ぶ。

テントで眠る。

ルールは、ふたつ。
①親は来てはいけない。
②くたくたになるまで遊ぶ。
野田さんは、子供が大好きだった。

ぼくも、何度か、川の学校（川ガキ養成講座）に遊びに行った。

以来二十数年、川の好きな、自由の好きな若者が、何人も何人も生まれた。

たぶん、野田さんのやった仕事の中で、一番優れたものが、この川の学校だったのではないか。

一生川ガキ、これが野田さんである。

今もねえ、こうして、二時間後に手術という病室のベッドの上で、たまらなくなって
この原稿を書いているんだけどねえ、今も、今もねえ、野田さんの声が聴こえるんだよ。
「獏さん、いい天気だよ」
野田さん、おれはさびしいよ。

二〇二二・四・十一日
都内某病院にて

あとがき　言葉の力・そしてあれこれ

1

なんだかなあ、という日々である。

仕事をしていても、なんだかなあ。

本を読んでいても、なんだかなあ。

飯を食べていても、なんだかなあ。

酒を飲んでいても、なんだかなあ。

リハビリをしていても、腰の手術を終え、次にゆく釣りのことを考えていても、なんだかなあ、なのである。どうやらおいらは、果てしなく困っているようなのである。

異国で始まった争いごとのニュースに接するたびに、なんともささやかかつ深いところで激しく空しく困っているのである。心不全だし。

本来このあとがきでは、違うことを書く予定であったのだが、そのことが気になって気になって、困っているのである。

命のことを考える。

命は平等である、とはよく言われることだ。

人間ひとりの命と、世界の重さは同じであると。

なるほど、と思う。思うがしかし、どうよ。それは、どの人間とも利害関係や愛情関係のない、完璧な第三者の考え方だろう。そんな人間、この世にいるか。そう言えるのは、神の視点を持つことのできる人間か存在、てっとりばやく言えば神だけだろう。その神サンだって、あれやこれやぎょうさんおるよってどの神サンがなんちゅうかはわからん。

人の命と、魚の命はどうよ。どっちが重いの。人の命と犬や猫の命、くらべていいの。

命は、平等じゃない。

はっきり書いておけば、命、平等じゃないんです。

どこかの誰かの命と、わたしの命、どっちが重い？

ぼくは、自分が可愛い。自分の命はなによりだいじです。でも、比べちゃう。たとえば、どうよ、自分の子供が、死にそうな時、自分の命とひきかえに子供の生命が助かるというのなら、考えちゃうだろうよ。どんなに自分の命はだいじでも、子供の命と比べたらどうよ。

しかしねえ、自分の命をなげ出せば、他人の命が救えるという、そんな単純な構造は、この社会はしていないよ。これって、困るだろうよ。

それにね、わかっていることはひとつ。

誰がどんな風に救った命だって、誰にどのように救ってもらった命だって、いつかは必ず死んじゃうんだからさあ。この地球、生命の数だけ死があるわけでさあ。
何をどう考えても、これは解のない設問だねえ。
言葉にどれほどの力があるのだろうか。
物語に、どれほどの力があるのだろうか。
そんなことを日々考えちゃう。
わからん。
わからんよねえ、諸君。
わからんが、ただ――
仕事は、やろう。
原稿を、やろう。
釣りも、やろう。
言葉には、力がある。
言葉には、力がある。
言葉には、力がある。
物語には、力がある。
ここを、死守したい。
どれだけ空しくとも、そう言わねばならない。
ここが、自分の住む国だからである。

もんくあるか。

２

実に様々な心の風景や風にさらされた一年だったが、ともかく、春になって桜はすっかり散ってのけて、今は夏のことを思っている。

そう言えば、まだ書き出していない、『モンゴルの銃弾』のことを思い出した。

十数年前、釣りでモンゴルへ行ったのである。

ジンギスカンの生まれたあたりから、さらに北のバイカル湖に近いあたりまで、タイメンを釣るためにうろうろした。

その時に、案内してくれたのが、地元の猟師のテムジン先生（仮名）だ。

食料は、テムジン先生が、銃で調達してくれる。

夜、鹿を撃つからと言って、ロシア製の四駆で草原を走る。ヘッドライトが草の海をないでゆくと、前方に、ぽつり、ぽつり、と青い光がともる。

眠っていた鹿が起きて、こちらを見たのだ。その眸《ひとみ》にヘッドライトの灯りが当って、光るのである。

先生は、車を降り、ボンネットに肘をあて、銃を構える。

撃つ。

たあん！

と音がした瞬間、青く光っていた灯りが、すとん、と落ちて消える。

そこまで車でゆくと、眼と眼の間を撃ち抜かれた鹿が死んでいる。

この肉が、翌日、我々の腹におさまるのである。

その銃を見せてもらうと、すごくいいロシア製のライフルで、スコープはニコンである。失礼ながら、猟師が持つものとは思えない。

「どうして、こんな銃をあなたが持っているの？」

「ロシア兵が持っていたものを、ウォッカと交換したんだ」

こういうことだ。

その何年か前に、ペレストロイカがあって、引きあげてゆく兵隊が、帰りきれずにバイカル湖でひと冬越したのだという。食料はなんとかあったが、酒がすぐになくなった。

「やつらは、ウォッカが大好きだからね、武器より、ウォッカの方が大切なんだよ」

小柄ながら、気のいい親父のテムジン先生は言った。

先生の家へ寄ると、山羊二〇頭分の、毛皮のコートを見せてくれた。

重さ、三〇キロに余るこのコートを着て、真冬に猟へ出る。

「二カ月も、三カ月も、家に帰らず狼や熊を撃つんだ」

「テントは？」

「ないよ。このコートで野宿だ」

マイナス三〇度の中でのビバーク。ただただ凄い。

「おれは、これで、娘をウランバートルの大学にやったんだよ。もう、やることはやった。思いのこすことはない。あとひとつだけ、やらなくちゃいけないことがある。いずれ中国が攻めてくるだろうから、その時、兵をひとりだけ、この銃で殺す。それで、おれの一生は終りでいい」

すぐに、この先生と、日本人カメラマンの物語が頭に浮かんだ。

ペレストロイカで帰ってゆくロシア（ソ連）兵たちが、バイカル湖に近いどこかに、たいへんな財宝を隠した。

それをめぐっての冒険小説だ。

先生の取材にやってきた日本人カメラマンと、件の先生が、この財宝の争奪戦に、真冬のモンゴルで巻き込まれる。

財宝とは何か。

はたまた、先生とカメラマンの運命は――って、こりゃもう、この小説、映像化でしょう。

こんなアイデアが、このオレは、山ほどあるんですよう。

来世で、もう一生書いても書きつくせない量だ。

もう一ちょう、話は『レインボー』だ！

レインボートラウトを、イギリスから南アフリカまで運んだ、日本人漁師の若者瀬川渓心と、イギリス人の釣り人トーマス・ハンター。みなさん、南アフリカには、明治時代にイギリスから運ばれた、レインボートラウトがいるんですよ。

「海外には、虹と呼ばれる美しいマスがいるらしい」

このことを知って、ぜひともこれを釣りたいと、ユーラシア大陸に渡る渓心。そこで知り合ったトーマスと、レインボーの発眼卵《はつがんらん》を運ぶ。時あたかも、ボーア戦争のまっただ中。運んでいるものが、ダイヤか黄金かと間違われて、たいへんな追いかけっこだ。しかし、暑さのため、発眼卵が全てダメになりそうになる。そこで、落っこちた穴の底に流れていたのが、十四度の水だよ。

人類のゆりかごと呼ばれる南アフリカのこの地には、やっと歩きはじめた猿人の子供が、似たような穴に落ち込んで、その死骸が、鍾乳石におおわれて発見されたことがある。川と釣りの取材で、その現場をおれは見てきたんだよ。

南アフリカでは、長い間、アパルトヘイトで黒人は、おれの行った川ではレインボーを釣らせてもらえなかったんだ。それがマンデラが大統領になって、釣れるようになった。

人間を、肌の色で判断しない。

それが、マンデラの「レインボー・ネーション」だ。

レインボーも、釣りも、自由の象徴だよ。

物語のスタートは、老いた瀬川渓心が、家のベランダで、腰かけているところからだ。

黒人と日本人の血をひいた、孫のイワナが、

「おじいちゃん、今日から、レインボー、隠れて釣らなくてもいいの？」

渓心のテンカラ竿を手に持って言う。

「もちろんさ。行っておいで——」

ああ、書きたいね。

書きたいな。

ええい、『水戸黄門伝奇行』はどうだ。

水戸光國——つまり徳川光圀は、知る人ぞ知る『大日本史』の編纂者だ。

我が日本国の歴史を細かく書き記した大著だ。江戸時代に始まって、完成したのは明治時代になってから。

これを編纂している時、

「これは史実かどうかわからんなあ」

と、おくら入りした情報が、実は無数にあるという設定だ。

たとえば、大陸へ渡った義経である。

たとえば、邪馬台国がどこにあるか、である。

たとえば、スサノオの真の出自である。

「助さん、格さん。これを調べにゆきましょう」

と言って、黄門さまが、助さん格さんと一緒に、日本中を旅してまわる江戸の伝奇小説。これが『水戸黄門伝奇行』だ。

どうだ、どうだ。

激しくおもしろそうじゃないか。

『最終小説』はどうだ。

これ一冊あれば、他の全ての小説がいらなくなる物語。あらゆる小説の感動が、この一冊の中に全て入っている。そんな一冊を、もうおれは、半分以上頭の中で書きあげてるんだよ!!

『須弥山登攀記』

『イグドラシル』

『哭きいさちる神』

『S氏とF氏の懺悔録』

『恋する両面宿儺』

『かかって恋』

どうするんだ、どうしてくれるんだ。

いいかね、諸君、オレはもう、おいらの頭に中にあるこれらの物語を全部書くことなく死ぬことを覚悟している。

だって、おれって、天才だから。しかも、ばかだから。いくらでもアイデアあるんだもん。寿命が追いつかねえんだよ。こんな悲しいことばっかよ、世の中は。

でも、困ったことにそこがおもしろい。生きることの妙味だ。小説や物語を書くおもしろさじゃないの。

ついでだから書いちゃうけどよ、実は十年以上も前から考えていることが、幾つかあるんだよ。

それはねえ、たったひとりのためだけに書く小説だ。

とりあえず、日本に限定すれば、この日本の中から、誰かひとりを選ぶ。選ぶというのはちょっと上から目線だが、わかりやすくするために、選ぶということにしておく。その方を募集でも、抽選でも何でもいいから、ただ独り選んで、その方にぼくが問う。

「どういう小説が読みたいのか」

「主人公は、男性がいいか、女性がいいか」

「どんなストーリーが好みか」

「恋物語？」

「ハッピーエンド？」

「ファンタジー？」

「格闘もの？」

「ＳＦ？」

そして、ぼくの持っている小説的技術の全てを、その方の好みの小説を書くために捧げるのである。

書きあがったらば、当然、それはみんなが読めるかたちで発表するわけだが、書く方、つまりぼくは、そのたったひとりの方のためだけにその作品を書くことになる。通常は、小説というものは、マスを相手に書くものだが、この独覚《どっかく》小説はただひとりの読者のためのものだ。

どうよ、これ。

どうしてこんなことを考えたのかというと、これまでぼくは、自分がおもしろいと思ったものだけを（あたりまえかもしれないが）ずっと書いてきた。こういうものが、今売れるだろう、こういうものなら需要があるんじゃないの、という発想で書かれたものは、ただの一本もない。

しかし――

それが、もしかしたら、ぼくの限界なんじゃないかとも思うようになったのである。自分と違う発想で物語について、誰かに考えてもらう――そうすると新しい自分の可能性を広げられるんじゃないか。自分がおもしろいと思うものだけを、自分の発想だけで書いていると、自分という人間を包んでいるある種の〝呪《しゅ》〟のようなものから抜け出せないのではないか。自分ではない、ひとりの人間のためだけに書く方が、未知の、新しい自分の可能性を広げられるんじゃないか――というより、思いついちゃったら、やってみたくなってしまったのである。

もうひとつは、結末が、そのつど何パターンもある物語。

小説を書いていて思うのは、ここでこのキャラクターが死ななかったらどうよ、それには、こういう枝道が派生して、そちらの展開がこうなって、ああなって――つまり、

〝イフ〟

もしもあの時という、もう一本の選択肢が見つかるたびに、そのつどそちらの枝道のストーリーと結末も書いてゆくという書き方だ。

これだって、やりようによっては、かなりおもしろくなるのではないか。ゲームの世界では、よくあることだ。

どうよ、こういうやり方。

まだ誰もやってないいんなら、このおいらがまず最初に——と思って、

「こんなのどうですか」

と、知り合いの編集者に話をすると、

「それは、おもしろそうですねえ」

と、まず必ず言う。

しかし、

「では、それをぜひうちで」

とは言わない。

「おもしろいですが、まずは、今のうちの連載の○△×を終らせてからですね」

アーメン。

脱線してしまった。

ともかく、そんなわけだ。

どんなわけだよ。
ともかく、前々からわかっていることが、ひとつだけある。
それは――
人は皆、必ず何かの途上で死ぬということだ。
やり残したことだらけ。
なんでだよ、ったって、そういうもんだ。
だから――
安心して下さい。
安心せよ。
そのことに安心して下さい。
どうやらぼくは、私は、もう少し、この好きな仕事をやってゆけそうです。
釣りもできそうです。
おおいに、騒いでおきながら、すんまっせんが、どうもそういうことのようです。
というわけで、みなさん、もうしばらく、よろしくということでした。

二〇二二年四月十四日　都内某病室にて

夢枕獏

文庫版・あとがき

通常、母版（必ずぼくはあとがきを入れている）がある場合、めったに文庫版の「あとがき」を書くことはないのだが、書く気になったのは、その後のぼくが、現在どのような状態にあるのかを、あらためて読者の皆様にお伝えしておくべきであろうと考えたからである。

御安心下さい。

生きております。

七十四歳となりました。

ガン寛解、心不全、脊柱管狭窄症で手術、その後、左右の鼠径《そけい》ヘルニアの手術をして、およそ二年続いた長いんだか短いんだかよくわからない闘病生活を終えたのであります。

釣りが、リハビリでした。

前回のあとがきを書いたのが、二〇二二年の四月十四日——今は、二〇二五年の二月十六日であるから、すでに三年近くが過ぎていることになる。

目下進行中の連載は、次の通り。

順不同で——

「陰陽師」

「闇狩り師　摩多羅神」

「ダライ・ラマの密使」

「おくのほそみち」

「明治大帝の密使」

「新・餓狼伝」

「真伝・寛永御前試合」

「小角の城」

「キマイラ」

「妖獣王」

「蠱毒の城」

「忘竿堂主人伝奇噺」

以上十二本である。

他は、単発の原稿を月に何本か。

減っていなくて、まことに恐縮であります。

「妖獣王」は、現在休んでいるが、近々にまた始めることになっており、『BE - PAL』で始めた「忘竿堂主人伝奇噺」は、古代史をテーマにした、連載ノンフィクションである。これ以外は、ほぼ隔月で回しているので、月の連載は、六本くらい。

以前よりも、一回あたりの枚数を少なくしているので、ガン直前、かつては十四本の連載をやって、しかもそのうちの一本は新聞、もう一本は週刊誌であったことを想えば、今はかなり楽な態勢で書いていることになる。

二〇二三年、二〇二四年は、釣りも仕事もほぼ通常運転で、なんと二〇二四年には、前記した新連載「忘竿堂主人伝奇噺」という、〝古代史を遊ぶ〟をテーマにした仕事をぶっ込んでしまった。

以前やれたことは、ほぼみんな、現在はできるようになっている。

病気前と大きく違っているのは、ただひとつ。

約束や、仕事を先に延ばさなくなったことだ。

釣りで、わかりやすく説明しておけば、たとえば鮎だ。鮎釣りに出かけて、鮎が釣れなかったとする。

これまでであれば、

「じゃ、来年の夏にまた来よう」

としていたのが、

「ならば、来週もう一回来るか」

になってしまったことだ。

ガンか心臓か、もしもいずれかが再発してしまったら、来年はない。釣りを極端に減らして、治療と仕事である原稿書きの日々に突入することになるであろうからだ。

ぼくが願うのは、あと数年の、アホでおろかな、パトスに満ちた時間を与えられることである。

おろかでよい。ぜひ、ばかばかしく、ホットな日々を、できるだけ長く持つことができるのなら、それに勝る喜びはない。

我ら夫婦は、あいかわらずアホで、日々をヨレヨレと生きております。

そのようなわけでかなりのところ、充実した日々を、現在はすごしているのであります。

二〇二五年　春　小田原にて——

夢枕獏

文春文庫

仰天《ぎょうてん》・俳《はい》句《く》噺《ばなし》

定価はカバーに
表示してあります

2025年5月10日　第1刷

著　者　夢《ゆめ》枕《まくら》　獏《ばく》

発行者　大沼貴之
発行所　株式会社 文藝春秋

東京都千代田区紀尾井町 3-23　〒102-8008
TEL　03・3265・1211㈹
文藝春秋ホームページ　https://www.bunshun.co.jp

落丁、乱丁本は、お手数ですが小社製作部宛お送り下さい。送料小社負担でお取替致します。

印刷・TOPPAN クロレ　製本・加藤製本

Printed in Japan
ISBN978-4-16-792368-6